Agnès Abécassis es⋯⋯⋯ ⋯i à
peu près vingt-cinq⋯⋯⋯ ant
depuis le CP), elle ⋯⋯⋯ ⋯ce.
Écrire des comédies est⋯ une de ⋯⋯ ⋯s se
faire des brushings.

Paru dans Le Livre de Poche :

AU SECOURS, IL VEUT M'ÉPOUSER !

AGNÈS ABÉCASSIS

Toubib
or not toubib

ROMAN

CALMANN-LÉVY

Retrouvez Agnès Abécassis sur :
www.agnesabecassis.com

Ce roman est une œuvre de fiction.
Les personnages, les lieux et les situations
sont purement imaginaires.
Toute ressemblance avec des personnes existant ou ayant existé
serait fortuite ou involontaire.

On ne change pas une équipe qui gagne (à être aimée), alors je dédie ce livre aux mêmes que la dernière fois !

1

Aïe !

Le cri d'Iris, strident, me transperça les tympans, tel l'écho du mégaphone d'un animateur déjanté placé à trois centimètres de mon oreille.

Elle ouvrit violemment la porte de mon cabinet, blême et tremblante, sans considération pour l'homme à demi nu qui rajustait son pantalon.

– Yohanna ! Viens vite, je ne sais pas ce qu'il a, il ne réagit plus !

Hou là. Sans doute l'un de ses patients avait-il fait une syncope dans son fauteuil.

Classique. La vue des instruments du dentiste fait parfois cet effet-là aux pauvres bougres trop émotifs. À moins qu'il ne s'agisse d'une mauvaise réaction à l'anesthésique injecté dans la gencive du bonhomme… Allons voir ça.

Délaissant mon malade, je suivis Iris au pas de

course et, en quelques bonds, me trouvais dans la pièce
où elle officiait.

Déjà, les gens dans la salle d'attente commune
avaient reposé leurs magazines et tendaient le cou,
avides de sensationnel, dans notre direction. Munie
de la sacoche contenant mes instruments, je leur cla-
quais la porte au nez et m'approchais du fauteuil où
gisait le corps étendu.

Oh purée non, pas lui.

Je regardais Iris, qui se tordait les mains en gémis-
sant d'inquiétude.

— Vite, dépêche-toi, je crois qu'il ne respire plus !
Il a pris ces nouveaux médicaments… j'ai oublié le
nom… peut-être que c'est à cause de ça…

Je plaçai mes doigts sur son cou, à la recherche
d'un pouls. Je n'en trouvai pas.

— Écoute Iris, je crois que je ne suis pas la mieux
placée pour…

Iris ne me laissa pas finir. Agitant sa crinière
rousse, elle beugla, hystérique :

— Tu es médecin ! Tu as prêté serment, bordel, tu
dois l'aider !! FAIS-LUI DU BOUCHE-À-BOUCHE, MERDE !!

Je la fixai quelques secondes, la suppliant du
regard.

Elle savait pertinemment que nous nous haïssions,
lui et moi. Rien que l'idée de poser ma bouche sur ses
lèvres répugnantes me donnait la nausée. Pire. La
pensée que ma langue pourrait, accidentellement, rencontrer ses dents pleines de tartre révulsait mon
intestin grêle sur toute sa longueur.

Mais puisque j'étais tenue de le faire à cause de

cette stupide abréviation qui précédait mon nom sur la plaque de la porte, je pris mon courage à deux mains, et je me lançai.

Nous déplaçâmes le corps au sol, puis je m'agenouillai et entamai un massage cardiaque en pratiquant sur lui un semblant de ventilation artificielle. Au fond de moi, je ne pouvais m'empêcher d'espérer qu'il y resterait, tout en me flagellant d'avoir des pensées aussi abjectes. Si j'échouais à le ramener parmi nous, mon amie Iris m'en tiendrait pour personnellement responsable.

Effectuant consciencieusement mes compressions thoraciques, je me remémorai les raisons de la haine tenace qui nous liait depuis deux ans déjà. Depuis très exactement le jour de mon installation dans ce petit cabinet médical du XVIe arrondissement parisien, où je venais d'ouvrir une consultation de médecine générale.

J'avais été séduite par ce bel appartement rénové, à la décoration sobre, classique et discrète, où mes futurs collègues semblaient d'agréables camarades de travail.

Ici, à ses côtés, un acupuncteur, un gynécologue et un dentiste officiaient déjà.

Pourtant, dès le premier regard nous nous détestâmes. Inutile de détailler, c'était physique. Toutefois, à trois voix contre une, la majorité l'emporta : ma présence lui fut imposée.

Il ne me le pardonna jamais.

Tandis que je m'activais, je demandai à Iris de se creuser la tête pour se rappeler ce qu'il avait avalé.

Sous le choc, elle ne parvenait pas à parler. Ses mains tremblaient tant qu'elle n'arrivait même pas à tenir le téléphone pour appeler les secours.

Je ne tardais pas à réaliser que mes efforts étaient vains et, tout doucement, commençais à ralentir mes pressions sur sa poitrine. Ma bouche avait le goût de son haleine fétide, mes mains étaient moites, j'avais envie de vomir, mais je me dis que ce n'était peut-être pas l'endroit pour.

Je tournai la tête et regardai tristement Iris, qui était prête à exploser en sanglots. Voilà, j'avais fait ce que j'avais pu, et je l'avais fait sincèrement malgré tout.

Mais alors que je m'apprêtais à me lever pour lui donner une étreinte consolatrice, je sentis un léger mouvement contre ma jambe. Frémissante d'horreur, je baissai les yeux vers ce qui m'avait touchée.

La bobine penchée arborant une expression étonnée, deux fentes olivâtres me fixaient ironiquement.

Iris poussa un hurlement de joie, au moment même où, fâché de s'être fait embrasser de force, il me laboura la main jusqu'au sang.

— Aïiie ! C'est comme ça que tu me remercies de t'avoir sauvé la vie ?! Mais t'es vraiment qu'un purée de con de…

Elle était peut-être vraie, finalement, cette légende qui prétendait que les chats avaient neuf vies.

Iris, tout à son bonheur d'avoir retrouvé son matou, riait et pleurait en le caressant avec frénésie. Le félin, doux comme un chaton, ronronnait hypo-critement sous les étreintes de sa maîtresse, me lançant par en dessous des coups d'œil perfides.

Même pas un semblant de reconnaissance pour lui avoir sauvé sa pauvre carcasse fourrée à la toxoplasmose, non.

– Mon minooouuu… mon minoooouuu…, hoquetait Iris en couvrant l'immonde poilu de baisers éperdus.

Je n'osais imaginer combien de crottes de puces elle aspirait à la minute en ventousant son pelage. Écœurée, je détournai le regard.

J'avais terminé mon boulot : sauver un monstre, qui allait ainsi continuer à s'asseoir impunément sur les genoux des patients de sa maîtresse. En guise d'apaisement, pour calmer les anxieux, pensait naïvement la dentiste. En signe de domination, pour montrer qui était le chef, oui.

Ce chat était l'exemple vivant du fauxcuïsme dans le monde animal, pensai-je en tamponnant ma main labourée par « mon minooouuu » avec un coton alcoolisé.

En sortant du cabinet d'Iris, je croisai le Dr Gaston Mandelbaum. Bourru, il raccompagnait sommairement une patiente vers la porte tout en jetant un coup d'œil à la réceptionniste, lui ordonnant tacitement d'annoncer la patiente suivante.

Vu la tête que faisait Gaston, tout portait à croire qu'il venait encore de s'engueuler avec son ex-femme par téléphone.

Ce gynécologue-obstétricien qui avoisinait les quarante-cinq ans, grand, légèrement dégarni et un peu empâté, menait une vie sentimentale qui, avec déjà quatre divorces à son actif, lui conférait le prestige d'un disciple d'Eddie Barclay. Et pourtant, seule sa toute dernière ex-femme le rendait chèvre à force de le faire tourner en bourrique. Autant dire qu'il n'avait pas la place pour un animal de plus.

Je m'en fichais, et lui sautai dessus.

— Dis donc, toi ! Ça t'aurait fait mal aux cheveux qu'il te reste de venir me filer un coup de main tout à l'heure ?

Mandelbaum, grincheux, haussa les épaules.

— Pourquoi ? Qu'est-ce que tu voulais que je lui fasse, à ce con de chat ? Un frottis ?

— D'abord, éructai-je, tu ne l'appelles pas « con de chat ».

— Ouais ! dit Iris, qui venait elle aussi chercher son patient suivant.

— C'est moi qui l'appelle « con de chat », repris-je. Toi tu n'as qu'à lui trouver ton propre surnom.

Les portes de nos cabinets respectifs claquèrent furieusement, sitôt que Siegfried-Berthe Schnekenburger, notre dévouée réceptionniste, eut convoqué nos malades.

Enfin, quand je dis « dévouée », je la flatte et en même temps, je la résume.

Siegfried-Berthe Schnekenburger était une jeune femme aussi compétente qu'il est possible de l'être. Absolument irréprochable dans la calligraphie de nos rendez-vous et l'articulation à haute voix de l'état civil de nos patients.

Jamais nous ne trouvions un gribouillis dans les pages des agendas qu'elle tenait, jamais il n'y avait télescopage de deux patients notés la même demi-heure. Jamais non plus de fausseté dans la prononciation des noms de famille de ceux qu'elle invitait fermement à se lever pour nous rencontrer. Elle roulait savamment les *r* de Mme Dalgalarrondo, faisait chanter le *h* dans sa gorge pour appeler M. Ahmed, rentrait sans doute les dents pour convoquer aussi parfaitement Mme Bridgestone, et sa façon de dire du premier coup « M. Ferrovecchio », avec l'inflexion juste appuyée où il fallait, frôlait le paroxysme de l'art lyrique.

Non, vraiment, une grande professionnelle de sa profession, cette Siegfried-Berthe.

À la limite, ce qu'on aurait pu tout au plus lui reprocher, c'était juste d'être un peu froide, cassante, impassible, sévère, et dotée d'un sens de l'humour qui avoisinait le trentième degré en dessous du zéro de la chaleur humaine.

Mais heureusement, son look était, comment dire, parfaitement étudié pour ne laisser aucun doute possible à ses interlocuteurs. Un look qui disait explicitement : « Non merci, je n'ai pas besoin de vie sociale. »

Sa coupe de cheveux, qui frôlait le mi-long sans l'atteindre, arborait une nuance qui hésitait entre le châtain betterave écrasée et le marron rehaussé d'une touche couleur gel W-C fraîcheur lavande. De petites lunettes rondes à armature métallique ornaient l'arête d'un nez à bout épais, et jamais ni ses lèvres pincées sur une dentition quelque peu chevaline ni le reste de son visage n'avaient connu de maquillage. (Heureux soit le maquillage.)

Son prénom était sa seule fantaisie.

Elle nous avait raconté un jour qu'elle se l'était vu octroyer par une mère qui, lorsqu'elle était enceinte, n'avait pas voulu savoir si elle attendait un garçon ou bien une fille.

Félix lui avait demandé, blagueur : « Et quand vous êtes née, elle n'a toujours pas voulu savoir, c'est ça ? » Mais Siegfried-Berthe lui avait décoché un regard si glacial qu'il en avait eu les pupilles figées par le givre.

Le Dr Félix Otsuka, c'était cet acupuncteur qui venait d'ouvrir la porte de mon cabinet après y avoir cogné deux coups brefs.

– Konnichiwa !

Exténué, en retard pour son premier rendez-vous de la matinée mais plus séduisant que jamais avec ses cheveux en pétard, il mettait toujours un point d'honneur à venir nous saluer, Iris et moi, avant d'aller s'installer.

Il avait par contre renoncé depuis longtemps à aller serrer la main de Gaston, ses patientes perdant tout sens des civilités une fois leurs pieds fichés dans les étriers.

La fille assise devant moi, c'était Sonia Amram. Une jeune femme qui venait me consulter régulière-ment pour une spasmophilie qu'elle traînait depuis

des années. Lorsque ce jour-là elle croisa le magnétique regard bleu de Prusse de Félix, elle ne put
s'empêcher de minauder.

– Et à moi, vous ne me faites pas la bise, à
moi ?… Huhu…

Mal lui en prit car Félix, conscient de l'attrait que
lui conféraient ses traits ciselés d'Eurasien argen-
tino-japonais combinés à sa silhouette de mannequin
pour sous-vêtements, entreprit, avec une décontrac-
tion mâtinée de charme, de la prendre au mot.

Je dus le chasser à coups de lancers de blocs de
Post-it aux couleurs d'une marque de pommade anti-
hémorroïdes. Mais c'était trop tard pour Sonia, qui
commença à me bombarder fiévreusement de questions sur l'apparition qui venait de pénétrer dans
mon cabinet ainsi, qu'accessoirement, dans sa vie (et
bientôt, elle l'espérait, dans son corps).

Je la calmai très vite. Non, il n'était pas marié
mais c'était surtout un incorrigible dragueur qui
baratinait tout ce qui s'épilait les jambes, et oui, je
confirmai à nouveau, il n'était pas marié, et certes,
on pouvait passer du temps avec lui et être remboursée par la Sécurité sociale ensuite, mais attention, ses carnets de rendez-vous étaient pleins pour
les trois prochains mois de femmes dans le même
état qu'elle, et non, Samuel mon mari n'était pas
jaloux car Félix se sentait aussi attiré par les mères
de famille qu'une écrevisse par une casserole d'eau
bouillante.

Tout en papotant, j'entamai la prescription du seul
médicament qui parvenait à soulager ses troubles. Il

s'agissait de gélules rouge vif contenant un mélange de sucre, de farine et de magnésium, que l'on trouvait sans ordonnance dans n'importe quelle pharmacie.

Un pur placebo, mais qui fonctionnait remarquablement bien, puisque nous avions même commencé, au vu de l'espacement notable de ses crises, à en diminuer les doses.

Bien sûr, Sonia ne savait rien de la composition de ces gélules, croyant au contraire se voir administrer un remède de haute technologie, et je ne pouvais pas la détromper sous peine de voir s'envoler l'efficacité de mes précieux bonbons.

Mais, une fois n'était pas coutume, lorsque les médicaments traditionnels ne parvenaient pas à venir à bout des malaises d'origine inconnue, beaucoup d'écoute associée à quelques grammes de poudre de fée pouvaient faire toute la différence. C'était d'ailleurs le seul traitement qui fonctionnait admirablement bien depuis des semaines avec elle.

Miss Amram était une de mes patientes préférées. Joyeuse, rigolote et fraîchement séparée, elle vivait une renaissance depuis que j'étais parvenue à la débarrasser de ses céphalées, de ses crampes nocturnes et surtout de ses spasmes du colon qui la faisaient pleurer de douleur. Elle avait ainsi pu reprendre le cœur léger sa fonction de productrice d'émissions à la télévision.

— Docteur Béhar, je vais beaucoup mieux maintenant. J'imagine qu'on va donc moins se voir…

— J'espère bien ! Vous commenciez à me lasser,

c'était presque trop facile de vous soigner, répondis-je, pince-sans-rire. J'ai besoin de diversité, pour garder la main. Il me faut du choléra, de la grippe aviaire, de la réanimation de félidés psychopathes…

— Écoutez, je tenais à vous prouver ma reconnaissance…

J'agitais sa carte vitale, tout juste retirée du boîtier connecté à mon ordinateur, et la lui tendais.

— Vous venez de le faire. Grâce à votre aérophagie, je vais pouvoir m'offrir un grand sachet de M&M's.

Elle sourit.

— Achetez-vous plutôt un nouveau collier. J'ai pris la liberté de vous inviter dans la toute nouvelle émission de Jeff Baliano, sur TF1, en première partie de soirée. Et ne me dites pas non, parce que c'est trop tard, les plateaux sont bouclés, on ne peut plus reculer !

Là, tout de suite, je fis moins ma maligne. Beaucoup moins, même.

Faire le clown pour détendre mes patients était une chose, passer pour un clown devant la France entière en était une autre. La télé c'était un métier, et ce n'était définitivement pas le mien. Trop froussarde.

— Quoi, vous m'avez programmé un passage à la télé, c'est ça ?

— C'est ça.

— Ah mais non, bredouillai-je. C'est très aimable à vous, mais je ne suis pas du tout à l'aise pour ce genre d'exercices…

– Allez, docteur Béhar, ne faites pas votre externe !
Vous venez vous-même de dire que vous aviez besoin
de varier les plaisirs. Ça tombe bien, le milieu de la
télé regorge d'individus mégalomanes, stressés ou névrosés. Vous ne saurez plus à quel sympt(ôme) vous
(dé)vouer, hahahaha !

Réunissant à deux mains et même à deux pieds ce
qui me restait de courage, je raclai ma gorge et tentai
de retrouver un ton froid et professionnel pour
m'adresser à elle.

– Écoutez, mademoiselle Amram…

– Attendez docteur. Un seul passage télé, avec
votre charisme et votre fossette au menton, et vos
rendez-vous vont exploser. Je ne comprends vraiment pas pourquoi vous hésitez.

– Mais les médecins n'ont absolument pas le
droit de se faire de la publicité…

– Oh, vous croyez ? Elle haussa les épaules. Dites
ça à la flopée de chirurgiens esthétiques, de psy-
chiatres et de nutritionnistes qui squattent mes plateaux. Je suis assaillie par leurs demandes de « parti-
cipation bénévole »…

Elle termina de rédiger son chèque qu'elle me
tendit. Puis elle me scruta avec intensité.

– Dites docteur, connaissez-vous le professeur
Leitner ?

– Le professeur Evan Leitner ? Le neuropsycho-
logue qui travaille sur l'hypnose ?

– Oui, c'est ça.

– Bien sûr que je le connais. Cet homme est une
sommité dans son domaine, qui ne le connaît pas ?

Sonia me fit un clin d'œil.

– Ça vous dirait de le rencontrer ?

– Le rencontrer ? Pour quoi faire ?

Alors elle m'expliqua qu'il pourrait m'aider efficacement à gérer mon stress, celui précédant le passage à son émission, ajoutant qu'elle pouvait m'obtenir sans problème des séances quasi immédiates. Elle n'aurait qu'à les demander à la sœur du professeur, sa meilleure amie.

D'abord surprise par sa proposition, j'hésitais. Il était certes plutôt flatteur de rencontrer un homme aussi prestigieux, mais en même temps, en avais-je vraiment besoin ?

Sonia acheva de me convaincre en enfilant sa veste.

– Honnêtement, je vous propose une petite psychanalyse avec Sigmund Freud ou un stage d'hygiène chez Louis Pasteur *himself*, et vous vous tâtez…

J'abdiquai.

– Vu comme ça, pourquoi ne pas accepter, effectivement…

Après tout, qu'avais-je à perdre ? C'est vrai que l'idée d'affronter un animateur télé surexcité sans être coachée avant, moi qui étais si timide que je n'osais même pas remettre à sa place une vendeuse de mauvais poil, n'était pas pour me rassurer.

Quoique. Maintenant que j'y pensais, je ne me souvenais pas d'avoir dit « oui » pour cette émission. Aurais-je été manipulée ?

Mais Sonia ne me laissa pas le temps d'approfondir la question. Mon accord de principe en poche, elle attrapa son sac et, sans attendre que je la raccompagne, me lança :

– Fantastique ! Pour l'émission, tenez-vous prête, c'est dans deux mois, je vous enverrai un e-mail avec tous les détails. Quant au professeur Leitner, sa secrétaire vous contactera pour convenir d'un premier rendez-vous. À bientôt, docteur Béhar !

Et elle claqua la porte avant même que j'aie pu terminer mon battement de cils.

Arf.

Je m'étais fait avoir comme une bleue.

J'entrai dans le cabinet du Dr Iris Paoli, qui s'était éclipsée quelques secondes raccompagner à la porte d'entrée l'un de ses malheureux visiteurs. Il fallait que je lui raconte ce qui venait de se passer.

Prenant place sur un tabouret j'attendis son retour, laissant mes pensées vagabonder en apercevant ses instruments. Sans vouloir être méchante (juste réaliste), Iris était si gaffeuse que je m'étais souvent demandé de quelle façon elle effectuait les soins qu'elle prodiguait aux malheureux qui la consultaient. Mélangeait-elle sans le faire exprès les couronnes de ses patients ? Oubliait-elle parfois de pratiquer une anesthésie locale avant une extraction dentaire ? Allez savoir… pas évident de juger, la joie d'aller chez le dentiste avoisinant celle d'aller dîner chez sa belle-mère, ses patients affichaient tous le même air désespéré.

Soudain, une douleur aiguë transperça ma cheville, me faisant chanceler. Je me rattrapai de justesse aux bords de mon siège et, de toutes mes forces, agitai convulsivement ma jambe pour en faire gicler l'ignoble tigre miniature qui venait d'y planter ses crocs. L'attaque ne dura que deux secondes. Le chat lâcha la peau qu'il venait de mordre tandis que je l'expédiai d'un mouvement sec à l'autre bout de la pièce, où je n'eus pas le bonheur de le voir s'écraser puisqu'il retomba agilement sur ses pattes. Non sans avoir auparavant gratifié l'auditoire d'un miaulement déchirant, et pour cause, sa maîtresse, qui n'avait pas assisté à l'assaut, était revenue à temps pour contempler son vol plané.

Iris me fusilla du regard et couru recueillir et embrasser son chaton, son minou, son bébé, son miaou, tous ces termes définissant le sac à puces agresseur, sans aucune considération pour ma pauvre cheville meurtrie.

Que pouvais-je dire ? Iris, qui approchait la quarantaine à grands pas, n'avait personne d'autre dans la vie que son (con de) chat. Mieux valait m'estimer heureuse qu'elle n'ait pas choisi un pitbull pour meubler sa solitude.

Son nouveau patient, debout près de la porte, ricanait ironiquement de mon désarroi en attendant que la dentiste, qui cajolait son sournois d'animal, l'invite à prendre place sur le fauteuil.

Embarrassée, je quittai la pièce en soutenant le regard moqueur que me lançait le jeune homme, lui enjoignant mentalement de bien profiter de son sourire, parce que, après être passé entre les mains du Dr Paoli, ce sera probablement le dernier de la journée.

2

Wouaf ! Wouaf !

Une femme. – Demain, j'appellerai un dentiste.
Groucho. – Appelez-en trois, qu'on fasse un bridge.

Les Marx Brothers.

Retour à la maison, après une harassante journée consacrée à soigner tout ce qui bouge.

Tournant la clé dans la serrure, je poussai la porte d'entrée de mon appartement. Alors, un spectacle extraordinaire s'offrit à moi.

Samuel, beau comme un prince dans un élégant smoking noir, était assis devant son piano, sur lequel étaient posés deux somptueux chandeliers. Une brise fraîche faisait voleter les longs rideaux du salon aux murs immaculés, tandis qu'il jouait en chantant *Steppin' Out*, de Joe Jackson.

Puis il se leva, sans que bizarrement la musique ne s'arrête, se dirigea vers moi, et m'attrapa par la taille pour me coller contre lui. Nous nous balançâmes quelques secondes en rythme, moi gainée d'une sublime robe fourreau bleu pétrole, avant d'enchaîner une valse folle, qui s'accéléra tant qu'elle me procura un délicieux vertige.

Ou peut-être avais-je vu cette scène dans un épisode de *Madame est servie*, et c'était Angela qui portait le fourreau. Oui, ça devait être plutôt ça, car si Samuel avait bien quitté son piano pour se diriger vers moi, il n'enchaîna sur aucun pas de danse.

Le portable vissé contre l'oreille avec à l'autre bout, probablement, un des membres de son groupe, il déposa juste un baiser sur mes lèvres. Puis, éloignant l'appareil une seconde, il me demanda en chuchotant : « Salut chérie. Dis, t'as prévu quoi à dîner pour ce soir ? J'ai une de ces dalles… »

Passant en revue dans ma tête tout ce que contenait le frigo, je déposai ma veste et mon sac sur le portemanteau de l'entrée, avant de me diriger vers les chambres de mes microbes préférés qui devaient probablement y faire leurs devoirs. Loupé. Elles jouaient avec les Nintendogs que Vincent, leur père – mon précédent compagnon –, leur avait offerts. Celui-là même qui ne m'épargnait pas les réflexions désobligeantes sur ma façon de les éduquer en cas de mauvaise note.

En les voyant s'amuser avec leurs chiens virtuels, je repensai à Yentl, mon petit westie bien réel, lui.

Je vivais à l'époque chez mes parents, et si j'étais parvenue à arracher, à force de supplications, leur consentement pour agrandir la famille, ma mère avait toutefois précisé : « OK pour un mâle, hein, pas pour une femelle qui va me faire ses ragnagnas partout. »

Yes ! Tope là mamaïou.

Je m'étais donc mise à la recherche du mâle idéal, en compagnie de ce petit ami qui, je l'ignorais alors, fécondera quelques années plus tard mes deux meilleurs ovules.

Très vite je localisai le chiot rassemblant les critères de race et de sexe qui m'importaient, dans une animalerie à l'autre bout de la capitale. Vincent, protecteur, souhaita m'y accompagner.

Là-bas, dans ce lieu crasseux, entre une flopée de chiens plutôt amorphes, nous découvrîmes une boule de poils timide et peureuse que mon ami voulut (« c'était lui l'homme ») examiner, suivant toutefois les critères que je lui avais indiqués. Sa truffe était-elle fraîche et humide ? Ses yeux étaient-ils vifs et clairs ? Ses testicules étaient-ils bien descendus dans les bourses ? Vincent, sûr de lui, caressa la truffe de l'animal, observa ses yeux et palpa ses coucougnettes.

« C'est bon, tout est en ordre. »

Heureux père adoptif d'un cabot à poils blancs, Vincent prit le chien tandis que moi, comblée, je rédigeais un chèque. À peine avions-nous fait un pas hors de la boutique que le vendeur apposa sur sa vitrine une pancarte stipulant : « Fermé, pour cause de vacances. »

C'est une fois dans la rue, en parcourant le carnet de santé du toutou, puis en jetant un rapide coup d'œil entre ses pattes, que je découvris l'identité réelle de celle qui me fixait craintivement de ses grands yeux noirs. L'intensité de la crise de rire qui me secoua fut à la hauteur des railleries que j'infligeai à Vincent les semaines qui suivirent, car, jusqu'à aujourd'hui, j'ignore toujours ce qu'il a pu palper. Il ne me fallut pas plus d'une minute pour baptiser ma chienne Yentl. Car après tout, si la Yentl incarnée par Barbra Streisand dans le film homonyme s'était déguisée en garçon pour étudier les textes sacrés, la mienne s'était déguisée en mâle pour se faire adopter. Nous vécûmes quinze années d'amour.

Mes clones, Sam et moi, affalés sur le canapé du salon devant les infos, entreprîmes de déguster l'immense et savoureuse pizza aux trois fromages qui venait juste de nous être livrée. Attention : pour votre santé, évitez de manger trop gras, trop sucré, ou trop salé.

(Pardon, réflexe professionnel.)

Régime oblige, je n'en goûtai qu'une part, bon, allez, une petite deuxième ni vu ni connu, et laissai mes morfals s'envoyer le reste.

Le téléphone sonna. Je me levai brusquement pour aller répondre, car j'étais sur le point de me laisser tenter par une troisième petite part microscopique.

C'était Mélanie, la fille de mon mari, qui voulait savoir très précisément à quelle heure nous nous voyions samedi, afin de pouvoir organiser le reste de sa journée avec ses copines.

J'aime beaucoup Mélanie. Surtout lorsque avec

cette adolescente de presque quinze ans nous abordons des sujets dont elle ne parlait pas à son père. Exquis privilège que la complicité féminine. Je n'étais pour elle ni une mère qui pouvait réprimander, ni une amie de sa classe à qui il manquait l'expérience.

Lorsque j'avais son âge, moi aussi j'avais une « Yohanna préférée » dans ma vie. Même si j'étais très proche et très complice de ma mère, lorsqu'il s'agissait de parler états d'âme, garçons et problèmes d'acné, mon interlocutrice favorite restait ma tante Chantal, sa jeune sœur.

Aaah, la joie du tout premier bouton. Il fallait bien la partager avec quelqu'un de confiance.

Probablement le seul bouton de toute sa vie dont on sera fière. Celui qui signait notre entrée dans le monde si excitant de l'adolescence. Celui qui nous emplissait d'assez de courage pour affronter les parents, celui qui légitimait enfin nos « j'chuis plus un bébééé ! » braillés rageusement entre deux claquements de porte. Telle la petite moustache en duvet apparaissant sur la lèvre supérieure des mâles tout juste pubères, celui-là, le premier chtar, on l'exposait, on en prenait soin. On l'observait avec passion, on le triturait avec délicatesse, on le palpait avec respect. Pour ensuite, comble de l'autonomie, ouvrir sans demander la permission l'armoire à pharmacie, y trouver le désinfectant, en verser quelques gouttes sur un bout de coton et tamponner soigneusement la petite boursouflure, dans un geste destiné à être reproduit, mais nous l'ignorions encore, des milliers de fois. (Âgée de huit ans, Margalit, ma fille cadette, était encore trop jeune pour qu'un quelconque furoncle vienne altérer sa peau de bébé. Mais je savais qu'Elisheva, du haut de ses dix ans et demi, s'y préparait vaillamment.)

Très vite, tout s'enchaînait dans un déferlement hormonal aussi impressionnant que si on jouait des maracas avec son hypophyse.

Le tonton Charles, lourdingue avec ses blagues sur nos seins qui poussent, commençait à nous ficher la honte pendant les repas de famille. Le regard des garçons (ces êtres rudimentaires qui produisaient de la testostérone par litres) se mettait à changer : on ne pouvait plus courir en tee-shirt pendant les cours de gym sans risquer l'émeute. Les filles devenaient mauvaises, en particulier dans les vestiaires où elles se comparaient entre elles. Celles qui faisaient une fixation dessus étaient celles qui n'en avaient pas. Les autres auraient bien aimé ne pas en avoir autant, et faisaient tout pour les cacher. Alors notre mère nous emmenait acheter notre premier soutien-gorge. L'horreur absolue. Il était moche, il grattait et il ressemblait à celui d'une grand-mère. Mais au moins, comme elle affirmait avec l'aplomb d'un Séguéla de la mamelle : « Il soutient bien. » Notre vie s'apprêtait à devenir un incessant combat contre l'apesanteur.

Passons sur l'arrivée des premiers coquelicots, qui faisaient constater à notre génitrice, la larme à l'œil, que nous étions enfin devenue une femme.

À notre grande stupéfaction, nous la voyions alors

bourrer nos poches et nos mains de carrés de sucre, car il semblait que cela portait bonheur. On l'avait échappé belle dans le tirage au sort des traditions : notre copine Julie s'était pris une gifle (de celles qui se transmettent de mère en fille) pour célébrer l'événement.

Commençait alors notre dur apprentissage de la gestion de cette période cruciale. Émaillée des inévitables questions qu'on n'osait pas poser à notre mère (vu que nous étions devenue une femme) et qu'on s'échangeait entre copines, aussi ignorantes que nous.

Du genre : risquait-on de se déflorer avec un tampon ? (« Non », nous répondait Florence, quatorze ans, avec assurance, « sauf avec ceux possédant un applicateur ». Elle seule savait pourquoi.)

Était-il vrai que les ragnagnas impliquaient un tel changement d'humeur qu'il avait inspiré l'écrivain Robert Louis Stevenson ? (Corinne l'avait lu dans une biographie de l'auteur de *Dr Jekyll et Mr Hyde* qu'elle avait promis de nous montrer. On l'attend toujours.)

Et autres « pourquoi notre copine Sylvie ne nous a-t-elle pas prévenue que l'arrière de notre survêt de gym était auréolé de rouge ? Était-ce pour nous casser notre coup avec le beau Fabrice ? » (C'était réussi, chienne.)

On ne s'attardera pas sur les maux de ventre dignes d'un entraînement aux contractions pré-accouchement, ou comment nous avons quitté le monde de l'enfance avant même d'avoir porté notre premier rouge à lèvres. Le seul avantage que nous pouvions tirer de tout ce cirque était de pouvoir nous faire dispenser de gym en plaidant des crampes insoutenables.

Après avoir promis précisément d'accorder une dispense d'éducation physique à sa copine Mary-Anne (l'objet réel de son appel), je raccrochai avec ma belle-fille, allai jeter un coup d'œil dans le salon pour voir s'il restait un petit bout de pizza (non), et me dirigeai vers la salle de bains retirer mes verres de contact et me démaquiller.

Là, devant la glace, j'essuyai les dernières traces de fard sur mes yeux noirs, et entrepris de brosser vigoureusement mes cheveux bruns coupés au carré.

C'est le moment que choisirent mes Pygmées pour débouler dans la salle de bains afin de se brosser les dents.

J'embrassai leur front tout doux, et les laissai se chamailler pour déterminer si c'était à l'aînée que revenait le droit, du fait de son statut hiérarchique, de disposer du tube de dentifrice la première, ou bien à la cadette puisqu'elle avait touché le rebord du lavabo avant sa sœur.

— Sam ? Tu t'y connais, toi, en langage des fleurs ?

Mon mari, qui regardait le tirage du loto, grommela que oui, et me tendit machinalement un bout de Sopalin sur lequel étaient imprimées de larges orchidées bleues.

— Heu d'accord… et elles veulent dire quoi, ces fleurs ?

– Elles veulent dire : « Ne dérange pas l'homme qui s'apprête à devenir millionnaire. »

Je soupirai, et me dirigeai vers mon bureau situé au fond de l'appartement, afin d'y chercher mes réponses sur le Net.

Le lendemain, je déposais un gros bouquet de garances rouges et de gardénias blancs, signifiant respectivement « ce sont des calomnies » (= ton chat te ment) et « mon affection est sincère », sur le bureau du Dr Paoli. Lequel était déjà encombré par ses vases contenant quantité d'œillets de poète (« je suis votre esclave » = je suis prête à tout), de jacinthes jaunes (« mon amour vous rendra heureux » = autopromo), et autres clématites bleues (« j'espère vous toucher » = je suis en manque). Tout un langage secret destiné à charmer les âmes esseulées qui passeraient dans le coin, langage qui n'était pourtant déchiffrable que par les adeptes de l'amour courtois ou les vendeurs de chez Truffaut. Aurait-elle tapissé ses murs de publicités traduites en code morse ou de diplômes rédigés en hiéroglyphes qu'elle aurait remporté le même succès de propagande. Personne n'y comprenait rien. La seule chose que l'on remarquait était que la dentiste, du fait peut-être de son goût immodéré pour le jardinage en vase, de sa passion pour les chats timbrés et de sa façon toute personnelle de tartiner les caries d'amalgame en débordant sur les dents d'à côté, pratiquait des tarifs hautement compétitifs.

Pourtant, elle n'était pas moche du tout, Iris.

Tout au plus, sa maladresse capillaire, qui lui donnait l'air d'avoir dix ans de plus, couplée à son ahurissante absence de goût vestimentaire ne contribuaient pas à la mettre en valeur.

Ses cheveux pour commencer, toujours retenus par un bandeau noir, formaient comme un halo de poils fous, enchevêtrés autour de son crâne. Orange vif, cadeau d'une grand-mère ashkénaze, ils dardaient leur rayonnement emmêlé en tout sens, éblouissant les pupilles de l'infortuné sur lequel elle se penchait.

Sa taille était fine mais on ne le savait pas, tant elle était recouverte par les multiples épaisseurs de jupes longues et de tabliers champêtres bariolés dont elle raffolait, qu'elle portait été comme hiver sous sa blouse de travail. D'ignobles lunettes de myope, à la monture en écaille inchangée depuis les années 80, lui dévoraient la moitié du visage, qu'elle avait pourtant agréable. Il aurait suffi qu'elle les retire pour que l'on puisse admirer les yeux sombres et magnifiques, ourlés de longs cils bruns, qu'elle avait hérités de son père corse. Mais pour une obscure raison affective, elle ne voulait pas s'en séparer.

Terminons par ses chaussures dont nous ne dirons rien, car nul besoin de l'accabler davantage. (Mais il fallait les voir pour le croire.)

Je quittai son cabinet et rejoignis la réception, située face à notre grande salle d'attente commune, où officiait déjà une Siegfried-Berthe matinale et de bonne humeur.

— Bonjour Sieg ! Belle journée qui s'annonce, n'est-ce pas ?

— Siegfried-Berthe je vous prie, corrigea-t-elle, imperturbable, sans lever les yeux des papiers qu'elle classait. En quoi puis-je vous aider, docteur ?

— Oh, en rien. Je venais juste chercher auprès de vous un peu de chaleur humaine, avant d'attaquer mon dur labeur quotidien, répondis-je avec dans le regard une lueur feinte de tendresse. Vous appelez mon premier patient, Sieg ?

La matinée se déroula dans une routine somme toute relative. Si les patients étaient à chaque fois différents, ce n'était pas au niveau de leurs pathologies que se situait la variété, mais plutôt de leurs personnalités.

— Monsieur Max Djabali ! tonna Siegfried-Berthe d'une voix claire, en direction du petit troupeau de malades qui attendaient leur tour en feuilletant de vieux magazines.

Un homme d'une trentaine d'années, grand et mince, se dirigea vers la porte sur le pas de laquelle je l'attendais pour l'accueillir. Il me serra la main, je lui souris, et lorsque nos yeux se rencontrèrent, je tentai de l'évaluer. Alors, alors, qu'avions-nous là ?

Pas de cardiopathie *a priori*, puisqu'il avait survécu au cri vigoureux (et passablement surprenant, quand on ne s'y attendait pas) de ma réceptionniste préférée. Hum… Chute de cheveux, comme pour mon patient de tout à l'heure qui m'avait suppliée de l'aider à stopper l'hécatombe ? Non, ça semblait aller de ce côté-là.

Cordiale, je l'invitai à s'asseoir, et contournai mon bureau pour y prendre place.

M. Djabali afficha un air serein, tandis que je plaçai les mains sous mon menton en signe d'attention appliquée. Il semblait en forme, n'avait pas l'air d'avoir mal où que ce soit… Alors, je sus. Quinze contre un que cet homme allait me demander de l'aider à arrêter de fumer. C'était la grande mode, actuellement.

— Docteur, commença-t-il. Je viens vous voir parce que j'ai l'impression de ne plus bien entendre de l'oreille droite.

Loupé. Je me devais quinze contre un de quelque chose, mais heureusement, je ne m'étais pas précisé quoi. Il n'y a pas à dire, je suis vraiment nulle en devinettes.

— Bien, dis-je.

J'attrapai une fiche que je commençai à remplir en y inscrivant son nom et son prénom.

— Comme nous ne nous connaissons pas encore, je vais vous créer un dossier. Puis-je avoir votre adresse ?

Il me la donna, et je notai ses coordonnées.

— Vous prenez quelque chose ?

— Eh bien ça dépend, qu'est-ce que vous avez ? Du gin ? De la vodka ?

Ah ah, voilà que j'étais tombée sur un petit rigolo. Je précisai donc :

– Non, je voulais dire « vous prenez un traitement » ?

– Uniquement celui que vous me donnerez, dit-il
l'œil pétillant.

– Bien. Avez-vous des antécédents ?

Il hésita, faussement mal à l'aise.

– Oui. J'ai été arrêté pour vol de goûter quand
j'avais sept ans, mais l'institutrice n'a jamais pu
prouver que c'était moi. Je portais des moufles.

Je levai un sourcil, me demandant ce qu'il pouvait
bien me raconter, avant de comprendre et d'émettre
un gloussement poli. Satisfait, il reprit :

– Non, ça va pour moi, merci.

Me levant, je l'invitai d'un geste à venir s'asseoir
sur la table d'examen où était tendue une longue
feuille de papier blanc. Puis je saisis mon otoscope
que j'introduisis dans son oreille. Ce n'était sans
doute pas grand-chose, probablement un bouchon de
cérumen. Peut-être un début d'otite.

– Ah, il semblerait que vous ayez un bouchon,
diagnostiquai-je après avoir observé l'intérieur de
son conduit auditif.

– Un bouchon de chair humaine ? plaisanta-t-il,
taquin, en se tapant le genou. Hum, miam-miam !

Je soupirai intérieurement en affichant un sourire
factice.

La journée allait être longue.

Dans le couloir, des cris de protestation attirèrent
l'attention de tout le monde. Quinze contre un qu'il

s'agissait d'une patiente de Gaston ! Quoique… Iris pouvait bien elle aussi mettre ses patients dans un état d'hystérie avancée. J'éliminai quelqu'un sortant de chez Félix, ses patientes à lui semblant généralement satisfaites. Les autres et moi n'avions jamais vraiment su ce qui se passait dans son cabinet, vu qu'il ne nous racontait rien. Nous supposions simplement qu'il piquait ses patients avec ses aiguilles, puis s'installait confortablement derrière son bureau pour jouer à Warcraft sur son ordinateur. Tout cela était bien mystérieux.

En fait, les braillements provenaient d'une dame outrée, qui se sauvait de chez Iris *(yes !)*, l'accusant de lui avoir examiné la bouche avec un préservatif. Je passai la tête à travers ma porte, juste à temps pour apercevoir une quinquagénaire furibarde se diriger vers la sortie, crachant des « dépravée ! », « perverse ! » et autre « déséquilibrée ! », suivie par une Iris qui tentait désespérément de lui expliquer qu'il s'agissait d'un doigtier de dentiste en latex, et non d'une capote.

Le Dr Mandelbaum, de son côté, n'était pas mieux loti. En retard dans ses rendez-vous, il était aux prises avec une patiente souffrant de terribles douleurs pelviennes, qu'il avait accepté de recevoir en urgence. Après examen, la cause des douleurs s'avéra tout à fait surprenante. Gaston, à l'aide d'une pince adaptée, retira du vagin de la jeune femme quatre tampons périodiques infectés. Stupéfait par sa trouvaille, il questionna la patiente qui lui expliqua, agacée, que ce n'était pas de sa faute : il était pourtant bien indiqué sur la boîte que les tampons étaient biodégradables. Elle comptait d'ailleurs écrire au siège de la marque pour se plaindre.

L'heure du déjeuner arriva enfin, à notre grand soulagement à tous.

Je me sentais particulièrement lasse, ce matin. Aussi en profitai-je pour prendre ma pause dans le cabinet de Félix qui, remarquant ma mine défaite, me proposa d'y remédier.

Autant je n'aurais jamais pu concevoir de me faire examiner par Gaston, mon collègue gynécologue, autant laisser Félix jouer aux fléchettes sur mes méridiens, le temps de grignoter un sandwich en sa compagnie, ne me posait pas de problèmes existentiels.

L'acupuncture était une médecine ancestrale chinoise dont j'ignorais tout. Force était pourtant de constater que les aiguilles fichées sur ma peau avaient tendance à m'apaiser. Félix aussi, hypocondriaque notoire, en retirait un bénéfice. Lui qui n'hésitait pas, à tout moment de la journée, dans la quiétude de son territoire, retranché derrière la porte close de son cabinet, à s'administrer son propre remède.

Nous avions l'air fin, le Dr Otsuka et moi, déchiquetant à belles dents nos casse-croûte thon-crudités, des épingles plantées dans les oreilles, les narines, le front et le menton, tels deux hérissons dégarnis.

– Honnêtement, tu crois que ça existe, toi, les méridiens ?

– Non, voyons. Nous sommes juste en train

d'assouvir des pulsions masochistes déguisées, répondit Félix en faisant légèrement rouler entre son pouce et son index le manchon d'une aiguille fichée dans son oreille. On est trop douillets pour tenter le piercing, alors on se contente de l'acupuncture, voilà tout.

Je souris en mordant dans mon bout de pain, que je considérai ensuite pensivement quelques secondes, avant de continuer.

— Non, mais sans déconner ? Tu en as déjà vu, des points d'énergie ?

— Et toi, tu as déjà vu des idées, des émotions… Même après avoir découpé un crâne au scalpel ?

— Non, évidemment.

Semi-allongée sur sa table d'auscultation, les chaussures au sol, je détendis mes chevilles en effectuant quelques mouvements rotatifs. Mes articulations émirent un léger bruit de craquement, puis j'étirai mes orteils sous mon collant couleur taupe.

Ma jupe, grise et droite, était plutôt sobre, surtout si on la comparait à celle que portait Iris sous sa blouse aujourd'hui : turquoise avec des motifs verts et jaunes. Mon haut était constitué d'un chemisier cintré, blanc à fines rayures bleues, et d'une veste courte que j'avais abandonnée sur le dossier de la chaise placée devant le bureau de Félix. Mes cheveux étaient relevés en un chignon banane. Je les portais toujours ainsi pendant les heures de consultation. Cette coiffure me conférait une rigueur dont je me croyais lésée lorsque mes mèches, laissées libres, virevoltaient sur ma nuque. Mon maquillage changeait peu : un trait d'eye-liner au ras des cils, une touche de blush et un rouge à lèvres discret ton sur ton.

Je regardai Félix. Avec son allure de beau gosse professionnel, il représentait le summum de l'élégance décontractée. Bien sûr, sa silhouette élancée faisait que tout lui allait. Mais il ne se contentait pas d'enfiler le matin ce qui tombait de son armoire à vêtements. En réalité, chaque détail de sa tenue était soigneusement soupesé, réfléchi et débattu dans sa tête. Pour cet aimant à filles, séduire était une discipline sérieuse à laquelle il s'astreignait rigoureusement tous les jours de l'année, sans exception. Le destin lui avait octroyé de célestes yeux bleus légèrement bridés, un nez fin, une bouche charnue, une tignasse châtain intacte, quasi au cheveu près, depuis son adolescence, un mètre quatre-vingt-dix de hauteur, et une silhouette un peu androgyne, très tendance. Il aurait été indécent de ne pas en faire bon usage. Son ambition n'était pas de léguer son corps à la science, mais de l'offrir aux femmes. Un choix un tantinet plus agréable, lui concédais-je.

Cette mission impérative qu'il avait de distribuer le bonheur, il se devait de l'accomplir au nom de celui qu'il avait été quinze ans plus tôt, lorsqu'il rasait les couloirs du collège, son sac à dos trois fois trop lourd sur ses chétives épaules : un garçon d'un mètre cinquante, maigre comme un clou et boutonneux comme une calculatrice scientifique. Un ado qui se réfugiait dans la lecture de mangas romantiques et de parties d'échecs contre son ordinateur, qui déjeunait en tête à tête avec un broc d'eau, et à qui seuls les profs de sa classe adressaient la parole.

— Enfin Félix, tu ne vas tout de même pas comparer des zones d'activité neuronales, dont on peut visualiser l'activité sous IRM, avec des points de… comment ça s'appelle, déjà ? De Q ?

Il sourit.

— Non, le cul, c'est le domaine de Mandelbaum. Moi je m'occupe du QI.

— D'accord, mais tu ne peux pas comparer, quand même…

— Oui, c'est incomparable. C'est pour ça que j'ai étudié trois ans de plus que toi. Juste pour garder les réducs de ma carte d'étudiant.

Et allez, encore ce petit discours des spécialistes qui se sentent supérieurs aux généralistes. Mais pour ne pas entamer de polémique stérile, je préférai changer de sujet. Pas Félix, visiblement touché dans son orgueil de praticien.

— Il te reste encore des chips allégées ? demandai-je en me levant du fauteuil d'examen pour aller poser mes fesses sur le bord de son bureau.

— Ouaip. Mais je ne t'en donnerai que lorsque tu auras admis que mes aiguilles te font du bien.

— Hé ho, si tu veux des compliments sur tes coups d'aiguille, demande à tes conquêtes de te les faire, hein…

— Yohanna…, prononça-t-il en me lançant un regard peiné.

— Bon, OK, j'admets. De toute façon il y a plein

de choses auxquelles je crois, sans jamais les avoir vues.

— Comme quoi ? demanda-t-il en me tendant son sachet de chips.

— Comme… tiens, les extraterrestres, par exemple.

— Ah ouais, tu crois à ces foutaises ? rigola-t-il.

— Vous plaisantez, jeune homme ?

Félix se rembrunit. Il n'aimait pas que je fasse allusion, même sur le ton de la plaisanterie, à son jeune âge. J'avais trente-cinq ans, lui sept de moins, ce qui faisait de lui le plus jeune de notre équipe.

— Quelle prétention, non mais quelle phénoménale prétention de croire que nous pourrions être seuls dans l'univers ! L'u-ni-vers, Félix ! Des milliards d'étoiles, de planètes, de galaxies et…

Il me coupa.

— … et un taux de probabilité infinitésimal pour que les conditions puissent être réunies pour faire éclore la vie sur un autre caillou que la Terre.

Je m'emportai, sans remarquer son sourire narquois.

— Mais pas du tout ! N'importe quoi ! Mais c'est incroyable de penser comme ça ! Quelle étroitesse d'esprit !

— Bon, bon…, tenta-t-il de me calmer, me sentant partie sur un sujet qui me tenait un peu trop à cœur. Je ne fais pas le poids face à une dévoreuse de romans de science-fiction.

Gesticulante, je m'attrapai le front en regardant le

ciel, sidérée qu'il ne soit pas aussi convaincu que
moi par l'évidence de mon raisonnement.

— Mais si ça se trouve, on ne parle même pas de
petites amibes perdues au fin fond de l'espace, là…
si ça se trouve, une vie extraterrestre est déjà parvenue jusqu'à nous ! Peut-être sommes-nous en
contact avec des *aliens* sans le savoir ? Peut-être
est-ce à eux que l'on doit, je ne sais pas, moi, les
statues de l'île de Pâques, le triangle des Bermudes,
la pyramide du Louvre… eh mais qu'est-ce que tu
fais ??

Félix attrapa mon menton, le souleva vers lui et
planta une aiguille sur mon front, qu'il fit lentement
rouler entre ses doigts, l'air concentré.

— Je t'aide à te calmer. Je te sens très tendue… tu
vas avoir tes trucs ?

— Pff. C'est lamentable de croire que le syndrome
prémenstruel est la réponse universelle à toutes les
sautes d'humeur féminines…

— Oh, ça va, hein. J'ai grandi avec trois sœurs,
alors les accès de lycanthropie, je connais. Tu vas les
avoir oui ou non ?

— Oui. Mais ça ne te regarde pas.

Je soupirai.

— C'est vrai que je suis un peu nerveuse, en ce
moment. Il se trouve que j'ai bêtement accepté de
participer à l'émission de Jeff Baliano, et ça me
stresse à un point…

— Ah ouais ? Mais c'est une chouette expérience,
ça, dis donc. Pourquoi tu stresses ?

— Eh bien…, dis-je en titillant de l'index une

aiguille plantée sur mon arcade sourcilière. Dis-moi, je ne risque pas de me trépaner l'œil avec ce machin ?

– Mais non… laisse, j'allais te les enlever de toute façon, ça fait plus d'une demi-heure que tu les as.

– Le truc, repris-je, c'est que je n'ai aucune confiance en moi. Devant une caméra, ça va être la catastrophe. Je vais bredouiller, bafouiller, et ça c'est dans le cas idéal où j'arrive à parler. Je n'ai bien entendu pas le temps de suivre une psychothérapie comportementale pour m'aider à lever mes inhibitions, et m'administrer un calmant une heure avant, c'est *niet*…

– Hum hum, marmonna-t-il en retirant délicatement les aiguilles dont j'étais criblée.

– J'ai donc pris rendez-vous dans quelques jours avec un psy qui pratique l'hypnose…

– Ah oui ? demanda Félix contrarié, en fronçant les sourcils, comme si je trompais son art avec une autre médecine douce.

– … Le professeur Evan Leitner. Tu connais ?

Mon collègue arrêta net son geste. Il recula, m'observa fixement, avec dans les yeux toute trace de dépit soudain envolée.

Se grattant le haut du front, il dit :

– Si je le connais ? Mais qui ne le connaît pas ? C'est un génie dans son domaine. Il a révolutionné toutes les techniques de cette science, il est à l'origine de découvertes prodigieuses sur l'exploration de la psyché humaine. Des gens viennent du monde entier pour le consulter. Et tu as pu obtenir un rendez-vous avec lui ?

Je souris, fière de moi.

– Hé hé, que veux-tu, j'ai des relations, petit…

– Arrête de m'appeler « petit », m'ordonna-t-il en se levant pour me toiser de sa haute taille.

J'enfilai mes chaussures, saisis ma veste, et, levant le nez vers lui, lui lançai :

– Ce que je viens de dire devra bien entendu rester strictement entre nous. Je ne tiens pas à ce que les autres apprennent qui je consulte en dehors du cabinet. Ça ne regarde que moi et moi.

– Tu peux me faire confiance. Mais tu me raconteras, hein ? Des séances avec le professeur Leitner, quand même…

– On fait comme ça. Je l'ouvre si tu la fermes.

– Compte sur moi. Je serai plus muet que Mme Capellino.

Je souris. Mme Capellino était une patiente émotive qu'Iris avait reçue il y avait de cela quelques jours. La jeune femme était tombée directement dans les pommes lorsque la dentiste, voulant faire de l'humour, s'était penchée sur elle en faisant vrombir le moteur de sa fraise, annonçant d'une voix caverneuse : « Préparez-vous, ça va faire mâââââl… »

– Comme les murs ont des oreilles (j'indiquai, d'un signe de tête, le mur derrière lequel se trouvait le bureau de l'ignoble Siegfried-Berthe), je compte sur toi pour être prudent.

– Prudent, c'est mon deuxième prénom. On n'a qu'à trouver un code ! Tiens, par exemple, quand on

voudra parler de tes séances, on remplacera le mot
« psy » par le mot « esthéticienne ». Ni vu ni connu
je t'embrouille.

— Parfait.

— Par exemple, si je te questionne devant les
autres sur ton épilation du maillot, tu me répondras
quoi ? demanda-t-il en prenant appui nonchalamment contre son bureau, l'air fier de lui.

J'ouvris la porte.

— Je te répondrai de ne pas t'inquiéter, elle te fera
un bon tarif si tu viens de ma part !

3

Areu areu

Je me fiche de jouer les Wonder Woman
en salle d'accouchement. Donnez-moi
des calmants !

Madonna.

L'immeuble dans lequel je pénétrai quelques
jours plus tard était un édifice lumineux, vaste et
moderne. Pas du tout le genre de bâtiment ancien et
cossu à la façade recouverte de lierre que je
m'attendais, inexplicablement, à trouver dans ce
quartier proche du mien. Décidément, je n'étais vraiment pas douée pour les prévisions. Mieux valait
que je m'en tienne à essayer de deviner la météo,
c'était moins risqué pour mon ego.

Une plaque à l'entrée indiquait l'étage que je
cherchais. C'était au huitième. J'empruntai l'ascen-
seur, un peu tendue, ne sachant pas exactement à
quoi m'attendre, regrettant déjà d'avoir accepté de
participer à cette stupide émission. Je me raccrochais
à l'idée que mes filles exultaient de fierté à l'idée de

voir leur maman dans le petit écran. Ça allait crâner dur dans la cour de récré. Sam était plus réservé sur le sujet. La seule question qui lui importait était : le neuropsy était-il séduisant ?

Impossible de le rassurer grâce au Net, aucun cliché du professeur n'était disponible. L'homme fuyait la notoriété et les photographes, laissant ses coéquipiers se charger de communiquer sur ses travaux dans les congrès et les colloques, lui se contentant de signer ses articles dans des revues médicales.

La curiosité l'emporta finalement sur le trac.

Je me présentai à la réceptionniste, une blonde d'une cinquantaine d'années qui prenait des notes dans un agenda, absorbée par une conversation téléphonique. Dès qu'elle m'aperçut, elle mit immédiatement son correspondant en attente, et m'accueillit avec un sourire si bienveillant que j'hésitai un instant entre lui donner mon nom ou lui proposer de venir travailler chez nous. Avant de me dire que je risquais peut-être de faire mauvaise impression si, dès mon premier rendez-vous, je piquais la secrétaire comme d'autres embarquent les cendriers.

Sur son bureau, je remarquai une petite fontaine d'inspiration zen, composée d'un tube de bambou posé sur un rocher, entouré de galets, d'où jaillissait un filet d'eau claire.

Après avoir noté mon arrivée, elle m'invita à entrer dans une petite salle d'attente au design épuré. Une lumière diffuse provenait d'appliques discrètes. Je pris place dans un moelleux fauteuil en velours beige, assorti aux murs blanc cassé et aux rares objets de décoration. Incrusté dans le mur, un aquarium tout en longueur, où barbotaient des poissons multicolores, apportait une touche de vie à ce lieu dépouillé. Il n'y avait même pas de magazines à feuilleter.

Jambes croisées, mes doigts faisant rouler nerveusement les anneaux de mes bagues, je m'absorbai dans la contemplation des nombreux miroirs qui ornaient les murs. Ils étaient tous ronds, en forme de hublots. C'était un peu étrange comme idée et, devais-je admettre sans pouvoir le comprendre, vaguement angoissant.

Bientôt, n'y tenant plus, je me levai pour les regarder de plus près. Devant, j'en profitai pour glisser une petite mèche derrière mon oreille, rectifier le col de mon chemisier et lisser mes sourcils d'un index humidifié par ma salive.

La secrétaire m'appela d'une voix douce dans laquelle on devinait un léger accent du Midi.

Je me tournai vers elle. Toujours affable, elle m'invita d'un geste à entrer dans le cabinet du professeur. En passant devant cet être rassurant, je dus vraiment me faire violence pour ne pas lui glisser ma carte de visite avec inscrite dessus une proposition de salaire.

Un peu intimidée, je pénétrai dans une pièce encore moins vaste mais décorée de façon tout aussi sobre et déroutante.

Le bureau du professeur était impeccablement en ordre.

Aucun rapport avec le mien, que je ne range qu'à

la fin de la journée, et sur lequel traîne une quantité invraisemblable de stylos, de petits papiers mémos, de carnets divers voire d'emballages de confiseries, que je boulotte lorsque je n'ai pas le temps de déjeuner. Face à la fenêtre, trônait un objet incongru : un puissant télescope, pointé vers le ciel. Je ne m'en approchai pas, craignant d'en modifier la position.

À ma gauche, deux somptueux coraux orangés maintenaient, tels des presse-livres, les quelques ouvrages disposés sur une étagère. Du bout des doigts, je frôlai la traditionnelle méridienne sur laquelle il me fera sans doute m'allonger, avec, près d'elle, le fauteuil sur lequel il prendra place. À la hauteur du coussin repose-tête, se trouvait un petit guéridon sur lequel était posé une sorte de vase blanc en verre dépoli rempli d'eau, relié à une prise électrique. Pas le temps de m'appesantir dessus, je remarquai aux murs des clichés de vaisseaux intergalactiques hollywoodiens et de soucoupes volantes apparues dans des films de science-fiction des années 50. Me voilà manifestement dans l'antre d'un nostalgique des effets spéciaux en carton-pâte.

– Le vaisseau spatial est la métaphore de l'instrument permettant l'exploration de contrées mystérieuses et inconnues. Comme notre subconscient, par exemple.

Je sursautai et me tournai brusquement vers cette voix surgie de nulle part.

– Voulez-vous voyager avec moi ? demanda le professeur en me tendant la main.

Je levai le bras vers lui, comme anesthésiée, et dus me ressaisir à la dernière minute pour ne pas lui abandonner ma main, mais serrer la sienne.

Ainsi devant moi se tenait l'illustre professeur Evan Leitner, qui me scrutait d'un regard si perçant que j'eus un instant du mal à le soutenir.

Je me ressaisis immédiatement. Je n'étais plus une petite écolière impressionnable, mais un vrai docteur en médecine, et il était bon que je me le rappelle.

Leitner, qui avait probablement dû se tenir dans l'espace camouflé par un large paravent situé au fond de la pièce, se dirigea vers son bureau sans me quitter des yeux.

Cette fois, je ne me gênai pas pour détailler cet énigmatique médecin qui savait s'y prendre pour soigner son entrée. Moyennement grand, on lui donnait une petite soixantaine d'années. Il portait un pantalon de lin crème assorti à la pièce, recouvert d'une blouse médicale que j'estimai superflue dans ce contexte, et une paire de baskets Puma dernier modèle.

Des cheveux blancs un peu trop longs, une barbe soigneusement taillée qui lui mangeait le visage, de petites lunettes à monture métallique, et des yeux bleus d'une nuance tout à fait ordinaire.

La légende qui se tenait devant moi était un homme à l'apparence d'une affligeante banalité. Ni laid ni séduisant, il y avait dans son attitude un petit quelque chose d'indéfinissablement adolescent.

Il s'assit et m'invita à faire de même. Je remarquai qu'il frottait discrètement son doigt contre un coin de son bureau, comme s'il avait tenté d'en retirer une invisible substance gluante. Une, deux, trois fois, puis il arrêtait. Une, deux, trois fois, puis il arrêtait.

— Vous souffrez de TOC, professeur ?

Il s'arrêta net, ne répondit pas, mais sourit.

Je repris, provocante, avec le ton assuré que j'employais pour parler à mes patients :

— Je ne peux m'empêcher d'être étonnée. Comment un praticien aussi réputé n'est-il pas parvenu à les faire disparaître ?

Il me fixa, interloqué, avant de répondre :

— Mais… parce que je ne veux surtout pas qu'ils cessent !

J'ouvris la bouche et la refermai. Cet homme était vraiment étrange, mais force était de constater qu'il avait de l'humour.

Je lui expliquai le but de ma visite. Il m'écouta avec attention, hochant la tête sans me quitter des yeux. Puis il entreprit de me questionner sur ma personnalité, sur ma vie, sur mes habitudes quotidiennes, notant soigneusement chacune de mes réponses sur une fiche de classeur, de celles que j'utilisais pour constituer le dossier médical de mes patients.

Le gars était méticuleux, c'était visible, peut-être même de façon excessive. Son apparence irréprochable s'accordait avec son lieu de travail nickel (c'était si propre qu'on aurait pu opérer par terre), jusqu'à son écriture, ronde, lisible et sans ratures. Ce qui frôlait le surnaturel pour un médecin, lesquels mettaient un point d'honneur à ce que l'on doive déchiffrer les inestimables gribouillis sur leurs ordonnances. Moi-même, devais-je admettre, me laissais parfois emporter par la vivacité d'exécution de ma calligraphie, encore trop lente pour suivre le cours de mes pensées, lorsque s'imbriquait dans mon esprit la liste des remèdes dont j'allais honorer mon souffreteux vis-à-vis.

Peu à peu, l'atmosphère entre nous se réchauffa.

Nous nous autorisâmes des sourires, de petites blagues (entre collègues), je commençais même à le trouver sympathique. S'il continuait à m'intriguer par son regard profond et habité, en même temps je découvrais un homme intelligent, à la conversation inspirée.

Au bout d'un long moment de cet échange, il m'annonça son diagnostic.

Je souffrais, selon lui, d'une « angoisse de la première fois ».

Là, je tiquai.

Effectivement, les « premières fois » me faisaient un peu peur, mais je ne m'estimais pas en cela différente des autres. Leitner me coupa, expliquant qu'il avait très bien saisi mon problème, que je devais lui faire confiance.

Il n'était pas dans mes habitudes de faire confiance aveuglément, mais le fait qu'il soit plutôt inaccessible et mondialement renommé contribua sans doute à endormir mes réticences. La fascination mêlée de crainte qu'il m'avait inspirée lorsque je l'avais rencontré céda très vite la place à une relative sérénité.

Selon des indices décelés lors de cette conversation, le professeur prétendit m'avoir trouvée extrêmement réceptive, et avait hâte de m'aider, sous hypnose, à revivre certaines situations pour comprendre à quel niveau se situait mon blocage. Nous allions faire du bon travail, lui et moi, il en était sûr. Inutile de préciser combien j'étais flattée d'être l'objet de l'engouement d'un scientifique de son acabit.

Mais avant de commencer, Evan Leitner s'excusa. Il devait impérativement aller se laver les mains dans l'évier situé derrière son paravent. Ce qu'il faisait probablement déjà lorsque je suis entrée dans la pièce.

— Vous écoutez ma voix, et rien que ma voix…

Allongée sur la méridienne, pieds nus et yeux mi-clos, je me laissai bercer par son timbre envoûtant. J'avais accepté qu'il pose des électrodes sur mon crâne afin qu'il puisse repérer les pics d'activité électrique de mon cerveau tout au long de ses suggestions. Un petit écran de contrôle fiché sur un trépied était incliné vers lui, tandis que je leur faisais dos.

Pour parfaire l'ambiance zen, il avait mis en marche l'énigmatique petit vase blanc, dans lequel il avait versé quelques gouttes de ce que j'identifiai comme étant des huiles essentielles au parfum entêtant. Immédiatement, une brume abondante dégoulina par cascades hors du récipient, tel un nuage féerique, tandis que le vase se colorait alternativement de lueurs aux teintes apaisantes. Je les fixai un instant, avant que mes paupières ne deviennent lourdes.

Le professeur Leitner m'enjoignit, d'une voix grave et profonde, de me laisser aller, de relâcher mes muscles et de libérer mes tensions. Ce qui, je l'avoue, me fut au départ difficile, tant je refrénais une pressante envie de rigoler.

Qu'est-ce que je fichais ici, au lieu d'aller bosser ? Tout ce cirque pour une bête émission de télé ? N'aurait-il pas été plus simple de l'annuler, tout bonnement ?

Mais malgré les mouvements involontaires et convulsifs des muscles de mon visage, son timbre ne varia pas d'une inflexion. J'ouvris un œil en grand que je dirigeai, tant bien que mal, dans sa direction (son fauteuil étant derrière ma tête, je frôlais le contorsionnisme oculaire d'un caméléon). Ses yeux à lui étaient baissés. Il avait donc choisi de ne pas me regarder, tout entier dévolu à sa méditation personnelle, ce qui, quelque part, me parut plutôt confortable.

Je me calmai aussi sec et, peu à peu, me laissai vraiment aller, suivant docilement les injonctions qu'il me soufflait de sa voix enveloppante.

– Yohanna, vous allez vous remémorer votre premier accouchement…

Je ne répondis pas, j'étais trop loin maintenant.

Dans un état étrange entre la veille et le sommeil. Consciente et détachée en même temps.

– Et puis, murmura-t-il dans un souffle, bientôt cela vous sera utile…

Utile ? Pourquoi utile ? D'ailleurs, avais-je bien entendu ? Mon front se crispa. Très vite néanmoins, je me détendis à nouveau. J'avais confiance en cet homme. Presque malgré moi, je laissai les images et les sensations m'envahir, jusqu'à me submerger.

Je suis allongée sur la table de travail. Mes contractions ne sont pas encore régulières, mais mon hypertension est constante alors il va falloir déclencher l'accouchement. J'ai des fourmis dans la main droite. C'est bizarre, ça ne m'était jamais arrivé… Progressivement, je sens mon bras s'engourdir. L'ankylose remonte jusqu'à mon épaule droite… je veux parler pour le dire, mais je n'y arrive pas car mes paroles sont incohérentes. Ce que je dis n'a aucun sens. Je souris, Vincent rigole : ça doit être le stress. Je suis comme le moteur d'une voiture qui n'arrive pas à démarrer, je remets le contact, encore et encore… il faut que j'arrive à prononcer ces mots correctement, puisque je les pense correctement. Je n'y parviens pas. Lentement, comme une coulée de lave froide qui se répand, je sens la partie droite de mon visage s'anesthésier, la partie droite de mes lèvres devenir insensible, la partie droite de ma mâchoire… oh mon Dieu, Vincent ! Appelle quelqu'un !

Je me défendis de penser à ça. Mal à l'aise, agitée, je voulus chasser ces souvenirs…

… Branle-bas de combat. La sage-femme alerte mon obstétricienne, qui débarque à toute vitesse, m'examine, comprend et me caresse les cheveux en me rassurant, le temps qu'un neurologue arrive à mes côtés. Mes mots, quoique prononcés lentement, sont redevenus cohérents à présent. C'est passé. Tout va bien. Regardez, je sens ma main !

Mais alors que j'arrive à parler, c'est maintenant qu'ils ne m'écoutent plus.

Tout l'après-midi, ils me font subir une batterie d'examens. Je fais des blagues avec les sympa-thiques ambulanciers qui m'acheminent, mon ventre et moi, vers l'IRM. Une fois sortie du gros tube aimanté où j'ai pénétré tout entière, direction un autre service, où cette fois le tube (pas de la même taille, heureusement) est enfoncé dans ma gorge, pour regarder mon cœur. C'est bon les gars, tout est en ordre, j'en ai un. (J'apprendrai le lendemain que ce n'est pas le cas de tout le monde.) Et puis il y a ce médecin, qui doit trouver mes veines si sexy, qu'il ne cesse de promener l'embout de son Doppler sur toute la surface de mon corps, passant, repassant, et repassant encore…

– Certaines évocations me sont un peu pénibles…, marmonnai-je d'une voix sourde, les yeux toujours fermés.

– Détendez-vous, ne craignez rien, je suis avec vous, respirez profondément…

… Une salle de travail. Une autre cette fois. Nous sommes le lendemain. Pas besoin de déclenchement, mon col s'est naturellement raccourci pendant la nuit. Bravo petit, beau boulot.

Mon premier bébé va naître aujourd'hui et tout se passera bien, la sage-femme auprès de moi me le promet. Je lui souris, rassurée, j'ai confiance en elle. Puis elle me dit « j'ai fini ma garde, à bientôt ! », et elle quitte la pièce.

À peine refermée, la porte s'ouvre à nouveau, laissant place à une vision d'horreur.

Huguette Svoboda.

Oh non, pas elle…

Mon corps se crispa à son évocation.

… Une immense sage-femme qui doit frôler le mètre quatre-vingts, à la poitrine vaste, au tour de taille imposant et aux yeux noirs outrageusement fardés, portant un chignon blond platine frisotté. Rustre et antipathique. La même qui, deux jours plus tôt, était passée me voir dans ma chambre pour une visite de contrôle. Je lui avais annoncé, candide, que mes contractions semblaient régulières et surtout sensiblement plus intenses. Peut-être fallait-il qu'elle vérifie si l'accouchement avait commencé ? Sans un mot, elle avait baissé le drap qui me recouvrait, enfilé son gant d'examen, et crié à la canto-

nade, en direction d'une collègue restée dans le couloir : « Hey, Jocelyne ! J'ai une patiente qui "aime ça", on dirait ! »

Ma honte n'avait eu d'égal que… rien, en fait. D'abord outrée, je m'étais sentie humiliée et parfaitement vulnérable, allongée dans ce lit, à la merci de cette lourdingue qui faisait son métier avec l'entrain d'une poissonnière tripotant son matériel de travail.

Brutalement, je réalisai combien le pouvoir était dangereux entre les mains de gens à l'ego défaillant, aussi me jurai-je de ne jamais l'imiter lorsque j'aurai fini mes études de médecine. Car quelle que soit la profession des gens, qu'ils soient journalistes, infirmiers, chauffeurs de taxi, ministres, employés de la Poste ou d'une administration quelconque… tous restaient avant tout des êtres humains, dont le privilège d'effectuer ou pas (à leur guise) leur boulot correctement pouvait faire tourner la tête. La vie n'était qu'une longue suite de petites prises de pouvoir mesquines que certains ne vivaient que pour conquérir.

Et pourtant. La maîtresse d'école qui accueillait les parents (déférents et humbles) de ses élèves sur le perron de l'école, l'œil arrogant et la moue pincée, était la même femme qui, la veille, avait rebroussé chemin toute penaude, quand la caissière avait éructé devant tout le monde : « Cette caisse, c'est dix articles maximum ! C'est écrit là, 'savez pas lire ?! »

La puissance du Pouvoir. De pouvoir pourrir la vie des autres, ou de la leur faciliter, au choix.

Nous étions entourés de millions de névrosés potentiels.

Et ce matin-là se tenait devant moi leur impératrice.

En plaçant le monitoring fœtal sur mon ventre, Huguette Svoboda agit avec autant de douceur que si elle manipulait une vache aux pis de laquelle on branche les embouts d'une trayeuse électrique. Elle jette un œil indifférent à mon dossier, et quitte la pièce sur un bref « si vous avez besoin de moi, sonnez ».

… ???

… Et c'est tout ?

Je vais rester comme ça, bêtement harnachée sur cette table avec mon gros ventre qui me cache la vue ? La panique me saisit. Je n'ai jamais accouché de ma vie, moi ! Je veux qu'on m'explique, je ne sais pas ce qu'il faut faire ! Je veux qu'on me rappelle comment respirent les petits chiens, je veux qu'on me tienne la main en me rassurant d'un « oh ! c'est vraiment magnifique comme tout se passe bien ! », je veux qu'on me raconte autre chose que ce que ma mère m'a raconté, à savoir « j'ai souffert pendant quarante-huit heures d'affilée, c'était atroce, j'en pleurais de douleur, on t'a finalement extirpée avec une ventouse, et j'ai failli m'évanouir tellement ça faisait mal… ».

Je regarde Vincent pour voir s'il est aussi indigné que moi par l'attitude laxiste de cette bonne femme, mais il est à l'autre bout du lit, en train d'examiner les instruments et les moniteurs, l'air de se dire « et qu'est-ce qui se passerait si j'appuyais sur ce bouton-là ? ».

Bientôt, les contractions se mettent à devenir de plus en plus douloureuses.

Ça en devient presque intolérable, j'ai besoin qu'on me soulage maintenant. J'appelle la sage-femme, ou plutôt je hurle : « S'il vous plaaaaîîîîît ! Vous pouvez veniiiir ? » à travers la porte fermée, parce que la sonnerie que j'active depuis tout à l'heure ne répond pas.

Vincent me dit : « Chuuuuut ! Tu vas ameuter tout le monde ! »

Je le regarde, interloquée.

J'hésite un instant entre le taper pour qu'il se réveille ou le réveiller pour le taper.

À ce moment, la porte de la salle de travail s'entrouvre, et la sage-femme passe juste la tête pour savoir ce que je veux. Vu sa tronche, j'ai dû la déranger pendant sa pause-café, alors qu'elle commérait avec sa collègue Jocelyne à propos de toutes ces nymphomanes qui aimaient qu'on leur palpe le col de l'utérus.

J'envisage de commencer ma phrase par un poli « excusez-moi de vous déranger en accouchant... », puis je me ravise, et lui dis simplement : « J'ai trop mal, je voudrais bien avoir la péridurale maintenant s'il vous plaît... »

Elle lève les yeux au ciel et maugrée un truc qui a à voir avec mon manque de courage devant l'adversité. J'ai envie de lui répondre que je la badigeonne de méconium de haut en bas, mais je me retiens. Elle peut encore servir.

J'ai raison puisque effectivement elle disparaît en lâchant qu'elle appelle l'anesthésiste.

Je ne reverrai plus personne avant une bonne heure.

De son côté, Vincent essaie de me faire rire avec son masque stérile sur le nez et sa blouse bleue, en jouant au chirurgien fou. « Hou ! Attentiooon, je vais t'opérer, hou ! hou ! »

Pendant qu'il se croit drôle, je garde les yeux désespérément fixés sur la porte. Alors que je commence à gonfler mes poumons pour en exhaler un cri sonore de détresse, finalement, l'anesthésiste arrive.

C'est un petit homme barbu, sévère et antipathique.

Il ne me dit pas bonjour, il ne me regarde même pas, il avance, d'un pas pressé, et ordonne à Vincent de sortir pendant la pose de l'anesthésique. Tandis qu'il étale son matériel, il marmonne distraitement : « Vous avez mal ? Vous avez des contractions ? »

Et là, je gaffe.

Ayant obtenu un certain succès la veille auprès des médecins qui m'ont examinée avec mes vannes à deux balles destinées à détendre l'atmosphère (remarque, normal qu'ils aient rigolé, ils croyaient que j'allais mourir), je lâche, en réponse à sa question, un joyeux et supposé loufoque : « Ben non, je n'ai pas de contractions, vous voyez bien : je m'apprête à aller faire un tennis. »

Aïe. La vanne de trop.

Je tente un misérable : « Ahaaha... », pas très convaincu, mais c'est trop tard.

L'homme stoppe net son mouvement et me fixe, ahuri par une telle audace.

De deux choses l'une : soit ma blague est vraiment pourrie (difficile aussi d'entrer dans le livre des records du comique, à poil sous un drap, avec un inconnu qui s'apprête à vous enfoncer une immense aiguille dans le dos. Je voudrais vous y voir), soit ce gars manque considérablement de sens de l'humour.

Pas le temps d'y réfléchir. Tandis que je suis courbée sur un coussin, il transperce l'espace entre mes vertèbres sans douceur, en commentant : « Qu'est-ce que vous êtes grosse quand même. J'arrive pas à vous piquer, tellement vous êtes grosse... »

Ho, c'est quoi cet hôpital, là ? Ils organisent des concours de sosie des Ceauşescu, et moi je suis tombée sur le couple gagnant, c'est ça ?

J'ai pris quinze kilos en neuf mois, j'en fais donc soixante-quinze à quelques heures d'accoucher. Est-ce que je lui explique qu'il risque d'être amené à rencontrer, de par son métier, des patientes dépassant facilement le quintal avant expulsion de leur moutard, ou je lui laisse la surprise ? Allez, je lui laisse la surprise.

La sage-femme, qui est revenue, a assisté à son petit trait d'esprit (malade), et me contemple, avec sur le visage un rictus triomphant. L'anesthésiste remballe ses affaires et sort de la pièce en m'igno-

rant superbement, tandis qu'Huguette s'active sur ma perfusion.

Celle-là, purée celle-là, je vais m'en faire une copine coûte que coûte, ça va pas faire un pli.

J'attaque avec quelques questions auxquelles elle répondra facilement, flattée de me montrer quelle grande professionnelle elle est. Tout le monde adore parler de ce que les autres ne maîtrisent pas. C'est connu, rien de plus agréable que d'étaler sa science.

– Dites, je n'ai pas encore perdu les eaux, c'est normal vous croyez ? Et… heu… je vais passer toute la journée allongée sans faire pipi ? Non que j'en aie besoin immédiatement, mais…

Elle me coupe sèchement.

– Mais enfin madame, qu'est-ce que vous croyez ?! Je connais mon métier !

Bon.

C'est pas gagné.

Elle est encore plus tordue que je ne l'imaginais.

Jusqu'à présent, je n'étais tombée que sur des sages-femmes qui avaient rivalisé de gentillesse et de douceur. C'était trop beau, ça ne pouvait pas durer. Telle une joueuse de Motus, *je venais de tirer la boule noire.*

Je décide donc de passer au plan B.

Faire amie-amie avec l'élève sage-femme qu'elle traîne partout derrière elle comme un boulet encombrant, la jolie mais empotée Élodie Debaquet.

Je l'apostrophe avec un coup de menton en direction du badge qu'elle porte sur sa blouse :

– Alors ? Heu… comme ça vous êtes en… hum…

pre… première année ? Et ça va les cours, c'est pas trop dur ?

Elle bredouille un petit « non, non, ça va » timide, faisant mine de s'absorber dans l'arrangement du drap qui me recouvre les jambes.

Les heures passent et bientôt, je me mets à trembler de tout mon corps, à claquer des dents, complètement congelée…

Je me recroquevillai instinctivement sur la méridienne, soudain transie et grelottante dans cette pièce à la température idéale.

… Peut-être est-ce à cause de la péridurale ? Comment le saurais-je, puisque à chaque fois que j'interroge Huguette, j'obtiens la même réponse, invariable et terrifiante d'aridité : « Mais enfin madame ! Je connais mon métier ! »

Mon seul soulagement, véritable, indispensable, ce sont les massages que Vincent me procure, Vincent à qui je demande alternativement de pétrir mes reins et de réchauffer mes pieds glacés.

Au bout d'un moment, il se met à gémir qu'il a mal aux mains et qu'il commence à être fatigué de me masser partout.

Abasourdie qu'il ose comparer ses petites crampes aux menottes avec le séisme qu'est en train de subir l'intégralité de mon anatomie interne, je n'ai pourtant pas la force de le traiter de tous les noms. Mais le cœur y est.

À six centimètres de dilatation, je me fais engueuler par ma nouvelle meilleure amie.

— Ah ben votre col s'efface plus lentement, maintenant ! C'est malin. La péridurale a ralenti les contractions. Vous auriez pu attendre un peu avant de demander qu'on vous la pose... Ah ! lala ! J'te jure...

Alors, je la vois sortir d'une pochette stérile une sorte de longue aiguille à tricoter à l'extrémité crochetée.

— Bon, on va crever la poche des eaux pour accélérer tout ça.

Moi, avec la naïveté stupéfiante qui me caractérise :

— Ah bon, et vous allez faire comment ?

La garce ricane :

— On va enfoncer cette tige dans votre vagin.

Je me sens devenir livide. Je supplie Vincent des yeux, je veux qu'il m'aide, qu'il dise quelque chose, qu'il ne la laisse pas faire.

Il a vu mon regard. Courageusement, il s'avance vers elle.

— Vous voulez que je sorte, le temps que vous finissiez ?

Oh purée. Celui-là, j'accouche et je le quitte.

— En fait, prononce Cruella en me regardant bizarrement, c'est plutôt Élodie qui va s'en charger.

Elle passe la tige à ladite Élodie, qui s'avance entre mes jambes.

Je les serre brusquement en hurlant.

— Non mais ça va pas la tête ?! C'est même pas

une vraie sage-femme, elle n'est qu'en première
année ! C'est hors de question ! (Ma tentative de
faire amie-amie avec Élodie s'achèvera sur ces
douces paroles.)

Élodie recule.

Cruella insiste.

– Ah mais c'est normal que ce soit elle qui le
fasse ! Il faut bien qu'elle apprenne !

Élodie s'avance.

Je crie :

– Oui ben qu'elle apprenne sur une femme qui a
déjà eu plusieurs enfants, une femme qui aura eu
l'habitude de se faire trouer la poche des eaux. Moi
c'est mon premier bébé, je veux pas !

Élodie recule.

Cruella gueule :

– Ah mais elle est sous mon entière responsabi-
lité, hein ! S'il arrive quoi que ce soit, ce sera ma
faute à moi, pas à elle, alors écartez-moi ces
jambes !

Élodie avance.

Je proteste énergiquement.

– Vous croyez que ça me rassure, ce que vous me
dites là ?!

Élodie recule.

Cruella m'assène son slogan habituel, au son
d'une petite musique cinglante.

– Mais enfin madame, je connais mon métier !

J'imagine la tête de mon bébé, avec cette tige
pointue qui risque de le toucher, peut-être de l'éra-
fler... je frissonne... mais je suis vaincue, et j'écarte

les jambes docilement en fermant les yeux, et en priant pour que tout se passe bien.

Élodie manipule délicatement son crochet entre mes cuisses, et je ne sens rien, pas même le liquide clair s'écouler dans la petite cuvette placée sous mes fesses.

Deux heures plus tard, je suis sur le point d'accoucher.

Cruella traficote à nouveau ma perfusion, en maugréant : « Votre obstétricienne a téléphoné plusieurs fois, elle a été retardée par une urgence, mais elle arrivera aussi vite que possible... qu'est-ce qu'elle croit celle-là, qu'on ne peut pas s'en sortir sans elle ? Pff... »

Je respire, soulagée. Ça fait du bien de voir qu'il y a des gens qui vous aiment. Peut-être que dans une prochaine vie, ça lui arrivera aussi, à la Svoboda ?

Une équipe de cinq étudiants en médecine entre dans la pièce. On va me poser des forceps pour sortir mon bébé, car après ce qui s'est passé hier, je n'ai pas le droit de pousser. Ils sont là pour observer en prenant des notes.

Salut les gars. Je leur ferais bien un petit signe de ralliement, pour montrer que je suis des leurs, mais je n'en connais aucun. Tant pis. Je remarque au passage que depuis leur arrivée, Huguette se fait nettement plus discrète.

Deux autres médecins sont là. Un interne, qui effectuera le geste, sous l'œil de la chef du service de gynécologie-obstétrique de l'hôpital Nightingal. Les deux docteurs semblent avenants et rassurants.

Seul l'anesthésiste, qui est revenu, m'inquiète.

Il a un curieux regard que je ne parviens pas à déchiffrer.

Mes contractions ont atteint leur paroxysme, et mon corps frigorifié est toujours secoué d'inextinguibles tremblements. Dans l'urgence, je ne sais plus comment respirer, j'ai oublié les cours d'« accouchement sans douleur » (encore une formule de pub inventée par un homme !) alors j'invente ma propre respiration. Une sorte d'expiration instinctive accompagnée d'un bref gémissement rauque. J'ignore pourquoi et surtout comment elle agit, mais c'est la seule technique qui me soulage. Personne n'y prête garde, tout le monde s'active autour de moi, tous les yeux sont fixés sur ce qui se passe entre mes cuisses, tout est prêt pour la pose des forceps, quand soudain, l'anesthésiste rugit sauvagement :

– Aaaaah, vous allez vous taire à la fin ?! Non mais quelle comédienne !!

Sidérée, je le regarde sans comprendre.

Vincent, cette fois, intervient :

– Mais enfin, pourquoi lui parlez-vous comme ça ? Vous voyez bien qu'elle a mal ! (Merci Vincent, c'est pas trop tôt, hein !)

L'anesthésiste perd immédiatement son ton autoritaire pour s'adresser à lui.

– Mais non, elle n'a pas mal. Elle a une péridurale, elle NE PEUT PAS avoir mal. Votre femme est une comédienne, voilà tout.

Pour calmer tout le monde, je tente de reprendre

une respiration silencieuse, mais je n'y arrive pas. J'éprouve un besoin viscéral d'émettre ce petit bruit de gorge.

Cette fois, au bord de l'épuisement nerveux, c'est moi qui beugle :

— Oh et puis zut ! Je ne peux pas m'arrêter de respirer comme ça ! Si c'est trop insupportable pour vous, vous n'avez qu'à sortir !

L'homme me regarde et, sans un mot, quitte la salle d'accouchement.

Oh purée. À quelques minutes de la pose des forceps et de la naissance de mon bébé, je viens de foutre à la porte mon propre anesthésiste.

Brusquement, sans me prévenir ni m'expliquer son geste, Cruella se jette sur moi de toutes ses forces, et m'écrase le ventre en s'allongeant dessus.

Immobilisée, je suffoque. Je parviens à lâcher, dans un ultime soupir :

— Mais… qu'est-ce que… pppfff… vous f… faites… pfff… ?

J'entends une voix au loin me dire : « Elle pousse votre bébé avec son poids pour le faire sortir, puisque vous n'avez pas le droit de le faire vous-même. »

Huguette tourne la tête vers moi, et me postillonne au visage :

— Respirez ! MAIS RESPIREZ JE VOUS DIS !!

Je tente de répondre avec les quelques molécules d'air que contiennent encore mes poumons :

— … peux pas… aaargll… vous m'étouf… fez…

D'un coup, elle recule, on demande à Vincent de

rester près de moi, et de ne surtout pas regarder ce qui va se passer plus bas.

Il prend ma main, la serre fort, on coupe mon périnée et on me pose les forceps.

L'intensité de la douleur ressentie alors est indescriptible. Au moment où l'interne tire délicatement la tête de ma fille, j'éprouve la même sensation que s'il m'arrachait les boyaux de l'abdomen. Sur une échelle de dix, la souffrance avoisine les cent vingt. Je hurle, je supplie même. Si ça ne s'arrête pas bientôt, je sens que je ne tiendrai pas le coup.

Mon cri déchira le silence de la salle de consultation.

Evan Leitner posa immédiatement sa main sur mon front. Il semblait avoir prévu ce moment. D'un ton assuré, il m'ordonna : « Vous n'avez plus mal. » Et effectivement, la douleur cessa aussitôt.

... À ce moment précis, j'ai la vision de quelque chose que je suis la seule à pouvoir discerner. Toute l'équipe tourne le dos à la porte d'entrée. Moi, qui secoue mon visage de droite à gauche, je la vois s'entrouvrir. J'aperçois l'anesthésiste passer sa tête par l'entrebâillement, un sourire éblouissant sur le visage, se délectant visiblement de mes cris.

La scène est tout simplement surréaliste.

Et puis, parce que ce n'était pas suffisant, j'entends Huguette commenter la sortie de mon bébé. Elle annonce, perfide :

— Tiens, une OS non diagnostiquée !

Je m'affole :

– *Comment ? Quoi ? Qu'est-ce qui n'a pas été diagnostiqué ? Comment va mon bébé ?! S'il vous plaît, dites-moi !!*

La chef de service lui lance un regard noir, et me rassure aussitôt.

– *Ne vous inquiétez pas, ce n'est rien... Ça veut juste dire que votre bébé s'est présenté par la face, et non par le sommet du crâne. Elle va très bien cette petite fille ! Tenez, regardez.*

On me pose sur la poitrine une petite chose gluante, au visage chiffonné et mauve, au crâne recouvert d'une substance blanchâtre, qui gigote doucement.

Je pleure cette fois de vraies larmes de bonheur, et je regarde Vincent dont les yeux sont humides aussi. Huguette saisit ma fille avant que je n'aie pu l'effleurer, et mon Elisheva pousse son premier cri, telle une protestation, entre ses mains.

J'ordonne à Vincent de la suivre sans quitter le bébé des yeux, tandis que je m'abandonne aux mains de l'externe qui, une fois le placenta expulsé, entreprend de recoudre mon périnée avec un fil et une aiguille tout en papotant sur la pluie et le beau temps. La situation est si incongrue que je participe à ce babillage léger, résignée, en me disant que je serai pudique un autre jour.

Un peu plus tard, on me rapporte mon petit miracle dans une couveuse, que l'on place près de moi le temps qu'il se réchauffe. Je suis surexcitée. J'essaye d'apercevoir son visage, mais ma poupée *me tourne le dos. Son petit dos poilu, ses pieds immenses, ses cheveux sombres... Elle est toute nue dans sa couche trop grande pour elle. Elle n'atteint même pas les deux kilos et demi.*

Je passe un doigt à travers le volet de la boîte en Plexiglas, et lui chatouille un peton, qu'elle rétracte comme une petite grenouille. Puis, lentement, elle tourne la tête vers moi, et cligne ses yeux gris en m'apercevant. Elle a, à cause des forceps, deux marques rouges sur chaque côté de ses joues duve-teuses, une petite bouche minuscule et pulpeuse, un tout petit nez un peu cabossé. Elle est merveilleuse. Toute la douleur de cette journée s'est envolée, oubliée.

Deux jours plus tard, telle une récompense pour ces heures épiques, il se produira un moment de pure magie entre nous. Tandis qu'elle boit à mon sein, que mon front effleure son front, que je la res-pire, je caresse de ma main libre la joue de ma fille. Alors, sans s'arrêter de téter, Elisheva lève à son tour sa petite main et me caresse le visage. Nous nous caressons le visage réciproquement pendant une longue et délicieuse minute...

C'est sur ce souvenir que j'émergeai doucement de cet assoupissement profond dans lequel j'avais été plongée.

Leitner, qui a sans doute perçu le changement de rythme de ma respiration, m'aida à revenir à moi. Il me guida par des paroles apaisantes, me demanda de conserver les yeux fermés, de bouger doucement

mes poignets et mes chevilles, puis mes bras, sans
brusquerie, en prenant mon temps.

Une fois remise, je m'assis sur le siège, groggy,
assommée, j'arrangeai mes cheveux, les paupières
gonflées comme si j'avais dormi une nuit entière, et
je l'entendis me demander, avec un sourire satisfait :

– Bien. On se revoit quand ?

4

Roarrr…

Lorsque tu vois un chat de sa patte légère laver son nez rosé, lisser son poil si fin, bien fraternellement embrasse ce félin. Moralité : s'il se nettoie, c'est donc ton frère.

Alphonse Allais.

En arrivant ce matin-là, passant devant le bureau du Dr Mandelbaum, je ne pus m'empêcher de l'entendre vociférer. Hou là. Sans doute encore une de ses sempiternelles scènes d'ex-ménage téléphoniques avec son ultime laveuse de caleçons. Effectivement, laissant traîner une oreille en faisant mine, devant sa porte, de chercher un truc dans ma poche (vide), j'entendis quelque chose qui ressemblait à ça : « … Je n'ai pas rêvé, quand tu m'as accueilli avec ta nuisette transparente… HA !… nous sommes d'accord… bien… bien… ne mens pas, je SAIS que tu vois quelqu'un en ce moment… foutaises !!… et… oui mais… parce que… eh bien… BON, TU ME

LAISSES EN PLACER UNE, OUI ?!… Moi c'est pas pareil ! Moi je suis un homme, et… allô ? ALLÔ ?!… »

Bon, me dis-je rassurée, tout semblait aller correctement pour lui. La routine habituelle.

Continuant mon avancée dans le couloir, j'allai attendre Iris dans son cabinet fleuri. Elle était en retard, mais le côté positif de la chose était que son con de chat n'était pas arrivé non plus.

Faisant comme chez moi, j'allai m'installer confortablement sur son fauteuil d'examen. Puis je surélevai mes jambes en manipulant la télécommande, de façon à être en position quasi allongée.

Le bonheur de se vautrer dans un fauteuil de dentiste sans avoir à présenter ensuite ses gencives au praticien était comparable à celui de tripatouiller les narines d'un tigre sauvage, en sachant qu'à la fin on n'aura pas à en payer le tribut de sa vie.

En parlant de tigre sauvage, ou de teigne pas sage plus exactement, j'avisai dans un coin de la pièce, dissimulé derrière une touffe de *ficus benjamina*, mon ennemi le chat roux, ramassé sur lui-même, prêt à me bondir dessus.

Dans un ultime réflexe de survie, je dégainai mon escarpin en me recroquevillant, déterminée à ne pas capituler sans lutter jusqu'à la mort.

J'armai mon bras tandis qu'il s'approchait à pas lents, les muscles bandés, les oreilles basses, les babines retroussées, émettant un grondement sourd qui ne présageait rien de bon pour mes collants tout neufs.

À défaut d'utiliser ma chaussure, je tentai d'abord, façon mimétisme animal, de l'intimider en copiant son regard, impressionnant tant il était froid, fixe et implacable. Sans succès : des années passées dans la pénombre des bibliothèques avaient ôté toute trace d'animalité à mes présentoirs de lentilles.

Arrivé au pied du siège, au fond duquel je n'étais plus qu'une petite boule de femme ratatinée sur le point de couiner, il prit appui sur ses pattes arrière et Iris ouvrit brusquement la porte.

— Hey, Yohanna ! Salut ma belle. J'étais aux toilettes. Qu'est-ce que tu fais avec ce soulier dans la main, dis ?

Elle balança son sac à bandoulière sous son bureau, et retira son gilet parme à franges.

— Je... je..., bégayai-je en regardant autour de moi, surprise de ne pas m'être fait éplucher l'épiderme par les griffes d'une brute poilue.

Je localisai mon serial-chieur, Hannibal Chatdegouttière, planqué dans son panier, faisant semblant d'être assoupi.

— Je peux t'aider ? Tu veux que je t'offre un petit détartrage vite fait bien fait avant de commencer la journée ? Laisse, c'est pour moi, je t'en prie, ça me fait plaisir.

Piteuse, je chaussai dignement ma sandale et déclinai sa proposition.

— Merci mais non. Je voulais simplement savoir si ça te dirait de nous accompagner samedi soir, Samuel et moi.

— Bah...

– Allez Iris, on va à une soirée déguisée chez Tanya, pour fêter le carton de son dernier tube. Tu sais, celui écrit et composé par Sam. Je te promets qu'il n'y aura pas beaucoup de monde, juste une vingtaine de personnes…

Iris se pencha au-dessus de la Bête du Minaudant qui se léchait les pattes en ronronnant, simulant l'innocence incarnée. Elle tendit la main et il se tourna sur le dos pour lui présenter son ventre, lui offrant ainsi un meilleur angle de caresses.

Ai-je rêvé ou bien ce chat qui me fixait, pattes écartées, mimait avec son corps ce qu'il ne pouvait pas me dire avec son majeur ?

– Ohh… tu me connais, je ne suis pas très à l'aise avec toutes ces mondanités…

– Iris. Il y aura des mecs. Des mecs, Iris. Ça fait combien de temps qu'un homme ne s'est pas penché sur ta bouche à toi, pour changer ?

– Ça dépend. Si on considère l'intubation pratiquée par ce sublime anesthésiste, il y a deux ans, pour mon opération de l'appendicite, alors c'était plutôt récent…

– Iris. Je te parle d'un baiser avec la langue.

– Ça compte, quand mon chat me lèche la figure ?

Je refrénai un haut-le-cœur. Puis je m'approchai d'elle, et l'attrapai par les épaules.

– Iris, ho ? Faut te bouger un peu, tu ne vas pas rester seule toute ta vie…

– Mais je ne suis pas seule, Yohanna. J'ai mon cabinet, mes patients, mes fleurs…

– Oui, mais qui partage tes joies, tes repas, ta couche ?

– À quelques gènes près, un beau rouquin, velu et musclé.

– Purée, tu dors aussi avec ton lynx ?

– De toute façon, laisse tomber… Ce genre de soirées, ce n'est pas trop mon truc.

– Et c'est quoi ton truc, alors ? Décris-le-moi ! Si un jour je l'ausculte, que je lui enjoigne d'aller faire vérifier ses plombages chez toi.

Surgissant brusquement, Félix, tout essoufflé, pénétra dans la pièce. Il referma la porte sans douceur, s'appuya dessus, et, plaçant son index contre ses lèvres, chuchota :

– Les filles, je ne suis pas là, vous ne m'avez pas vu !

Comme je m'apprêtais à lui répondre, je remarquai le teint d'Iris, qui avait soudainement viré tomate cramoisie. Allons bon, qu'est-ce qu'elle nous faisait, celle-là ? Une petite bouffée de chaleur annonçant l'imminence d'une préménopause ? Une floraison de plaques rouges consécutives à la présence d'un agent allergène, je ne sais pas, moi, aux poils d'un chat taré par exemple ? Ou bien au pollen de ce nouveau bouquet de fleurs exotiques, qui trônait sur son bureau ? Ou à une eau de toil… Non, c'est pas vrai. À un parfum.

Mes yeux passèrent de Félix, toujours collé contre la porte, à elle, essayant de se donner une contenance sans y arriver, puis d'elle à Félix, puis de Félix à elle et alors, je percutai.

Le parfum de l'amour.

Au contact duquel elle s'était si peu exposée qu'il venait de provoquer une manifestation d'hypersensibilité immédiate (et visible), une réaction anormale, inadaptée et démesurée de son organisme (en particulier au niveau des joues), proche du choc psycho-érotique.

Il me fallait immédiatement lui administrer une forte dose d'adrénaline, si je ne voulais pas la voir mourir (de honte).

Sans prévenir, je lui bondis dessus en hurlant « IRIIIIIIIS !!! », et la pauvre fille, perdant d'un coup toutes ses couleurs, sursauta si haut qu'elle faillit rester accrochée au plafond.

Mission accomplie.

J'entendis derrière moi un bruit de chute accompagné d'un miaulement déchirant. L'autre con de chat venait de se casser la binette en tombant du placard de sa maîtresse, et je ne fus pas peu fière de ce résultat non plus.

— Oups, désolée. J'ai cru que tu avais une bestiole, dis-je en retirant un fil invisible de la manche de ma collègue.

Laissant Iris reprendre son souffle, la main accrochée à son cœur comme s'il allait s'échapper de sa poitrine, je tapotai l'épaule de Félix. L'œil collé au trou de la serrure, il guettait ce qui se passait dans le couloir.

— J'ai pas bien compris ta logique, là. Si tu veux nous espionner retirant sensuellement nos vêtements pour enfiler nos blouses, il suffit juste de te retourner.

— Oh misère ! C'est elle, encore elle…

— Qui ça, « elle » ? demanda précautionneuse-ment l'architecte des quenottes, pas sûre d'avoir envie d'entendre la réponse.

Félix fit volte-face, nous jeta un coup d'œil anxieux, et avança au fond de la pièce, visiblement tourmenté. Pour une obscure raison, le couguar nain le laissait tranquille, lui, alors qu'il piétinait l'inté-gralité de son territoire. Dingo ce chat, je vous dis.

— Noa Malka. Planquée derrière des lunettes noires et un journal dans la salle d'attente. C'est une bombe atomique qui veut mon corps, et qui me har-cèle en venant me consulter sous les prétextes les plus futiles… mal aux cheveux, mal aux ongles, mal aux gencives…

— Ah ça, c'est pour moi, murmura Iris, songeuse, imaginant la bimbo que Félix avait qualifiée de « bombe atomique » passer entre ses mains à elle.

— Je vois, dis-je, compatissante. Et tu n'arrives pas à lui faire comprendre qu'il est formellement interdit à un médecin d'avoir une relation amoureuse avec l'un de ses patients.

— Ouais, répondit l'acupuncteur, un peu embar-rassé. C'est surtout qu'elle est mariée avec un par-rain de la mafia. Et ça m'ennuierait beaucoup que le bonhomme s'imagine que je transgresse allègre-ment mon serment d'Hippocrate entre les bras de sa femme.

Je réfléchis à gros bouillons.

– Mais tu ne pouvais pas… je ne sais pas moi, lui dire que tu n'avais plus de place avant la saint-glin-glin ?

– Mais si, c'est exactement ce que j'ai fait ! Seulement cette folle est venue plus tôt. Elle s'apprête à passer la journée dans la salle d'attente en espérant prendre la place d'une annulation. *Estoy en una mierda negra…*

J'aimais bien quand Félix était ennuyé, parce qu'il se mettait alors à parler en espagnol. Quand il était énervé, c'était des insultes en japonais qui fusaient. L'espace d'un instant, je me demandai en quelle langue il prononçait ses mots d'amour, puis je chassai ces réflexions absurdes de mon crâne. Un peu plus, et j'allais me mettre à l'imaginer en sous-vêtements. Vite, vite, bannir ces pensées indignes de l'esprit d'une femme mariée. Imaginer Siegfried-Berthe en sous-vêtements à la place. Peuark. Ça va, calmée.

– Eh bien va travailler et ignore-la. Je ne vois pas où est le problème, dit Iris.

– Le problème, c'est que j'ai Mme Magnan qui vient précisément de se décommander, et que M. Diguet n'arrivera pas avant trois quarts d'heure. Pour l'instant, Noa Malka n'est pas censée le savoir. Mais elle va me sauter dessus si elle me voit entrer dans mon cabinet tout seul. Les filles, j'ai besoin que vous me planquiez.

Iris se mit à imaginer, il suffisait de la regarder pour le comprendre, différentes cachettes où elle aurait pu dissimuler le beau Félix. Le souci était : le laisserait-elle repartir ?

Alors, j'eus une illumination.

– Écoute, annonçai-je, voilà ce qu'on va faire.

La porte s'ouvrit soudain en grand sur une Sieg-fried-Berthe radieuse et avenante, qui indiqua à Noa, collée à ses basques, que le Dr Otsuka était bien arrivé, et qu'il allait même pouvoir la recevoir immédiatement puisque Mme Magnan venait d'annuler.

Félix sursauta, ouvrit la bouche, nous lança un regard désespéré, mais finalement ne dit rien. Accablé, avec l'entrain d'un condamné à la chaise électrique suivant le bourreau qui allait le pendre un peu pour commencer, il fit signe à sa patiente de le précéder.

La jeune femme, une brune sculpturale moulée dans un pantalon de cuir rouge incendiaire, donna un grand coup de tête pour remettre ses cheveux en place, et, sautillant d'allégresse sur ses talons aiguilles, se dirigea en roulant des fesses vers la porte de son cabinet.

Félix, qui la suivait, ralentit devant Siegfried-Berthe, approcha son visage du sien, et lui parla avec ferveur un long moment en japonais. Notre dévouée réceptionniste, qui ne comprenait pas un traître mot de cette langue, haussa les épaules et répondit d'un ton neutre :

– Eh bien, je vous en prie docteur.

Puis elle s'éloigna, dissimulant tant bien que mal un rictus perfide.

Je fermai la porte, croisai les bras et émis un « hum hummmm… » qui voulait tout dire.

La dentiste fit mine de s'activer en enfilant sa blouse blanche.

— Hou là… je suis en retard, en retard, en retard avec tout ça… toi aussi d'ailleurs… allez ouste ! Va travailler.

— Hum hummm… !!

— Désolée ma biche, mais je ne parle pas cette langue-là. À moins que tu ne t'adresses à Roméo, dit-elle en attrapant ma figure, et en la tournant vers le panier de sa bouillotte vivante.

Roméo. Qu'il était ridicule, ce nom qu'elle avait donné à ce chat qui n'avait rien d'un séducteur. Non, pour lui j'aurais plutôt vu un patronyme comme Jack, par exemple. En l'honneur de son mentor, Jack l'Éventreur.

— Iris, c'est bien joli les rêves et les petits nuages qui volent et les petits cœurs partout, mais as-tu remarqué qu'il n'est absolument pas au courant des sentiments que tu éprouves pour lui ?

— Mais j'espère bien ! siffla Iris, bouleversée. Je ne veux surtout pas qu'il le sache.

— Tu attends quoi ?

— Je n'attends rien du tout… ou plutôt si, j'attends le bon moment.

— Et ce sera quand, le bon moment ? Quand il nous annoncera qu'il est raide dingue d'une fille, ou quand il envisagera d'habiter avec elle ?

— Quand… quand… quand je serai prête, voilà.

J'attrapai mon sac, que j'avais laissé contre son

fauteuil d'examen, et me dirigeai vers la porte. Avant de l'ouvrir, je me tournai vers elle une dernière fois, et lui proposai d'une voix douce :

— Iris, tu ne veux pas me laisser te filer un coup de main, dis ?

Elle me tourna le dos, absorbée par le tripatouillage de ses instruments que j'entendais cliqueter les uns contre les autres.

— … D'accord, murmura-t-elle d'une voix à peine audible.

— Alors je suis ton homme.

5

Waouh !

*J'ai dix paires de chaussures de sport,
une pour chaque jour de la semaine.*

Samantha Fox.

La soirée déguisée chez Tanya, à laquelle nous arrivâmes tardivement, n'avait pas de thème particulier. Aussi pouvait-on y croiser tout le monde et n'importe qui, vêtu en tout et n'importe quoi. Depuis le fantôme avec un drap sur la tête, jusqu'à celle qui n'avait pas eu le temps de se louer un déguisement et avait enfilé une guêpière avec un shorty, un porte-jarretelles et des talons, expliquant à chaque personne qu'elle croisait qu'elle était déguisée en Pussycat Doll.

Samuel, habillé en pirate des Caraïbes, et moi, costumée en danseuse du ventre, croisâmes un producteur mort avec un faux couteau qui lui traversait le crâne, dégoulinant de vrai faux sang. Sam me présenta une choriste déguisée en soubrette sexy (le costume, un peu élimé, avait déjà visiblement servi), et un guitariste chauve et badigeonné de peinture verte, vêtu en Shrek, avec son instrument en bandoulière.

La maison de Tanya, l'inénarrable interprète de *Je veux danser comme une chienne ce soir* et de *Dis, tu l'aimes mon nombril ?*, était en fait un magnifique hôtel particulier, situé à une vingtaine de kilomètres de la capitale, au sein d'un parc immense et préservé. Elle y vivait avec Ethan, son mari manager, producteur, photographe et réalisateur de clips. Ils n'avaient pas d'enfant, Tanya estimant qu'à trente-sept ans, elle était encore trop jeune pour se bousiller la silhouette avec une grossesse.

Samuel, mon musicien de jazz qui écumait les pianos-bars et les petites salles de concert avec son groupe (une bande de copains plutôt doués qu'il traînait depuis le lycée), composait parfois des chansons plus commerciales, juste pour le plaisir de gagner sa vie. Ainsi avait-il été à l'origine du dernier succès de la chanteuse, un tube intitulé *Pitié, tais-toi*, qui l'avait propulsée aux plus hautes sphères du hit-parade.

La musique pulsait fort ce soir, aussi n'était-il pas évident de pouvoir discuter avec les marsupilamis, cow-boys et autres bonnes sœurs que nous croisions. Une flûte de champagne à la main, je me frayai un chemin à coups de hanches pour aller m'asseoir dans un coin du salon, laissant Sam converser avec ses amis du milieu. Très vite, je sympathisai avec trois jeunes femmes, dont une, Zoé, moulée dans une virginale robe de mariée, enceinte jusqu'aux yeux, qui jouait d'habitude le rôle de la sœur de notre hôtesse. Nous nous présentâmes, et parlâmes (fort) de notre vie, de nos métiers, de nos enfants. Chacune montra aux autres des photos de ses rase-mottes, et chacune fit semblant de s'extasier avant de les passer aux autres.

Bien évidemment, comme toujours dans ces cas-là, la conversation finit par bifurquer vers le bidon de Zoé, et toutes voulurent y aller de leur petit conseil. Peu importait qu'il s'agît pour elle de sa seconde grossesse, nous avions quand même des choses à dire sur le sujet, un savoir à partager. Je me tins prudemment à l'écart de la conversation pour ne pas impressionner la jeune femme avec mes souvenirs à moi, car elle était tout de même à deux semaines du terme.

Zoé s'enfonça profondément dans le canapé. Son gros ventre reposait sur ses cuisses, elle le caressa en s'éventant de l'autre main avec un magazine qui traînait.

Son désir à elle, c'était d'essayer l'accouchement sans péridurale. La naissance de son petit Achille s'était bien passée, mais elle en avait gardé un souvenir un peu incolore, presque insipide. Tout s'était déroulé en clinique, de manière fastidieusement aseptisée. L'anesthésie lui avait été posée au tout début du travail, aussi n'avait-elle rien senti du crescendo des contractions. Cette fois, elle avait envie d'action, de voir jusqu'où son corps serait capable de résister avant d'accepter qu'on la lui pose. Ou pas.

Vu sous cet angle, je me sentis d'attaque pour lui raconter la mise au monde de Margalit, en une heure et demie, sans péridurale.

— Et t'as eu mal ? me demanda-t-elle.

— Comment te dire…

— C'est toi qui as choisi de ne pas la demander ? Quel courage !

— Comment te dire…

— Je t'envie d'avoir vécu ça.

— Comment…

— Comment ça s'est passé ? Raconte.

Alors je me calai dans le canapé, ramenai mes pieds déchaussés sous mes fesses couvertes de voiles en mousseline, et je racontai. Toutes m'écoutèrent passionnément, car j'étais semble-t-il la seule à avoir vécu pareille expérience. (Loués soient les progrès de la médecine.)

Je narrai mon arrivée à l'hôpital Nightingal. Mon accueil par Véronique Frohmut, une sage-femme charmante qui, après m'avoir examinée, m'annonça que c'était pour dans quelques heures. Elle apaisa mes craintes : non, Huguette Svoboda n'était pas de garde cette nuit. Si j'accouchais dans la soirée, ce serait avec elle. (Petite biographie rapide d'Huguette Svoboda, histoire que mon auditoire comprenne bien à quoi j'échappais. Acquiescement général, elles étaient soulagées pour moi.) Aucune crainte non plus de rencontrer l'endormeur qui n'aimait pas les actrices, il ne faisait à l'époque qu'un stage dans cet hôpital.

Véronique m'installa dans une chambre à l'étage

des accouchées. Pour accélérer la modification de mon col, elle me conseilla de marcher dans les couloirs. Ce que je fis, inlassablement, tout en repassant mon planning dans ma tête : mon frère, prévenu, était en route pour la maison, ça c'était fait. Vincent se tenait dans la position d'un coureur de relais, les pieds dans les starting-blocks pour me rejoindre, sitôt que mon frère serait arrivé pour garder Elisheva qui dormait, ça c'était fait. Capucine Dupuis, une sage-femme qui avait suivi ma grossesse à domicile, avait insisté pour être présente et rencontrer sitôt sa sortie de l'œuf le petit poussin dont elle avait écouté le cœur battre chaque jour. J'avais accepté avec enthousiasme, car on n'était jamais de trop pour faire d'un tel moment, à la fois rare dans la vie d'une femme et d'une intensité émotionnelle prodigieuse, un moment préservé. Elle était en chemin, ça c'était fait.

— Chérie, je descends un moment avec Ethan et Olivier. On va écouter des maquettes. Je peux te laisser seule ?

Samuel déposa un baiser sur ma pommette, et me fit un signe de tête en direction d'Ethan et du mari de Zoé, Olivier, qui attendaient derrière lui. « Descendre » signifiait aller au sous-sol, aménagé en véritable studio d'enregistrement professionnel.

Il se faisait tard, le salon s'était vidé, les invités commençaient à rentrer chez eux. Je lui souris en agitant mes doigts en guise d'au revoir, et continuai mon récit.

… Agrippée aux murs du couloir, avançant pas à

pas telle une vieille femme, le ventre régulièrement
crispé par de douloureux spasmes, je me repassai
en boucle les cours d'obstétrique que j'avais com-
pulsés assidûment ces dernières semaines. Tel Rocky
Balboa, tronçonnant des bûches à mains nues et tirant
des traîneaux avec les dents avant d'affronter le
boxeur russe, je m'étais astreinte à une préparation
mentale et stratégique digne d'un Kasparov de la
foufoune. J'étais prête à faire face à tous les cas de
figure possibles : césarienne, accouchement sous
anesthésie générale, forceps à nouveau…

Ne tenant plus debout, j'étais finalement retournée
dans ma chambre. Les contractions me semblaient
maintenant trop régulières et j'avais un mal de chien.

– Aoutch…

– Voilà, exactement comme ça.

Je considérai la pseudo-mariée.

– Heu… tu vas bien ?

Zoé, qui avait renversé sa tête en arrière, se
redressa et posa sa main sur la mienne.

– Ça va, j'ai de petites contractions depuis deux
jours. Celle-là était juste un peu rude, mais tout va
bien.

– Tu en es sûre ? Tu devrais peut-être rentrer, on
ne sait jamais.

– Non, ça va, je t'assure.

Elle se tourna vers l'entrée.

– Tanya ! Baisse cette musique s'il te plaît ! Les
pulsations heurtent les oreilles de mon bébé !

Tanya, vêtue en sexy Cat Woman au décolleté

pigeonnant, raccompagnait un type déguisé en Tahi-
tienne à la porte, en le serrant contre elle comme si
elle n'allait plus le revoir avant des années. Elle sursauta à l'injonction de sa sœur. Les yeux écarquillés
à l'idée que le bébé puisse entendre quoi que ce soit
là où il était, elle dirigea sa télécommande vers sa
chaîne stéréo et l'éteignit complètement. C'est le
moment que choisirent les deux jeunes femmes
assises près de nous pour se lever et nous quitter.

Comprenant que je venais d'être abandonnée un
bon moment par mon mari, je proposai à Zoé d'aller
nous chercher un verre de jus de fruits en cuisine,
mais elle se leva pour montrer son autonomie et m'y
accompagna. Tanya, jouant avec sa crinière blonde
de laquelle émergeaient deux oreilles noires, vint
nous rejoindre, sans quitter sa coupe de champagne.

— Yohanna, continue ton histoire s'il te plaît.

— Quelle histoire ? demanda Tanya, intéressée.

— Son accouchement sans péridurale. Tu sais que
je veux absolument essayer de…

— Ah non ! protesta Tanya, avec un froncement
de nez dégoûté. C'est répugnant, toutes ces histoires
de sang et d'hémoglobine…

— C'est la même chose, l'interrompis-je en souriant.

— Qu'est-ce qui est la même chose ?

— Le sang et l'hémoglobine. L'hémoglobine est
un composant sanguin.

— Peu importe, je ne veux pas en entendre parler,
déclara Tanya en retirant ses fausses oreilles. Ça
risque de me donner des cauchemars.

Et pour afficher sa détermination, elle fit volte-face et quitta la cuisine. Zoé et moi nous regardâmes en pouffant, avant qu'elle ne soit prise d'une contraction particulièrement violente qui la fit grimacer.

– Tu devrais vraiment aller faire un tour à l'hôpital.

– Ça va, je te dis. Je gère. Et puis c'est très supportable.

– Tu veux que je t'examine ?

Elle me lança un regard où perçait une lueur d'inquiétude.

– Non, ce n'est pas la peine, ça va se calmer.

Je décidai de prendre les choses en main.

– Je vais t'examiner quand même, si tu le permets. C'est ça où je te jette de force dans un taxi, direction la maternité ! On est un peu éloignés de tout ici, ne cours pas de risques inutiles.

– Bon…

Elle accepta de me suivre, tandis que je lançai mes clés à Tanya, lui enjoignant d'aller chercher la mallette d'examen que je gardais toujours dans le coffre de ma voiture.

Nous nous installâmes dans une des chambres d'amis. J'aidai Zoé à se défaire de son encombrante robe de mariée.

La petite trentaine, irradiant de simplicité, sa sœur et elle n'avaient que peu de points communs. Des cheveux mi-longs châtain clair à la nuance naturelle, un boulot à la fac dans le domaine de la physique fondamentale… on était loin de Tanya et de ses Pectoro Boys, irisant d'huile et de paillettes.

En culotte de coton fleuri, la jeune femme s'allongea tant bien que mal sur le lit, son ventre distendu et incompressible limitant ses mouvements. Elle attrapa pudiquement un coussin qu'elle cala contre sa poitrine, tandis que j'ouvris un placard au hasard en quête d'un vêtement quelconque.

Cette chambre était réservée aux amis de passage, mais j'eus la chance d'y trouver quand même du linge de corps. Il s'agissait d'une pile de tee-shirts blancs. J'en déployais un : il était imprimé aux couleurs de la dernière tournée de Tanya, dont le portrait stylisé, rehaussé de strass, était thermocollé. Le tee-shirt était immense. Comme Zoé n'était pas très grande, elle l'enfila et, malgré le volume de son abdomen, il lui arriva à mi-cuisses.

En attendant que Miss Balayage Californien revienne avec mes instruments, j'attrapai le poignet de Zoé en faisant nonchalamment des commentaires sur la décoration de la pièce. Son pouls était rapide, mais rien de dramatique. Une contraction la fit gémir tandis qu'elle se tendait de tout son corps. Ma main caressa son front, avant de s'y poser quelques secondes. Pas de fièvre. Bien, pas d'infection en vue, donc.

— Écoute Zoé, je crois qu'il faudrait vraiment ne pas perdre de temps et…

— Tout va bien, je te dis. J'ai juste été un peu surprise par celle-là. Je te promets de te prévenir si vraiment j'ai mal. Ra… raconte-moi ton accouchement turbo sans péridurale, que je tripe.

Je souris.

— Si tu veux. Le temps que ta sœur revienne, je te le raconte dans les grandes lignes. Donc voilà. Je retourne dans ma chambre, je regarde les clips sur MTV tout en feuilletant un magazine. Ma mère au téléphone me conseille d'appeler la sage-femme si je souffre trop. Avant ça, je décide de chronométrer mes contractions. Et là, je réalise que j'en ai une par minute !

— Une par minute ? Mais tu étais à combien ?

— Quatre centimètres de dilatation. Quand la sage-femme arrive, je suis cramponnée aux oreillers, mâchoires serrées, le temps que ma contraction passe. Je ne te raconte pas comment j'étais fière de moi.

— Voilà, fit Zoé, rêveusement. C'est comme ça que je veux accoucher.

— Dans la salle de travail, j'attends impatiemment que mon mari et ma copine sage-femme arrivent. On m'allonge sur la table, on me sangle avec le monitoring fœtal, on m'installe une perfusion de sérum physiologique, on bipe l'anesthésiste, bref, la routine. Je suis seule à mettre bas cette nuit-là, le personnel commence sa garde, les infirmières sont reposées, tout le monde est gentil et aux petits soins pour moi.

— Je veux exactement la même chose.

— Puis, quelques instants après, l'anesthésiste fait son entrée.

– Et c'est le même que pour ton premier accouchement.

– Même pas. Celui-là est adorable. Il me demande poliment de m'asseoir et de me pencher sur un oreiller, le temps de me piquer. Mais les contractions m'empêchent de rester en position. À chaque fois, je me cambre brusquement en arrière en grinçant de douleur. La sage-femme lui explique que j'en suis maintenant à six centimètres de dilatation. Tout va à une vitesse folle, je ne maîtrise plus rien. Il a besoin d'une minute complète pendant laquelle je resterai immobile, mais j'en suis incapable.

Le visage de Zoé se crispa.

– Ça va ?

– Oui, oui, continue de parler, ça me fait du bien…

Je regardai vers la porte, pestant intérieurement contre sa sœur qui mettait un temps fou à revenir.

– OK. Une violente contraction me fait perdre les eaux sur la table de travail. Véronique m'enjoint au calme, se met face à moi, place mes bras autour de son cou, et me dit de me remettre en position. Je me concentre de toutes mes forces pour résister, mais il m'est impossible de tenir cette position plus de trente secondes sans être submergée par la puissante montée de chaque contraction. J'entends l'anesthésiste, désolé, annoncer qu'il ne parviendra pas à me piquer, que je vais devoir accoucher sans péridurale. Instinctivement, je me mets à pousser après chaque contraction, et ça me soulage. Je crie aussi, et à chaque cri, mon corps s'insensibilise.

– C'est merveilleux…

– Oui, surtout quand c'est fini. En attendant, j'entends la sage-femme regarder entre mes jambes et alerter : « Elle accouche, vite ! » Alors, dans l'affolement d'une nouvelle poussée, je bascule et me retrouve la tête dans les étriers et les pieds sur le dossier du fauteuil !

Zoé se mit à rire.

– Pour moi, peu importait ma position du moment que j'étais allongée, d'autant que j'avais pris au mot les paroles de la sage-femme, persuadée que ma fille allait gicler à la prochaine poussée. Alors je hurle, je me débats, je vocifère contre le personnel médical qui tente de me redresser et, dans un éclair de lucidité, je finis par pivoter quand même. C'est le moment que choisissent mon compagnon et Capucine, ma sage-femme, pour débouler. Ils étaient enfermés à l'extérieur, tambourinant contre la porte du couloir des salles de travail sans pouvoir entrer, puisque tout le personnel était à mes côtés. Vincent, en me voyant affolée, croit que je cherche à m'enfuir et me demande de ne pas tenter de me sauver car le bébé sera bientôt là. Du grand Vincent. De mon côté, je supplie le médecin : « Pitié, faites-moi même une anesthésie locale ! »

– Tu souffrais ?

– Honnêtement, oui mais pas tant que ça. La peur décuplait largement mes sensations.

– Je m'en doutais.

Je regardai ma montre, nerveuse, et je continuai.

— J'imagine que je m'apprête à ressentir la pire douleur de mon existence, j'imagine que je vais m'évanouir, j'entends « ne poussez plus ! », et puis une autre voix qui commente : « Attention, elle va se déchirer… », alors je retiens mon souffle – tout sauf la déchirure – et je fixe le nez de Vincent.

— Pourquoi son nez ?

— Je ne sais pas. Je l'aimais bien, son nez.

— Et ? demanda Zoé, avide.

— J'entends Capucine qui me dit : « Mais regarde Yohanna, ton bébé est là ! »

— C'est pas vrai…, souffla Zoé, avec un sourire lumineux.

— Je lâche Vincent du regard pour me retrouver face à une petite poulette toute rose et aussi propre que si elle sortait de son bain. Margalit m'expliquera, quelques années plus tard, qu'elle prenait sa douche dans mon ventre quand elle s'est sentie aspirée vers l'extérieur ! Mon bébé d'amour… Voilà. J'avais tout envisagé, sauf un accouchement rapide, naturel, et sans complications. Ensuite, j'ai réussi à l'allaiter pendant sept mois. Un vrai bonheur, l'allaitement. Je dis souvent que c'est la récompense de l'accouchement : après la douleur, la douceur…

— Ohhh…, fit-elle, attendrie. Hooooooo, continua-t-elle, souffrant visiblement.

— Bon, là ça suffit, je vais chercher ta sœur.

Tanya ouvrit la porte au moment où j'attrapais la poignée. Elle me tendit ma mallette, essoufflée, m'expliquant avec force gesticulations qu'elle avait craint de se fouler la cheville sur le gravier avec ses vertigineux talons de femme-panthère. Il lui avait fallu trouver avant des chaussures plates et, ne parvenant pas à localiser la moindre paire, elle avait dû se rabattre sur des pantoufles.

Je ne l'écoutai pas et lui arrachai ma valisette des mains en lui demandant de sortir. Elle ne se fit pas prier, ajoutant qu'elle resterait derrière la porte, en cas de besoin.

Elle y était effectivement deux minutes plus tard, lorsque je passai la tête hors de la chambre pour lui demander d'aller me chercher d'urgence un couteau.

Je la vis quitter ses chaussons plats pour courir plus vite jusqu'à la cuisine, et je me demandai l'espace d'une seconde s'il s'était agi d'un réflexe ou si elle était réellement demeurée.

Une minute plus tard (grâce à sa cavalcade pieds nus, sans doute), elle me tendit un long couteau effilé. Je l'estimai une seconde, annonçai « on fera avec », et lui fermai la porte au nez. Tanya attrapa sa longue chevelure à pleines mains, la tordit et la remonta sur son crâne, laissant ainsi tout l'espace possible à son oreille pour se ventouser contre la porte.

Très vite, j'étais de retour pour lui demander cette fois d'aller me chercher des tenailles. Elle ouvrit de grands yeux épouvantés. « Magne-toi ! » ordonnai-je, tandis que Zoé gémissait doucement derrière moi.

Tanya revint avec l'instrument, que je lui pris des

mains, énervée, avant de refermer sèchement la porte.

Cinq minutes plus tard, je sortais de la pièce, la mine défaite.

— Alors ? demanda Tanya, inquiète, en se frottant nerveusement les mains.

— Je n'y arrive pas purée, je n'y arrive pas...

— Tu n'arrives pas à quoi ? Dis-moi ?

Je la considérai en silence, affligée, en me demandant si elle prenait de la drogue.

— Eh bien... à décoincer la serrure de ma mallette, voyons. Je pourrais encore l'examiner sans mes gants stériles en latex, le problème c'est que je ne peux avoir accès ni à mon stéthoscope ni à mon tensiomètre. Mais je pense que le travail a déjà commencé de toute façon. Il faut absolument qu'on emmène ta sœur à l'hôpital.

— Non, pas tout de suite.

Zoé venait d'apparaître dans l'encadrement de la porte en se tenant aux montants. Elle exultait, radieuse.

— J'adore ce qui m'arrive, c'est un instant magique. Laissez-moi en profiter, je vous en prie. Sentir ces vibrations jaillir des tréfonds de mon être, telle une femme des premiers âges. Éprouver ces vertigineuses sensations qui me sub...

— Oui, bon, ça va, tu vas pas en faire une chanson, maugréa Tanya, peu sensible aux joies de l'enfantement.

— On va prendre l'air sur la terrasse ? proposa Zoé, habituée à la mauvaise humeur de sa sœur.

– Uniquement si tu me promets qu'on va chercher ensuite ton mari, pour qu'il te raccompagne,
dis-je.

– Promis. Juste un petit quart d'heure.

– Cinq minutes. Et je chronomètre.

– Tope là.

Je topai là, et les laissai avancer.

– Tanya, j'emprunte tes toilettes et je vous
rejoins.

– C'est à gauche, puis la première à droite.

6

Aaaaah !

Pour réussir, il ne suffit pas de prévoir.
Il faut aussi savoir improviser.

Isaac Asimov.

Quelques instants plus tard, j'étais de retour auprès d'elles.

L'immense terrasse aménagée sur le toit de son hôtel particulier, propice au farniente, était un espace luxueux destiné à la bronzette. Cinq chaises longues, sur lesquelles étaient posés matelas rayés et immenses serviettes de bain propres pliées en quatre, attendaient de réceptionner les fesses de bienheureux alanguis.

Deux grands palmiers en pot procuraient en journée un peu d'ombre qui reposait les yeux, tandis que sur une table, à l'écart, trônait le matériel nécessaire pour rester belle jusqu'au bout des ongles.

Accoudée à la rambarde, Zoé, pieds nus, yeux fermés, une douce brise soulevant ses cheveux, offrait béatement son visage aux étoiles. La nuit était chaude, sans toutefois être oppressante ou moite. Un temps vraiment agréable pour un mois de juillet, quoique cette brise, tout de même… je pris garde à ce que les voiles de ma jupe orientale, qui s'agitaient dangereusement, ne franchissent pas les limites de la décence ascensionnelle, exposant ma lingerie à la vue de mes collègues telle une Shéhérazade plantée au-dessus d'une bouche de métro.

C'est le moment que choisit Zoé pour perdre les eaux, inondant brutalement ses pieds aussi bien que le sol de la terrasse.

– Oh ? Ça y est, constata-t-elle.

Tanya posa la flûte de champagne qu'elle sirotait et se précipita vers sa sœur.

– Ben vas-y, pisse partout, j'te dirai rien !

– C'est parti, on n'a plus une minute à perdre, annonçai-je en prenant Zoé par les épaules pour la diriger vers la porte.

Laquelle ne s'ouvrit pas.

J'actionnai la poignée plusieurs fois, doucement d'abord, puis de plus en plus vivement, mais la porte restait obstinément close.

Tanya, demeurée en arrière pour éponger tant bien que mal les dégâts avec une serviette en coton, nous rejoignit. Elle râla :

– Eh ben ouvre.

– Bonne idée, mais je n'y arrive pas.

La blonde se tapa la paume contre le front.

– Ah oui, c'est vrai. Cette porte a un problème depuis des années. Du coup, on la garde toujours ouverte. Tiens, d'ailleurs, normalement il y a une cale, pour la bloquer. Il est où, ce truc ?

Je donnai un petit coup de la pointe de mon pied sur un machin en bois qui gisait. C'était de ma faute, j'avais buté dessus en les rejoignant, il avait dû se décoincer.

— C'est ça ?

— Oui, voilà, c'est ça !

— Bon. On fait comment maintenant, pour sortir ? demandai-je en tentant de garder mon calme.

Tanya me regarda en ouvrant grand ses yeux de biche aux faux cils fournis.

— Ah mais on peut pas, hein ! Il faut qu'on nous ouvre de l'intérieur, maintenant. En plus, c'est une porte blindée, alors tu vois…

— Vous avez une porte blindée que vous laissez… toujours ouverte ?

Zoé ne permit pas à sa sœur de répondre à cette question hautement philosophique. Elle se cabra violemment en étouffant un cri de douleur.

— Mais qu'est-ce qu'elle a ? demanda Tanya, paniquée.

— Elle accouche !

J'eus très envie de rajouter « patate », mais je me retins de justesse, en me souvenant que cette voix, quand elle ne proférait pas des inepties, rapportait de l'argent à mon mari et qu'il serait sans doute fâché que cela cesse.

Son bras sur mon épaule, j'emmenai Zoé jusqu'à une chaise longue. Je redressai un peu le dossier avant de lui permettre de s'y allonger.

– Excuse-moi Yohanna, souffla Zoé. Ça fait un long moment que mes contractions sont douloureuses, mais je te l'ai caché. Je voulais voir jusqu'où je pourrais résister. Je te l'ai dit…

– … Oui, je sais, tu rêves d'un accouchement à l'ancienne.

Et tu risques fort d'en avoir un, finis-je dans ma tête.

– Très bien. Maintenant, on arrête de rigoler. Tanya, fais péter ton téléphone portable, on a perdu trop de temps, appelle une ambulance.

– Quel téléphone portable ? Le seul que j'ai est dans mon sac… en bas.

Aïe. Le mien aussi. Je jetai un coup d'œil, en désespoir de cause, à Zoé et à son tee-shirt, au cas où par miracle elle aurait planqué son mobile sous un de ses énormes seins, à la ptôse duquel nous aurions dû notre salut… non… même pas. Évidemment.

– Bien, bien… réfléchissons… il n'y a pas de voisins alentour, n'est-ce pas ? Mais on n'a qu'à gueuler, tout simplement, pour alerter nos maris en bas.

Et sans perdre un instant, penchée sur la rambarde les mains en porte-voix, je mis ma stratégie à exécution en hurlant à plein poumons.

– Samuel !!! SAMUEEEEL !!! SA-MU-EEEEEEELLLL, YOU-OOOUUUHHH !!!!

Tanya me tapota l'épaule.

– Laisse tomber. Non seulement ils ont probablement des casques sur les oreilles, mais ils sont surtout dans une pièce complètement insonorisée.

— Mais comment tu fais quand tu veux appeler ton mari ?

— J'appuie sur un bouton, et un voyant lumineux s'allume dans le studio.

— Laisse-moi deviner. Et le bouton n'a pas été installé sur la terrasse, c'est ça ?

— Bingo.

Une contraction tout aussi violente que la précédente fit gémir Zoé. Cette fois, elles étaient visiblement trop rapprochées.

— OK, alors Zoé, c'est ton jour de chance, annonçai-je en rigolant et en m'asseyant près d'elle. Tu sais ce que j'ai fait, tout à l'heure ?

— N… non, balbutia-t-elle, se sentant de moins en moins solidaire des femmes des premiers âges.

— Pipi ! Je suis allée faire pipi, c'est pas génial, ça ?

— Si, je suis contente pour toi, mais je ne vois pas où tu veux en venir, dit-elle en souriant faiblement.

— Je veux dire que je me suis furieusement lavé les mains au savon ! Tu vois, même pas besoin de gants stériles pour t'examiner.

Tanya s'insurgea.

— Ah non ! Je ne veux pas voir ça, c'est répugnant.

— Eh ben sors, alors.

Zoé et moi nous mîmes à rire de cette bonne blague, tandis qu'elle pliait ses jambes, plaçait ses poings sous ses fesses et soulevait son bassin.

Rassemblant tout ce qui me restait de souvenirs de mes cours d'obstétrique, quand j'étais externe, je glissai ma main entre ses cuisses. Et ce que j'y trouvai ne me plut pas du tout du tout. Je réessayai à nouveau, pour être sûre de ce que j'avais touché. Mes craintes étaient fondées.

— Formidable, annonçai-je d'une voix joyeuse, que j'espérais pas trop forcée. Tout va bien. Tu es à… je dirais… au moins cinq ou six centimètres de dilatation. Bravo ma grande, quel courage ! Tu vas voir que tu vas la mettre au monde aussi vite que moi, ta grenouille.

— C'est un garçon hhhuuuuummmm, rectifia Zoé avant d'être envahie par un spasme brûlant de douleur.

— Bon. C'est bien aussi, les petits crapauds. Allez ne t'inquiète pas, je suis là, je suis médecin, tout va bien se passer. Respire.

Elle m'agrippa la main avec gratitude. Sans me quitter des yeux, elle se mit à inspirer et à souffler comme on le lui avait appris.

— Je vais chercher une serviette pour l'accueillir, ton têtard. Ne bouge pas de là. Tu bouges pas, hein ?

Elle acquiesça avec un pauvre sourire sans cesser de pratiquer sa technique de respiration qui, manifestement, ne la soulageait pas tant que ça.

Je me levai et fonçai retrouver Tanya, qui nous tournait le dos à l'autre bout de la terrasse.

— Bon, c'est un siège.

— … qu'il te faut ? Je pense qu'on doit pouvoir te trouver ça.

Je l'attrapai par les épaules et me retins de toutes mes forces de la secouer comme un prunier.

Plongeant mes yeux dans les siens, je lui expliquai à voix basse :

– Tanya, écoute-moi bien. J'ai une bonne et une mauvaise nouvelle.

– Je t'écoute, dit-elle en battant des cils très fort pour stabiliser son attention.

– La mauvaise nouvelle, c'est que son bébé se présente par le siège, c'est-à-dire les fesses en avant. Et déjà que je n'ai jamais pratiqué d'accouchement de ma vie, j'en ai encore moins fait de cette façon, qui plus est sans aide à mes côtés, sans analgésique et sans aucun instrument à ma disposition.

– Et… et la bonne nouvelle ?

– C'est qu'il y a un début à tout. Et tu vas m'aider, Tanya.

– Ah non, ah non non, je ne peux pas, je ne veux pas, tu ne peux pas m'obliger, non…, balbutia-t-elle épouvantée, en secouant ses doigts manucurés.

– Tanya, j'ai oublié de préciser : tu n'as pas le choix.

Des larmes de panique se mirent à couler sur ses joues, emportant son Rimmel avec elles.

Je soulevai un pan de mon voile et les effaçai le plus discrètement possible, pour que Zoé ne nous voie pas. De ma voix la plus douce, je tentai de la rassurer.

– Je comprends, tu as peur, c'est normal, mais écoute-moi : tout va bien se passer. Et tu sais pourquoi ?

– Pourquoi ? demanda-t-elle pleine d'espoir.

– Parce qu'on a la positive attitude !

J'espérais, en employant le langage d'une femme utilisant la même coloration, qu'elle me comprendrait mieux. Et accessoirement, me persuader aussi que tout irait bien.

— Tu es prête ?

Elle me fit un petit oui de la tête, nuancé par un haussement d'épaules navré. Zoé poussa au loin un gémissement déchirant qui nous fit frissonner.

— Bien. Tu connais Mac Gyver ?

— Heu… c'est quoi, un sandwich ?

— Non, laisse tomber. C'était juste un type, dans une série télé, qui se sortait de toutes les situations périlleuses en détournant de leur usage initial les objets les plus anodins. Qu'est-ce qu'on pourrait utiliser, ici ?

— Des serviettes ? proposa-t-elle en me tendant une pile de serviettes immaculées et moelleuses.

— Parfait. Ça, ce sera très bien quand le bébé sera là, pour ne pas qu'il se refroidisse. Continuons.

Encouragée par ma réponse, elle promena avidement son regard autour d'elle.

— Bon, crèmes solaires, non, hein…

— Non, effectivement. Surtout à cette heure de la nuit.

Elle ne saisit pas l'essence de ma blague, et se précipita sur un petit coffret en acier rose, qu'elle me tendit.

— Qu'est-ce que c'est ?

— Un set de manucure ! annonça-t-elle en l'ouvrant triomphalement.

Je frémis à l'idée de devoir pratiquer une épisiotomie avec une paire de ciseaux à ongles. Mais bon, à la guerre comme à la guerre.

— OK, je prends. Et là nous avons ton verre de champagne, que je prends aussi.

— Ah ah !… l'effort, ça donne soif, hein ?

— Non, le champagne contient de l'alcool, qui me permettra de stériliser un minimum les ciseaux à ongles, si jamais je devais m'en servir.

— Ah, d'accord… on ne peut rien faire avec les vernis ?

— Non, car Zoé m'a dit qu'elle attendait un garçon. (Aucune réaction à ma blague. Rien d'étonnant.) Qu'est-ce que tu as d'autre ? dis-je en cherchant ce que je pouvais faire avec les feuilles des petits palmiers. (Pas grand-chose *a priori*. Mais ça ne coûtait rien de me le demander.)

— Ben c'est tout je crois. À part mon ordinateur portable, mais bon, là honnêtement, je ne vois pas ce que tu peux faire dans le ventre de ma sœur avec un objet pareil, huhuhu !

— Ton… tu as le Wi-Fi ?!

— De quoi ? Non mais Yohanna je t'en prie, n'utilise pas ton vocabulaire médical pour me parler, je n'y comprends rien ! s'emporta-t-elle.

Je pris une grande inspiration, puis affichai mon sourire le plus avenant. Il fallait que je reste zen, c'était vital. Pour elle.

— OK Tanya. Quand tu es sur la terrasse, utilises-tu ton ordinateur pour surfer sur Internet ?

— Ben oui, évidemment ! Comment veux-tu que je consulte mes e-mails, sinon ?

Mon cerveau se mit à turbiner à cent à l'heure. Qui contacter, comment faire, quoi faire… appeler de l'aide, vu la fréquence des contractions, Zoé allait accoucher d'une minute à l'autre… trop tard pour les secours…

— Attends Yohanna. Tu ne comptes quand même pas chatter pendant que ma sœur accouche ? me demanda-t-elle, outrée.

Soudain, l'illumination. Je lui sautai dessus et l'embrassai frénétiquement tandis que, surprise par cet élan d'effusion, elle lâcha son ordinateur… que je rattrapai de justesse avant qu'il ne s'explose au sol.

Je venais sans exagérer de frôler l'attaque cardiaque.

Virant d'un geste ample tous les tubes et flacons de lotions solaires, j'installai l'ordinateur sur la petite table, que je rapprochai de la chaise longue de la future mère.

Pâle, tremblante, les cheveux inondés de sueur, Zoé continuait de sourire malgré ses mâchoires contractées par la douleur.

— Je l'ai voulu je l'ai eu, hein, mon accouchement sans péridurale…

— Oui, mais le point positif, c'est que tu vas accoucher beaucoup plus vite que pour le premier, dis-je en lui épongeant le front avec une serviette.

— Tant mieux, je n'aurais jamais pu tenir comme ça une semaine de plus.

Je lui fis un clin d'œil et puis… je me rappelai.

Cette phrase qu'avait prononcée le professeur

Leitner, lorsqu'il m'avait suggéré de revivre mon premier accouchement. « Bientôt, cela vous sera utile… »

Ne prenait-elle pas ici tout son sens ?

Mais je n'eus pas le temps de m'appesantir sur la question car Tanya me demandait :

— C'est bon, l'ordi est allumé et je suis connectée. Je fais quoi, maintenant ?

— Quelle heure est-il ?

— Une heure du matin passée je crois, pour-quoi… ?

— Oh non, oh non oh non merde merde merde… vite ! Vite ! Pousse-toi !

Prenant sa place en me glissant devant l'écran, je tapai à toute allure l'adresse d'un site de rencontres que je savais être fréquenté par mon collègue, le gynécologue obstétricien Gaston Mandelbaum. Il y chattait tous les soirs jusqu'à une heure du matin très précisément, pas une minute de plus pour ne pas se sentir « dépendant ». Ça c'était un fait avéré, mais ce que j'ignorais par contre, c'était le pseudo qu'il utili-sait. Je regardai en bas de l'écran : une heure moins cinq. Ça valait le coup d'essayer.

J'entrai les coordonnées d'un compte que nous nous étions créé, Iris et moi, un jour où nous avions voulu l'espionner pour rigoler. Accès au chat… après quelques longues secondes ce fut fait, puis… Affichage : mille deux cents membres en ligne en ce moment. Dont cent soixante-dix-sept connectés au chat. En comptant presque les deux tiers comme étant des hommes, ça nous faisait une myriade de

Gastons potentiels. Il me restait trois minutes avant qu'il ne se déconnecte. Techniquement impossible d'y arriver.

Je tentai le coup en priant, n'ayant plus rien à perdre. Tendue à l'extrême, je passai les pseudos en revue, les hommes qui discutaient étaient en bleu, les filles en rose. Ça aidait. (Façon de parler.)

— Tu cherches qui ? demanda Tanya.

— Un ami obstétricien, j'ai deux minutes montre en main pour le retrouver alors que je ne connais même pas son pseudo.

— Laisse-moi faire, m'ordonna Tanya, s'imposant tout naturellement devant l'écran. Quel âge a-t-il ?

— Heu… la quarantaine, je crois.

Bouche bée, je la regardai faire défiler à toute allure la liste des cœurs solitaires, l'œil concentré et la lèvre mordue.

J'étais foutue.

Je regardai ma montre : plus qu'une minute. Tanya marmonnait sans lâcher l'écran des yeux.

Une heure.

Voilà, trop tard. Gaston avait dû éteindre son ordi maintenant.

Je retournai auprès de Zoé, qui s'était maintenant mise à crier. Allez, concentre-toi, ma vieille. Dans mon souvenir, l'accouchement par le siège pouvait se faire naturellement. Sauf complication nécessitant une césarienne. Je considérai tristement mes ciseaux à ongles, et les laissai tomber dans la flûte à champagne.

– « Pamplemousse », « Dr Dolittle », « Terminator » et « ML », ça te dit quelque chose ?

– Quoi ?

– Dépêche !

– Heu… j'en sais rien… pourquoi ?

– Réfléchis, magne ! Il est une heure quatre !

– Pamplemousse, non, je ne vois pas…
Dr Dolittle à la rigueur ? Terminator sûrement pas…
et ML… ML qu'est-ce que ça pourrait être ? Meilleur Lover ?… Mycose Localisée ?… non… non…
Marie-Louise !! Oui, c'est ça ! C'est le prénom de
son ex-femme !!

Je poussai Tanya d'un geste brusque, et me mis à
taper frénétiquement sur le clavier.

Miss Univers : Gaston c'est toi ?????????????????
ML : Ça dépend, qui le demande ?

– Comment t'as fait ? Mais comment t'as fait ??
criai-je, exultante, en mettant un coup d'épaule complice à la femme-matou à mes côtés.

– Facile. Psychologie de base. Je suis entraînée,
avec toutes les lettres de fans allumés que je reçois…
et puis c'est rare, les médecins de quarante ans qui
écrivent en langage SMS…

Miss Univers : C'est moi, c'est Yohanna !!!!!!!!!!!!!!
ML : Yohanna qui ?
Miss Univers : Mais putain t'es con ou
quoi ????? Ta collègue, Yohanna !!!!!!!
ML : Qu'est-ce qui me prouve que ce n'est pas un

piège tendu par mon ex-femme ? Je connais ma col-
lègue, elle ne viendrait jamais sur un chat nocturne
proférer des grossièretés.

Miss Univers : OK. Une preuve… tu as eu une
patiente ce matin, qui se plaignait de « verges
dures » sur les cuisses, tu nous l'as raconté à midi…

ML : Ça ne prouve rien. J'en ai tous les jours des
comme ça. Et puis qui me dit que vous n'êtes pas ma
secrétaire, qui écoutait ?

Miss Univers : GASTONNNNNN !!! J'ai pas le temps
de déconner !!

ML : Moi non plus, j'allais justement me décon-
necter, il est pile une heure du matin à mon poignet.

Oh purée. Sa montre retardait, c'est pour ça qu'il
était encore là. Merci mon Dieu.

Miss Univers : Écoute, je te jure que je ne rigole
pas. J'ai à côté de moi une femme sur le point
d'accoucher d'un bébé qui se présente par le siège
et…

ML : Très drôle. C'est toi Gina ? Ursula ? Allez,
ça suffit, j'ai pas de temps à perdre avec des gami-
neries, je bosse, moi, demain, salut.

Non ! Non ! Non ! Pitié, ne te déconnecte pas !
Je vis son pseudo disparaître avec horreur, au
moment où je remarquai des sanglots étouffés derrière mon dos. Non… il ne fallait pas te décon-
necter… c'était bien moi…

Prenant une grande inspiration, j'affichai une

mine sereine et allai me placer entre les cuisses de Zoé.

— C'est bon, j'ai eu tous les renseignements qu'il me manquait. Ça va aller maintenant.

C'est alors que je réalisai que ses yeux étaient secs. Tanya, par contre, se laissait aller à chouiner sans retenue. Zoé poussa un long râle puissant, puis haleta, avant de murmurer, fatiguée :

— Tu n'as jamais pratiqué d'accouchement de ta vie, pas vrai ? Et mon bébé se présente mal ?

— Il fallait que je le lui dise, tu comprends ?? Il le fallait, elle avait le droit de savoir !! glapit Tanya en secouant ses cheveux d'une façon mélodramatique.

Oreille dressée, j'écoutai un bruissement articulé, au loin.

— Tanya !! Houhou ! Eh ! Tanya ! J'te kiffe trop !!

— Chut, qu'est-ce que c'est, tu as entendu ? demandai-je en faisant signe à la chanteuse de se taire.

Cat Woman, cessant immédiatement de pleurnicher, lâcha la main de sa sœur pour se pencher par-dessus la barrière de protection qui clôturait la terrasse.

— Oh, c'est rien, c'est juste une fan qui a pénétré dans la propriété. Attends, je vais la faire déguerpir.

Elle déchira la page d'un magazine qui gisait au pied d'une chaise longue, gribouilla un autographe dessus, en fit un avion en papier, et le lança en direction de la gamine aussi fort qu'elle put.

– Et voilà ! Encore une qui atteindra le bonheur éternel grâce à moi.

En retournant vers sa sœur, elle jeta machinalement un coup d'œil à l'écran de l'ordinateur.

– Tiens, mais… c'est pas ton pote qui est revenu, sur le chat ?

L'écran était envahi de tentatives de dialogue.

ML : OK, je te donne une dernière chance de me prouver que tu es bien Yohanna.

ML : Yohanna, tu sais ? La fille qui a mon numéro de portable.

ML : Et celui du SAMU.

ML : Et qui est médecin.

ML : J'attends.

ML : J'attends, mais pas trop longtemps.

ML : 10…

ML : 9…

ML : 8…

ML : 7…

ML : 6… (attention, je vais me casser)

ML : 5…

Miss Univers : GASTON !!!!!!!!!!!!!!!! Regarde, c'est moi : tous les matins, je te fais des blagues sur ton début de calvitie !!! Ce matin, c'était « Chauve qui peut ! Bald Man arrive ! », hier je te conseillais d'essayer le Viagra, pour te faire une queue-de-cheval, avant-hier je…

ML : C'est bon, je te crois ! Personne au monde n'est aussi doué que toi pour les blagues foireuses.

Pourquoi tu ne m'appelles pas ? Qu'est-ce qui se passe ?

Miss Univers : Trop long à raconter. Faut que tu m'aides. Suis bloquée sur une terrasse avec une multipare ouverte à neuf, dont l'enfant se présente en siège. Je n'ai ni portable sur moi ni instruments ni rien, personne ne sait que nous sommes là et je flippe complètement j'ai besoin que tu me guides !!

ML : OK, reste calme. Donne-moi l'adresse de l'endroit, je t'envoie une ambulance.

Miss Univers : Trop tard, les fesses sont déjà engagées.

Je lâchai l'ordinateur et me repositionnai devant Zoé, qui gémissait en me suppliant de la rassurer. Ce que je fis, de tout mon cœur. Puis j'ordonnai à Tanya de prendre ma place sur le chat.

— Donne-lui l'adresse d'ici, vite !

Miss Univers : Bonjour, je m'appelle Tanya et je suis…

— On s'en fout ! vociférai-je en jetant un coup d'œil à l'écran. DONNE-LUI L'ADRESSE D'ICI !

Tanya se mit à taper frénétiquement ses coordonnées.

— Maintenant, tu vas me lire ce qu'il écrit au fur et à mesure, s'il te plaît.

— Il te demande d'évaluer l'état du périnée…

— Dis-lui qu'il a l'air souple. Zoé, je t'en prie, détends-toi, chuchotai-je en direction de la femme allongée devant moi. Tout va bien se passer, tu n'auras probablement même pas besoin d'épisiotomie.

– Il dit que tu n'auras probablement pas besoin de faire d'épisiotomie, dans ce cas.

– Tu vois ? dis-je à Zoé, dont le visage s'illumina.

– Il me dit de te dire qu'il faut attendre que le bébé descende tout seul, quitte à aider ses jambes à se dégager si besoin est. Mais qu'il ne faut en aucune manière que tu tires dessus oh mon Dieu oh mon Dieu oh mon Dieu…

– Quoi ? Quoi ? demandai-je en sursautant.

– C'est trop horrible, je vais vomir ! Des jambes qui vont sortir de son vagin… je ne veux pas voir ça !!

Je lançai un regard de connivence à ma patiente qui, malgré la douleur qui la tenaillait, ne put s'empêcher de lever les yeux au ciel.

– Voilà ma belle. Tu vas prendre deux ou trois grandes bouffées d'air frais… inspire, expire… inspire, expire… souffle… inspire, vas-y, pousse !

– Hiiiiiiiiiiinnnnnn…

La jeune femme, cramponnée à ses cuisses, le visage contracté à l'extrême, poussa de toutes ses forces.

– Voilà, voilà, pas trop, il descend bien… tout va bien… je suis fière de toi.

Le bas du dos du bébé était visible. Zoé s'agrippait de toutes ses forces au matelas sur lequel elle reposait. J'admirais son courage et son stoïcisme, que j'aurais personnellement été incapable d'imiter.

Sa sœur, par contre, était la caricature vivante de la femme pour qui le seuil de douleur acceptable, dans la venue au monde d'un enfant, se limitait à la signature des papiers d'adoption.

Un autre spasme la submergea, qui me permit cette fois d'attraper les fesses du petit, et de faire glisser délicatement ses jambes à l'extérieur de la maman.

– Le gynéco répète : ne tire pas sur le bébé pour le faire sortir, tu pourrais le blesser, ânonna la chanteuse, dos à nous, en réprimant ses sanglots.

– Dis-lui que les jambes sont dégagées.

– Oh mon Dieu oh mon Dieu oh mon Dieu…, couina-t-elle en tapant à toute vitesse sur le clavier.

– Tu parles anglais, Zoé ?

– Pas très bien… pourquoi ?

– Et toi Tanya ?

– Oui, oui…

– *Please write : I feel no arms…*

– Quoi ?! beugla Tanya en redoublant de pleurs. Tu crois qu'il n'a pas de bras ?!

Je levai les yeux vers Zoé, que je fixai calmement pour parer à toute crise d'hystérie induite par les propos de mon infirmière venue de l'espace.

– Non, j'ai dit que je ne sentais pas ses bras, c'est une question de position dans l'utérus, pas d'absence.

La parturiente, soulagée, se remit à respirer.

– Honnêtement, chuchotai-je dans sa direction,

vous n'êtes pas sœurs toutes les deux, dis-moi ?
C'est juste qu'elle aimerait bien ?

— Je commence à le croire…, murmura Zoé.

— Il dit que tu risques de devoir faire une
manœuvre de Loveset, annonça la blonde.

— C'est bon, je vois ce que c'est, dis-je sans en
avoir la moindre idée. Qu'il me guide.

Ce que fit Gaston, pas à pas, avec une incroyable
précision.

Je parvins à extraire le fœtus jusqu'aux épaules.
Ne manquait plus que la tête.

Il me fallut l'aide de Tanya pour comprimer la
symphyse pubienne de sa sœur, le temps que je
dégage le nez et la bouche. Elle me fut d'un grand
secours, même si elle conserva les yeux fermés,
émettant un petit bruit de gorge ininterrompu, durant
toute l'opération.

Ulysse poussa son premier cri à cheval sur mon
avant-bras, tandis que Zoé se permit enfin une
explosion de larmes de joie.

J'attrapai un ruban dans mes cheveux pour
clamper le cordon ombilical, avant d'essuyer et
d'emmitoufler la petite chose braillante dans une
serviette douce.

Au loin, la sirène d'une ambulance résonna crescendo à mesure qu'elle se rapprochait.

La porte de la terrasse s'ouvrit brutalement, laissant apparaître trois museaux de maris affolés qui se
demandaient ce que nous faisions là.

Tanya se précipita vers le sien, en train de placer

la cale sous la porte. Elle lui sauta au cou en annonçant :

— Chériiii ! Oh chéri ! J'ai mis au monde le bébé de ma sœur, tu te rends compte ?! C'était horrible, dégoûtant mais je l'ai fait ! D'ailleurs fais-moi penser qu'il faut absolument qu'on stérilise notre petite chienne, parce que je ne veux plus jamais revivre ça.

Olivier s'avança vers sa femme, aperçut son fils, aperçut au sol le sang mêlé à d'autres liquides multicolores, et perdit connaissance.

C'est vers lui que se dirigèrent les secours lorsqu'ils parvinrent sur la terrasse.

Samuel m'embrassa en me prenant dans ses bras, impressionné et ému.

Ce n'est que lorsque l'agitation se concentra autour du bébé que j'eus besoin d'aller pleurer dans un coin de l'appartement. Histoire de relâcher toute la tension que j'avais accumulée ces dernières minutes. Ensuite seulement, une fois mes larmes séchées, j'appelai Gaston sur mon portable en reniflant. Je me devais de le remercier d'être revenu sur le chat. Sans lui, je n'y serais jamais arrivée.

— … Et puis j'ai volontairement omis de te rappeler toutes les complications qu'il pouvait y avoir avec un siège, qui est un accouchement extrêmement aléatoire. Tu risquais fort d'avoir besoin de forceps et peut-être que…

— Bon, bon, changeons de sujet, dis-je en sentant mon menton se remettre à trembler.

— Yohanna, je voulais te demander… comment

as-tu su, pour mon pseudo ? Je veux dire, personne ne le connaît…

– Ah oui, parlons-en, de ton pseudo ! dis-je en retrouvant un soupçon de bonne humeur. T'es un grand malade, toi, de draguer en te cachant derrière les initiales de ton ex-femme. T'as pensé à consulter ?

– Quoi ? Mais ML ne signifie pas Marie-Louise, voyons ! D'autant que je te rappelle que des ex-femmes, j'en ai plusieurs. Non, ML, c'est pour… bah, à ce stade, je peux bien te le dire… Au début, quand je fais connaissance avec une fille sur le chat, ça veut dire « Mari Largué ». Ça marche toujours, les femmes adorent jouer les infirmières. Ensuite, quand la conversation prend un tour plus… comment dire… « coquin »… je révèle la vraie nature de ces deux lettres, qui veulent dire en réalité « Malaxeur Lubrique » et… Allô ? Allô, tu es toujours en ligne ? Allô ? Eh, allô ?

7

Beurk

Les larmes sont à l'âme ce que le savon est au corps.

Proverbe juif.

— Vous écoutez ma voix et rien que ma voix… votre corps est lourd, si lourd… vos bras s'enfoncent dans le canapé… vos jambes sont comme du béton… votre crâne pèse des tonnes… concentrez-vous sur ma voix… n'écoutez qu'elle… laissez-la vous guider… replongez-vous à l'époque d'une première fois émouvante…

Ce matin, j'ai eu envie de lui raconter ce qui s'était passé quelques jours plus tôt, mais bizarrement, sitôt entrée dans son cabinet, je n'ai pu dire un mot. Son influence m'enveloppa dès la seconde où je croisai son regard bleu, pourtant d'un bleu si banal que c'en était même extraordinaire que je le remarque. Wow, doucement professeur. Laissez-moi le temps de m'allonger sur votre méridienne avant de commencer à me téléguider, s'il vous plaît.

Il ne faudrait pas que vous m'impressionniez trop.
Enfin, là tout de suite… votre voix… je…

*… Ma vie est nulle. Jamais je ne sortirai avec un
garçon. Qui voudra donner un premier baiser à une
vieille de treize ans et demi ? Personne ! C'est bien
ce que je disais. Je suis condamnée à ne jamais
connaître le dépucelage de mes lèvres. Amour, si tu
me croises, passe ton chemin, car désormais je ne
me consacrerai qu'à mes études jusqu'à ce que je
sois une retraitée d'au moins… pfiouh… quarante
ans. Après, j'aurai une raison pour ne plus
embrasser : un dentier.*

*Et ma meilleure amie depuis le CP, Julie Mer-
cier, qui en est déjà à son troisième petit ami, et qui
attaque vaillamment le quatrième. Elle m'a même
demandé une fois : « Mais c'est pas possible que tu
ne sortes avec personne, mignonne comme tu es ! Tu
n'aimes pas les garçons ou quoi ? »*

*Arf. Elle a raison. Les gens vont commencer à
croire que je préfère vivre entourée d'animaux si je
ne fais pas quelque chose de ma bouche, comme la
poser sur celle d'un gars, par exemple.*

*Est-ce ma faute si mes seuls amis masculins ont
l'air d'avoir dix ans, faute de décharges d'hor-
mones suffisantes pour les faire ressembler à moi,
qui parais en avoir seize ? Leurs mains et leurs
pieds, par contre, n'ont pas oublié de grandir. Ça
leur donne une allure grotesque, avec d'immenses
extrémités et un tout petit corps.*

Ça, pour exploser de gros rires bêtes, se bous-

culer voire se battre dans les couloirs du collège, on peut compter sur ces crétins. Mais dès qu'il s'agit d'inviter une fille en tête à tête au ciné, pffftt... Tchao amigos. *Il n'y a plus personne.*

C'est facile aussi, pour Julie, d'enchaîner les flirts. Elle n'attend pas que les garçons lui proposent quoi que ce soit, elle y va et elle leur demande carrément, elle ! Et, bien sûr, ces trouillards acceptent, trop ravis de l'aubaine. La honte. Plutôt mourir.

Et me voilà. Guidée par mon sens aigu de la dignité, réduite à me morfondre tristement dans ma chambre, rédigeant des poèmes stupides dédiés à celui qui sera « l'homme de ma vie plus tard ».

C'est dans ce climat de souffrance et de solitude extrême que Luce, une copine de ma mère, propose de me couper les cheveux.

Attention, hou lala, Luce, c'est pas n'importe qui, hein ! C'est le bras droit d'un des plus célèbres coiffeurs parisiens. Elle a eu sous ses ciseaux les tignasses des plus grandes actrices hollywoodiennes, des princesses de tous les pays et des chanteuses du Top 50.

Mes cheveux sont très beaux, ils me tombent jusqu'aux omoplates, et même si je n'avais jamais vraiment envisagé de les couper, je me mets à rêver d'un petit carré tout simple, mignon et féminin. Après tout, pourquoi pas ? Peut-être que ça décuplera mon pouvoir de séduction, qui semble pour le moment n'être perceptible que par ma mère.

Assise face à l'immense miroir dans le sublime

salon de coiffure où elle travaille, je lui explique ce que je veux. Une coupe... heu... avec plein de petites mèches là, et là et... enfin, voilà, quoi. Les explications d'une adolescente de treize ans et demi. Hyper-claires.

Elle me répond, exaltée : « Bouge pas, j'ai tout compris, je vais te faire un truc génial ! »

Et elle se met à couper.

Couper.

Couper.

Quand je relève la tête et que j'ajuste mes lunettes sur mon nez, je ne peux retenir un cri (pas un hurlement, je n'ai plus assez de voix).

Ma longue chevelure noire se réduit à une sorte de brosse au sommet du crâne, avec les cheveux restés mi-longs derrière. À côté de moi, Desireless est une splendeur.

– Vous   remémorez-vous   quelque   chose d'agréable ? demanda Leitner, qui m'avait sans doute aperçue faire une grimace.

– ... Pas vraiment, je n'y suis pas encore...

– Détendez-vous...

Luce semble très satisfaite du résultat. Elle me tartine de gel en gloussant : « Ah, c'est magnifique ! Très jeune ! Tu n'auras plus besoin de passer des heures à te coiffer, maintenant ! »

Tu m'étonnes que je ne vais plus passer des heures à me coiffer, dans la mesure où je renonce à toute vie sociale extérieure à ma chambre. Je vais rester cloîtrée chez moi à tout jamais pendant au moins un an, le temps que mes cheveux repoussent. Personne ne me verra jamais avec cette tête-là, je le refuse catégoriquement. Ma vie est finie. C'est trop horrible. Si je sors dans la rue, à tous les coups les gens n'oseront pas poser les yeux sur moi, certains me jetteront des pièces, les pigeons me feront caca sur l'épaule de mépris, et la boulangère m'offrira un pain au chocolat en murmurant « pauvre enfant »… Obligé.

Non, vraiment, à moi désormais les cours par correspondance.

De retour au lycée le lendemain, une copine, plutôt vanneuse d'habitude, m'aperçoit. Pour la première fois depuis qu'on se fréquente, elle ne m'asticote pas. Je lis une telle pitié dans son regard que j'éclate en sanglots.

Et pourtant, quelques jours plus tard, je remarque que Clovis Castro n'arrête pas de me mater. Qu'il soit fan de hard rock n'est peut-être pas étranger au fait qu'il ne se soit pas évanoui d'horreur devant ma coupe. Mais bon, vu ma dégaine de Cheyenne et mon âge avancé, je ne vais pas chipoter.

Clovis a quinze ans, quelques boutons, un bomber noir, un sac à dos US kaki couvert de graffitis inscrits au marqueur, et surtout, il frôle le mètre soixante-dix. Plutôt supportable, pour un garçon. Mais les semaines passent, et il ne se passe rien.

C'est alors que Sandrine Tibaudin, la commère du collège, m'invite à la boum qu'elle organise pour fêter ses quatorze ans. Ma première boum !

*Ma première boum... que je vais devoir gérer
avec la coupe d'Étienne Daho devant, et de Modern
Talking derrière...*

*Tant pis. Je sais qu'il y aura cette peste de Maria-
Angela Alvarez, et il est hors de question qu'une fille
qui écoute Angelo Branduardi en trouvant ça beau
sorte avec un garçon avant moi. Ai-je précisé que je
n'ai jamais revu la fantastique paire de bretelles
avec des boutons multicolores cousus dessus que je
lui ai prêtée, du temps où j'acceptais encore de lui
adresser la parole ? Alors là ma grosse,
accroche-toi bien à* MES *bretelles, j'arrive pour
t'humilier.*

*Le grand jour venu, dans ma salle de bains, des
litres de gel ultrafixant sont nécessaires pour pla-
quer mes cheveux en arrière, et me faire une natte
des cheveux restés longs dans le dos. Une paire de
boucles d'oreilles créoles ultralarges, un coup de
rouge à lèvres rose nacré, et hop ! Je me suis fait
grosso modo le look de la chanteuse Sade, c'est
assez joli.*

*Oui, avec mon pull fuchsia à manches chauve-
souris, mon pantalon fuseau noir, mes chaussettes
Burlington planquées sous de petites bottines
sombres, ça va, je suis sortable.*

*Julie et moi sommes arrivées à « la boum », ce
lieu mythique où une bande de jeunes boutonneux
s'apprêtent à échanger leurs fluides salivaires en
tentant de ne pas se blesser avec les fils de leurs
appareils respectifs.*

Attention, la chasse est ouverte. Julie, je t'aime

beaucoup, tu es comme une sœur pour moi, mais à partir de cette minute, c'est chacune pour sa tronche.

Très vite, je jette mon dévolu sur celui qui se fait appeler vaniteusement le « disc-jockey ».

Son rôle se limite en réalité à changer les disques en vinyle sur la platine dès qu'ils sont finis, laissant un intervalle crissant entre deux titres.

Ma technique de séduction, discrète et classe, consiste pour l'essentiel à le fixer du regard depuis le coin où je suis assise. Je laisse mes yeux parler leur propre langage. Lesquels yeux sont non seulement myopes (et pas qu'un peu), mais également dénués de toute correction (bigler ou séduire, il faut choisir).

Aussi, faute de pouvoir viser juste à travers le flou opaque dans lequel j'évolue, mes regards torrides se portent, sans que j'en sois consciente, sur son copain, un blond maigrichon qui, vu sa coupe, doit fréquenter le même coiffeur que Patrick Sébastien.

En plissant mes yeux au maximum (technique hautement utile pour voir à peine mieux que rien du tout), je réalise soudain qu'un gars, qui danse un slow près de moi avec une petite grosse, est peut-être… Clovis Castro. D'ailleurs, il me sourit ! Enfin, je crois qu'il me sourit. Il fait plutôt sombre dans cette pièce aux volets baissés, et ma technique consistant à presser mes yeux pour en extraire de la vision est moins performante dans la pénombre.

Pénombre juste trouée par deux misérables

lampes de chevet dans lesquelles on a fiché une ampoule colorée.

Je m'apprête quand même à lui rendre son sourire, au cas où, quand soudain, le blond qui se tenait près du disc-jockey se plante face à moi pour m'inviter à danser.

– Heu... oui... ben, heu... pourquoi pas, je bredouille, un peu surprise, tandis que, sans attendre ma réponse, il m'entraîne sur ce que l'on pourrait appeler présomptueusement la piste de danse. (En fait, le milieu de la salle à manger de ma copine Sandrine.)

Gênée, je passe une main nerveuse dans mes cheveux. Crotte, ma main est toute poisseuse de gel, maintenant. Discrètement, je m'essuie sur mon pantalon en prenant l'air cool. J'en profite pour jeter un regard hautain à la brochette de filles restées assises, tentant de se donner une contenance, en attendant qu'un individu du sexe opposé (voire du même sexe, au point où elles en sont) daigne s'approcher d'elles. Chaloupant sur une chanson de Phil Collins, mon cavalier me demande mon prénom. Polie, je l'en informe. Il me raconte le sien (Thierry), et me dit qu'il a dix-huit ans. Ah bon ? Mais c'est super vieux, ça, dix-huit ans ! Je sais que j'ai l'air mûre (et seule), mais quand même...

Les coups d'œil dégoulinants d'envie de mes copines, ressemblant à des affamées en hypoglycémie devant un inaccessible buffet de pâtisseries, me font rapidement oublier toute considération au sujet de sa date de naissance.

Après tout, treize, vingt, trente ans, quelle impor-tance ? Du moment que cette saleté de Maria-Angela crève de jalousie assise sur sa chaise, hypo-critement plongée dans la contemplation de ses ongles recouverts de vernis jaune fluo.

Je rigole doucement en imaginant la honte qui la submerge à l'idée qu'elle restera vieille fille et moi pas. Machinalement, je lève la tête vers le type en face. C'est bizarre, il me semble plus proche qu'au début de la danse. Qu'est-ce qu'il me veut, lui ?

C'est alors que je le sens.

Son pouce.

Dans mon dos.

Holà, qu'est-ce qu'il fait avec son pouce ?

Il le remonte lentement le long de ma colonne ver-tébrale. Argh, que c'est désagréable ! J'ai l'impres-sion atroce qu'il me scinde l'échine en deux, avec son scalpel-doigt. Pour ne pas perdre la face devant les autres, je mime un truc ressemblant vaguement à un sourire. Thierry a dû prendre ça pour un encou-ragement, car il se penche dangereusement vers mon visage.

Oh non, pas ça, beurk, beurk ! Je l'esquive, et il atterrit sur mon cou.

La sensation qu'il m'y procure alors est absolu-ment indescriptible.

Je le sens ventouser lentement, délicatement ma gorge, laissant une trace de langue appuyée à chacun de ses baisers. Baveux à souhait. Horribles. Insoutenables.

Parcourue de frissons de dégoût, je ne peux empê-

cher mon visage d'exprimer une large palette de gri-
maces évoquant le supplice. Mimiques que je cesse
immédiatement lorsque je réalise que la moitié de la
salle danse avec les yeux fixés sur ma figure.

Honte suprême.

Décidant alors d'en finir, je dégage ma gorge
d'un geste brusque pour lui présenter mes lèvres. Il
ne se fait pas prier pour y insérer la limace humide
qu'il vient de promener sur la quasi-totalité de mon
cou.

À peine sa langue frôle-t-elle la mienne que, mue
par un réflexe de survie, je mets un terme à cette
pénible expérience et ferme la bouche d'un coup sec,
manquant au passage de lui trancher son appendice.

C'est bon, l'honneur est sauf, me dis-je en
essuyant discrètement ce que je peux de bave, avec
la manche de mon pull.

Au moins, je n'ai pas fait tapisserie, c'est pas
comme certaines... n'est-ce pas, Maria-Angela ?
Hinhinhin (ricanement supérieur)...

L'épisode Thierry est terminé. Voilà, tout le
monde s'est bien amusé, il est temps pour moi de
quitter cette boum telle une « mystérieuse
inconnue », sans lui avoir donné mon nom ni mon
numéro de téléphone. (Ça va pour moi, merci. Grâce
à lui j'ai récupéré assez de salive sur mon cou pour
arroser tout le Jardin des plantes.)

Devant l'immeuble bourgeois où habite Sandrine, j'attends que Julie me rejoigne, histoire que
nous rentrions ensemble en disséquant chaque
minute de cette boum dans les moindres détails.

Mais c'est Thierry qui apparaît. Thierry que je découvre à la lumière du jour, et qui s'avère être, comment dire, quelque peu différent. Je ne saurais expliquer à quoi ça tient. Est-ce à cause de ses mèches décolorées couleur pipi ? À cause de son visage caché derrière ses boutons ? Ou à cause de son tee-shirt hideux des Guns N' Roses ? Peut-être un peu de tout ça à la fois.

J'entends soudain un bruit strident derrière mon dos, une sorte de ricanement moqueur. Il provient de la bouche aux dents mal brossées de Maria-Angela, plantée près d'un lampadaire en attendant que son père vienne la chercher. Elle ne perd pas une miette du spectacle et se régale de la déception peinte sur mes traits.

— Dis, heu... tu crois qu'on pourrait se revoir ? me demande-t-il, un peu gauche.

Je regarde sa figure, à l'opposé exact de celle de Morten Harket, le chanteur de A-ha, et je bafouille :

— C'est-à-dire que (vite, trouver une excuse crédible)... j'ai un petit ami en ce moment, bon, je le vois peu avec tous ses entraînements de boxe, et tout, mais il est super jaloux... et disons que, voilà, quoi... tu sais ce que c'est... j'aimais bien cette chanson, c'est pour ça que je me suis levée pour... heu...

Perplexe, il se gratte un sourcil et glisse sa main dans la poche avant de son jean.

— Ah ? C'est pas ce que m'a dit Sandrine. Elle m'a dit que tu n'étais jamais sortie avec un garçon avant moi.

Penser à aller dire à Raoul que les marques

rouges qu'il a remarquées au-dessus des lèvres de
sa copine Sandrine ne sont pas, comme elle l'a pré-
tendu, de l'eczéma, mais des brûlures d'épilation de
la moustache.

— Oui, non... bah... tu sais comment elle est, tou-
jours à exagérer, cette Sandrine..., dis-je en ayant
envie d'être n'importe où sauf ici.

Julie me rejoint enfin. Je lève alors le menton et
dépose quatre bises sur les joues de Thierry pour lui
dire au revoir, oubliant que je suis supposée sortir
avec lui. Il les accepte sans sourciller, ce qui
redouble l'hilarité de cette chienne de Maria-
Angela. Accrochée au bras de Julie, j'accélère le
pas en direction de la maison, laissant l'homme-
limace et la femme aux dents jaunes derrière nous...

— Yohanna, vous m'entendez ?

— ... oui...

— Que ressentez-vous ? De la nostalgie ?

Je souris, yeux fermés.

— ... pas tellement, non...

— Est-ce un sentiment agréable ? Désagréable ?

— ... hum... pas vraiment agréable... je manquais
un peu de confiance en moi, à cette époque...

— Oui, j'imagine, murmura le professeur Leitner.
Yohanna, vous sentez-vous prête à explorer un autre
moment de votre vie ? Peut-être un peu plus... trau-
matisant. Vous en sentez-vous capable ?

— ... hum... oui...

8

Hips !

À la première coupe, l'homme boit le vin. À la deuxième coupe, le vin boit le vin. À la troisième coupe, le vin boit l'homme.

Proverbe japonais.

Il réajusta une électrode sur ma tempe.

– Bien. Je veux que vous vous détendiez, Yohanna. Respirez profondément, ne pensez plus à rien, laissez les souvenirs vous envahir. Reportez-vous à… voyons… une première fois embarassante… incommodante… vous étiez jeune… que vous est-il arrivé ?… Détendez-vous…

Eh ben, c'est pas avec ces idées-là que je vais remettre mon estomac tordu de dégoût dans le bon sens. Evan Leitner cherche une première fois choquante, c'est très bien, mais je ne suis pas certaine qu'il aille dans la bonne direction, parce que…

… Taille 38.

Oui madame, parfaitement.

La robe style années 60 que je viens de passer pour le mariage de mon cousin Jean-Arnaud épouse délicatement ma taille et galbe bien ma poitrine, avant de s'évaser jusqu'à mi-mollets. Pas un seul centimètre de chair n'est comprimé dans cette robe du soir qui tombe à la perfection. M'admirant dans la glace, je pousse un soupir de ravissement. Plutôt bien roulée, pour une fille de dix-sept ans. Ça vaut mieux, parce que ce soir, je dois être éblouissante.

Non pas pour faire honneur à mon cousin Jean-Arnaud et à ma tante Chochana, qui me remarqueront à peine au milieu des deux cents invités, dans le château immense où se déroule ce mariage princier. Mais parce que ce soir, il y aura Nathan Zucker. Le seul, l'unique, le sublime Nathan Zucker, et je veux que LUI me remarque.

Nathan est le neveu d'Anna, la fiancée de Jean-Arnaud. Je le croise régulièrement depuis des mois à chacune de nos réunions de famille, comme par exemple lors de la demande en mariage de Jean-Arnaud à Anna. Puis il y a eu leurs fiançailles, leur mariage civil et, à chaque fois, ce furent des occasions de revoir Nathan, et d'échanger quelques mots avec lui.

Je crois que je lui plais bien, même s'il n'est pas très bavard. Nathan est un garçon très timide, vous comprenez. C'est même le garçon de dix-neuf ans le plus timide que j'aie jamais connu : il ne dit jamais rien !

Quand je parle, il m'écoute. Parfois, il hoche la tête poliment. Parfois, il me sourit. (Je meeeurs !) Et moi je le regarde, et je fixe ses dents à l'alignement parfait, et je scrute ses yeux qui scintillent, et je contemple ses boucles brunes, et j'observe son corps souple aux veines apparentes… avant de craquer complètement sur ses jambes subtilement arquées.

Je rêve alors qu'il me prenne dans ses bras et m'embrasse tendrement, avant de m'étreindre ensuite contre son torse (forcément) musclé, dont le ventre est (probablement) tressé d'abdominaux bronzés, je rêve… qu'il fasse de moi une femme.

Et c'est noyée dans ces tendres pensées que je me repasse un coup de déodorant sous les bras.

Nous sommes arrivés dans l'immense salle décorée de rubans et de gerbes de fleurs où a lieu la réception. Je laisse mes parents et mon frère se faire happer par le cercle de la famille déjà présente, tandis que je me dirige en roulant des fesses vers Louise, ma meilleure amie.

Louise dont l'objectif dans la vie se résume à un but : sortir avec mon cousin Marco.

Marco le mal peigné, le vanneur au rire grinçant, le rebelle au scooter noir, qui a troqué ce soir ses éternels jeans troués contre un élégant costume gris sombre. Outre les effluves d'une eau de toilette particulièrement tenace qui aromatise l'atmosphère de quiconque s'approche de lui, il arbore un visage constellé de petites cicatrices rouges, révélant l'inauguration d'une nouvelle lame de rasoir manipulée avec beaucoup d'émotion.

En l'apercevant, l'air un peu gauche et mal à l'aise derrière sa nouvelle cravate, Louise se tourne aussitôt vers moi. Elle roule des yeux en éventant sa bouche ouverte sur un cri de désir silencieux. Bon. Ce soir, les bombes atomiques sont armées, prêtes à exploser au nez de deux civils parfaitement identifiés. Louise a le soutien-gorge qui déborde de Kleenex roulés en boule, et moi j'ai mis des talons aiguilles du haut desquels je me tiens en équilibre instable.

En attendant le début des opérations, ma copine et sa robe jaune criarde vont jeter un coup d'œil affamé sur le ravitaillement (le buffet). Le point négatif pour elle, c'est que sa robe est archi-ringarde. Quelle idée, aussi, de porter une robe jaune ! me dis-je en lissant les pans de ma somptueuse robe turquoise à pois noirs. Le point positif, c'est qu'au moins, je peux la repérer de loin sans trop avoir à plisser des yeux. Et rien que pour ça, elle a eu raison de porter une robe couleur banane.

Louise revenue, nous papotons tout en regardant chacune, le plus naturellement du monde, derrière l'épaule de l'autre. Elle visant Marco, moi attendant que Nathan fasse son entrée.

Quelques minutes plus tard, l'idole de mes nuits apparaît sur le seuil de la pièce, promenant sur la populace endimanchée un regard nonchalant teinté d'amusement.

Mon Dieu qu'il est beau avec son costume noir, son brushing, et cette mèche indocile qui lui tombe dans l'œil ! Ce type est si merveilleusement sexy que ça en frôle l'illégalité. On n'a pas le droit d'être aussi craquant si on n'est pas au minimum rock star ou vedette de ciné. Autrement, les filles risquent le ridicule lorsqu'elles se jettent au cou d'un type comme lui en hurlant son prénom et en s'évanouis-sant.

Louise, avec la discrétion pachydermique qui la caractérise, me plante un coup de coude dans les côtes dès qu'elle l'aperçoit, me faisant manquer de m'étouffer avec la petite saucisse feuilletée que j'étais en train d'avaler. Toussante, suffocante, le visage rouge et les yeux larmoyants, il me semble que je perds un peu en sex-appeal, aussi ai-je vite besoin de me redonner une contenance.

Je me tourne vers un serveur et, avec l'assurance d'une habituée de la chose, je commande un Malibu ananas (dont j'ai vu la pub sur un magazine). Louise, quand elle a eu fini de mettre des claques à mon dos rougi, commande la même chose.

Le serveur nous apporte nos boissons sur un petit plateau d'argent, et je ne peux m'empêcher de remarquer combien il est mignon dans son uni-forme cintré, avec sa mâchoire carrée et ses cheveux gominés. Il doit frôler le mètre quatre-vingts, peut-être même pose-t-il pour des calendriers de ser-veurs, quand il a fini son service ?

Du calme, femme légère. Concentre-toi sur ton futur mari.

Je sirote mon verre en jetant des regards blasés autour de moi, inspirée, lointaine, l'air absorbée par la contemplation des gens qui parlent. Clignant des paupières en roulant des yeux (langage codé entre Louise et moi : en fait elle ne comprend rien, à part qu'il va se passer quelque chose), je me dirige discrètement vers le plan de table, affiché à l'entrée de la salle. Une fois que je l'ai localisé, je m'approche de l'affiche plus près, puis encore plus près, jusqu'à ce que, le nez à quelques centimètres de la feuille, je retrouve mon nom, celui de Louise, ainsi que ceux de Nathan et de Marco. Bingo ! Nous sommes tous placés à la même table.

Ah, ça ! Elle a bien fait les choses, tata Chochana. Toujours autant de flair pour former les couples. À moins que ce ne soit un coup de mon cousin Jean-Arnaud, qui a enfin saisi les grosses allusions que je lui ai faites quant à l'opportunité de me faire dîner à une table « adéquate », ou alors… ben c'est juste parce que nous avons tous le même âge.

… Tiens, mon verre est déjà vide ?

Bon, je vais en reprendre un autre… c'est bon ce truc, on ne sent même pas l'alcool…

Louise ne m'a pas attendue pour inaugurer un whisky Coca, et après nous être incrustées au buffet, fendant à coups d'épaules la foule compacte des gloutons pour tenter de saisir un canapé, nous gagnons notre table.

Je commence à me sentir d'humeur joyeuse et détendue.

C'est donc le plus chaleureusement du monde que, lorsque Nathan arrive, je l'invite à s'asseoir près de moi d'un petit tapotement complice sur le siège à ma droite. Il fait une drôle de tête mais ne dit rien, et obtempère avec un sourire légèrement crispé.

Celui-là, je vais te le décoincer vite fait, bien fait, pensai-je en me servant un verre de vin à la bouteille posée sur la table.

Autour de nous, la musique est assourdissante.

L'orchestre vient de terminer une série de valses, qui ont permis à mon cousin Jean-Arnaud de montrer à tous ses invités combien il ne savait pas valser. Brusquement, le rythme change.

– Aaaaaah ! je hurle soudain en entendant cet air connu. C'est ma chanson préférée !

J'attrape Louise par la main, qui en renverse presque le verre qu'elle s'apprêtait à porter à ses lèvres, et la tire sur la piste de danse.

Il paraît que c'est très sexy, deux filles qui dansent ensemble.

Sur l'air de Bamboléo, *je me mets à virevolter avec ma copine en faisant froufrouter ma jupe, donnant des coups de hanches en enchaînant les jetés de cheveux à droite et à gauche.*

Le Nathan, j'ai bien l'intention de l'impressionner ce soir !

Louise, quant à elle, frappe rapidement dans ses mains en tapant des pieds au sol telle une danseuse de flamenco, probablement dans le même but que moi. Sauf qu'elle est ridicule, elle.

La chanson terminée, nous retournons nous asseoir, fières de notre petite démonstration. Les garçons nous fixent, hilares. Il est dans la poche, le Nathan !

Mais... je commence à avoir un peu le tournis. J'attaque donc de bon appétit le fin repas qui nous est servi, arrosé de ce petit sauternes légèrement sucré. Tiens tiens, mais c'est le serveur top model de tout à l'heure qui s'occupe de notre table !

Hum, j'ai la cote, on dirait, puisqu'il est venu me poursuivre jusqu'ici...

Tant mieux. Que Nathan mijote de jalousie.

C'est probablement déjà le cas, puisque je les vois se dévisager intensément, tels deux coqs de combat prêts à s'affronter pour leur petite poulette. (C'est moi, la petite poulette.)

Excellent, tout ça.

Bombant le torse, rejetant mes cheveux en arrière, je pose doucement mon bras sur celui du serveur en lui lançant un regard parfaitement allumant (souffre, Nathan !), et lui demande de ma voix la plus glamour de m'apporter un whisky Coca. Louise m'a donné envie d'y goûter avec le sien, tout à l'heure.

Tiens, ils ne s'embêtent pas d'ailleurs, Louise et mon cousin Marco ! Ça a l'air de marcher, entre eux. Et que je rigole avec ma grosse voix grave en te frôlant la main, et que je t'écoute parler en battant des cils, fascinée, comme si ce que tu disais était intéressant...

Sacré Marco, va. Il est moche, mais il est gentil. C'est pas comme Nathan, si beau, si passionnant, si... ah ! Mon verre vient d'arriver. Merci joli serveur...

Je trinque avec celui dont bientôt je porterai le

nom, qui me regarde bizarrement (aurais-je un bout de persil coincé entre les dents ?), et je me mets à boire. C'est bon ce truc... on ne sent même pas l'alcool !

Je finis quasiment mon verre, puis je me penche vers Louise qui glousse le visage collé à celui de Marco :

— Louiiiiise ! J'ai chaud ! T'as pas chaud, toi ? Moi j'suis morte de chaud !

Louise me regarde, interloquée.

— Ben pourquoi tu cries Yohanna ? J'suis pas sourde. Ben non, j'ai pas chaud.

Je me tourne alors vers Nathan, en train de couper sa viande, et lui susurre à deux centimètres de la figure :

— Quand même, je ne peux tout de même pas enlever ma robe ! Hinhinhin ! Tu crois que ça va se voir, si je retire juste mon soutien-gorge ? Il me gratte un peu...

Nathan recule légèrement, assailli par les effluves de mon haleine chargée d'alcool.

— Je crois que tu as trop bu, Yohanna, tu devrais...

— Tu viens danser ?

La proposition vient de fuser de la bouche de Nestor Chicheportiche, un cousin par alliance qui a enfin dépassé le mètre quarante-deux une fois ses dix-sept ans révolus. Penché près de mon oreille, il se redresse et me toise fièrement du haut de son mètre soixante-huit (ça fait longtemps qu'il en rêvait, de pouvoir me toiser), s'attendant sans doute, grâce à son nouveau look, à ce que je lui saute au cou. Brave garçon. Je lui réponds le plus sincèrement du monde : « Non merci. Demain, peut-être. »

Nestor se passe nonchalamment une main tremblante dans les cheveux, avant de ricaner d'une grosse voix grave pour se donner l'air décontracté.

Ah oui, parce que sa voix aussi a changé, à Nestor. Il est passé, l'espace d'un été, d'une petite voix flûtée à une épaisse voix caverneuse. Le choc a été rude, quand il m'a dit « bonsoir » tout à l'heure avec l'intonation de Barry White. Et quand il a continué avec : « Alors Yohanna, ça fait longtemps ! », là j'ai carrément poussé un cri. « Eh ! Mais t'as mangé une contrebasse ? » « Oooh, ça va... toutes les tantes me disent la même chose, depuis que je suis arrivé... »

Je risque un sourire navré, qui, mal interprété, pourrait réenclencher une salve du feu d'artifice hormonal dans lequel il semble baigner en apesanteur. Mais je suis tellement en orbite autour de moi-même que je ne m'en soucie pas. Dommage pour lui, je ne peux tout de même pas tromper mon futur mari avant même de l'avoir épousé.

Dépité, Nestor se tourne alors vers une ravissante blondinette qui accepte sa proposition avec enthousiasme, n'ayant pas de lui le souvenir visuel d'un gars, en vacances, portant des shorts qui lui arrivaient aux mollets.

Nous dînons donc tous les cinq, en amoureux : Louise, Marco, Nathan, Nathan et moi. Parfois j'ai l'impression de voir un peu double, mais c'est sans doute parce que cet homme est deux fois plus génial que n'importe quel autre.

La chanteuse de l'orchestre, qui vient d'entamer New York, New York, est descendue de l'estrade. Tiens, j'adore cette chanson !

Aussitôt je me lève et file me planter à côté d'elle en tapant dans mes mains. Comme c'est une professionnelle de l'ambiance, elle fait participer les invités qui l'entourent. Ils lâchent quelques mots dans son micro en pouffant d'un rire gêné, avant de le lui rendre. Mais qu'ils sont mauvais ! Ils chantent tous faux, en plus, c'est une horreur.

Heureusement, son regard finit par croiser le mien. Elle a sûrement compris qu'elle venait de trouver la seule personne capable de remonter le niveau, car, enfin, elle tend le micro dans ma direction. Je m'en empare en le lui arrachant presque.

Par contre, pour me produire, il me faut un minimum de mise en scène. J'attrape une chaise vide sur le bord de la piste, et grimpe dessus en me tortillant et en hurlant :

– Stap préding the niouze ! I'm léving tadaaaaay !...

Sourcils froncés, la chanteuse (celle qui est payée) fait un pas vers moi, mais je l'esquive en grimpant carrément sur la table d'à côté, tandis que les gens commencent à (rire ?) m'applaudir. Je le savais ! Elle en crève de jalousie, cette vieille bonne femme liftée, que le public m'acclame moi et pas elle !... et NON, je ne rendrai pas le micro !

Je marche entre les assiettes des invités, tout en

veillant à ne pas mettre le feu à ma robe avec les bougies des chandeliers. En faisant ma grosse voix de basse, je hurle : « Comon cometru, New York, Neeeeeew Yooooooooooooooooo... », mais je n'ai pas le temps de finir mon « ... rk » parce que cette saleté est parvenue à me reprendre le micro en me tendant une embuscade à l'autre bout de la table.

Elle se remet à chanter sur mon tonnerre d'applaudissements à moi, en me lançant un regard venimeux, et termine sa chanson sans plus faire participer personne.

On m'aide à redescendre de la table parce que je commence à tituber un peu, probablement à cause de ces hauts talons qui ne m'aident pas du tout à rester droite.

J'arrive néanmoins à regagner ma table toute seule, mais... Nathan, Louise et Marco ne s'y trouvent plus. Ben où ils sont ? Ah ! Ils ont dû aller aux toilettes ! Bonne idée les gars, attendez-moi, je vous rejoins. Mais auparavant, comme j'ai un peu soif d'avoir si bien chanté, je me sers un petit verre de vin frais. (Vraiment bon ce vin, on ne sent même pas l'alcool !)

Évidemment, je me perds en cherchant les toilettes. Tout est si immense ici. Pour couronner le tout, sans mes lunettes, je ne vois rien. Comme dirait mon frère : « T'es tellement bigleuse qu'à ton stade, c'est plus des lunettes qu'il te faut, c'est un chien. » Et comme Louise a disparu...

Alors je cherche, je fouille les salles annexes, et je

finis par me perdre dans les couloirs du château, qui mènent partout sauf aux toilettes.

Finalement, j'ouvre une porte au hasard et là, je pousse un cri.

Nathan et le serveur mignon sont plantés devant moi, collés l'un à l'autre en train de s'embrasser goulûment.

Tétanisée par cette vision, je dégrise net.

Vacillante, je recule, la main devant la bouche, muette d'horreur devant un tel spectacle.

Comment ? Nathan, l'homme de ma vie, le futur père de mes enfants, celui qui m'avait, dès le premier regard, sans même que les mots aient été nécessaires, promis une vie d'amour, de fidélité et de passion, cet homme-là était... non, je ne peux pas le dire... si, il le faut... homo ?!

Nathan, qui vient de remarquer ma présence, me lance un bref coup d'œil et, sans décoller ses lèvres de celles du serveur, me claque la porte au nez.

Alors là ! Il faut absolument que je retrouve Louise, pour lui raconter ça !

Je me mets à courir dans les couloirs comme une dératée en me cassant deux fois la figure (la seconde fois, je pète un talon), je tombe littéralement dans les bras d'un serveur chauve et en sueur, il m'indique où se trouvent les toilettes, j'y fais le plus long pipi de ma vie, et je retourne dans la salle, cherchant ma copine tel un zombie, à tâtons, dans l'obscurité zébrée par les spots multicolores de la piste de danse.

Je finis par la retrouver dans le jardin, enlacée avec Marco, en train de le bécoter.

L'air frais me fouette le visage et fait frissonner mes bras nus. Je me précipite en claudiquant, puis, les poings sur les hanches, me plante face à eux.

Louise, qui était assise sur les genoux de Marco, se lève et fait un pas vers moi, me demandant pourquoi je fais cette tête-là.

J'ouvre la bouche pour lui répondre, mais aucun son n'en sort. À la place, je vomis sur sa jupe.

Elle me fixe, stupéfaite, puis baisse lentement les yeux vers sa robe, et se met à crier.

Submergée par un second spasme, je vomis cette fois sur les chaussures de cet imbécile de Marco qui était en train de rigoler. Il s'arrête net de rire et hurle « meeerde ! Mes Weston ! » en sautillant sur place.

Je termine de vomir, appuyée contre un mur, en me disant, entre deux hoquets, que pourtant, on ne sentait même pas l'alcool...

– Je... ho... excusez-moi, où sont les toilettes... vite !

Je venais d'ouvrir brusquement les yeux. Ma main se pressa contre ma bouche tandis que je me redressais, refrénant un haut-le-cœur. Le professeur Evan Leitner posa sa paume sur mon front et, se penchant vers moi, il m'ordonna d'une voix douce, mais qui ne souffrait aucune contradiction :

– Vous n'avez pas de nausée, vous n'allez donc pas

vomir… rallongez-vous Yohanna… calmez-vous… je veux que vous reveniez à vous lentement…

J'obtempérai, me rallongeai, fermai les yeux et, miraculeusement, ma nausée disparut aussitôt.

Il me fallut quelques minutes pour revenir complètement à moi, et pouvoir m'asseoir face au professeur Leitner sur le sofa sans avoir le tournis. Il me posa des questions, dont il nota scrupuleusement les réponses sur un petit carnet noir qui ne le quittait jamais. Mais ces questions avaient plus à voir avec mes émotions, mon ressenti, qu'avec ce qui s'était passé dans ces songes que je revivais devant lui. Une ou deux fois, alors que j'avais détourné le visage pour rassembler mes souvenirs, je l'avais surpris à m'observer d'une manière étrange, presque effrayante. Le temps de cligner des yeux, et son regard était redevenu bienveillant. Sans doute avais-je rêvé ? Bien sûr, le professeur était indubitablement un personnage curieux et énigmatique, avec ses tics compulsifs et ses déclarations sibyllines.

À ce propos, je lui demandai pourquoi, lors de notre dernière séance, il avait évoqué la possibilité que j'utilise de façon concrète les réminiscences qu'il avait provoquées chez moi. Comment pouvait-il savoir que précisément, j'allais mettre au monde, quelques jours plus tard, le bébé d'une jeune femme ?

Il m'honora d'un sourire ambigu, et me répondit le plus naturellement du monde :

– C'est formidable, ça, et comment s'appelle ce bébé ?

Nous nous mîmes à parler de l'accouchement en question, puis de fil en aiguille des rapports des pères face à la maternité (il n'avait, semble-t-il, jamais eu d'enfant), puis des hommes en général et, le temps de dire « ouf », je m'étais retrouvée sur le pas de la porte de son cabinet, lui serrant la main tandis qu'il me donnait rendez-vous pour la semaine prochaine.

Ce n'est que sur le chemin du retour que je réalisai qu'il avait totalement éludé ma question.

Le lendemain matin, réunion au sommet dans le bureau de notre gynécologue préféré.

— Alors ça, c'est un stylo muni d'un micro mini-aturisé qui se glisse dans un sac à main…

Je jetai un coup d'œil à Iris, aussi estomaquée que moi.

Gaston frôlait très vraisemblablement la schtarbi-tude prononcée. Il fallait qu'il arrête avec les divorces, ça ne lui allait pas au moral. Accessoire-ment, qu'il freine sur les mariages aussi, histoire d'équilibrer un peu.

— Ça, c'est un mini-émetteur caché dans un tube de rouge à lèvres qui me permettra de la localiser où qu'elle se trouve…

— Oh… et sinon, dit Iris, inspirée, il y a un truc encore mieux, qui la positionne bien plus efficace-ment que ce gadget, mais je ne sais pas si tu…

— Dis ! Qu'est-ce que c'est ? Où ça s'achète ? Je mettrai le prix qu'il faudra.

– Ben… t'as pensé à lui demander tout simplement où elle est, quand tu l'appelles sur son portable ?

Gaston rejeta la proposition d'un haussement d'épaules maussade.

– Ne dis pas de bêtises. Elle me mentira, c'est évident. Et puis il me faudra être d'une précision sans failles, quand elle se fera attaquer…

– Elle se fera attaquer ? Par qui ? demanda Iris.

– Par un ami à moi qui lui fera un peu peur, oh, pas grand-chose, juste le temps de me laisser accourir la sauver, puisque je passerai « par hasard » dans le coin.

– Non mais Gagas…

– Ah toi Yohanna, ne m'appelle pas Gagas, hein !

– Bon. Tonton, laisse-moi souligner que ce que tu fais est totalement répréhensible et puni par la loi, dis-je en saisissant un petit magnétophone ultraplat fixé au dos d'un faux téléphone portable.

– Pourquoi, tu comptes me dénoncer ?

– Non. Par contre, je te confisque ce truc. Je te le rendrai quand tu auras retrouvé tes esprits.

– Tu envisages de t'en servir pour enregistrer vos engueulades, avec Samuel, et lui prouver ensuite que tu avais raison ? demanda Iris, plus futée qu'elle n'en avait l'air.

Je haussai les sourcils en opinant du chef, et glissai l'objet dans mon sac. Gaston, bourru, expédia d'un geste ample tous les gadgets restant dans le tiroir de son bureau, qu'il ferma soigneusement à clé.

– Qu'est-ce que vous baragouinez, encore ? Vous n'y connaissez rien en psychologie féminine. Les nanas adorent les héros. Elles n'y résistent pas.

– Oui, c'est vrai que quand j'étais une nana, lors de ma précédente réincarnation, je trouvais du dernier romantique qu'un homme me tende de fausses embuscades, pour me délivrer ensuite des griffes d'un copain si dévoué qu'il n'hésitera pas à se manger des coups de genoux dans les noisettes au nom de notre amitié…

Le Dr Mandelbaum nous fit signe d'aller voir ailleurs s'il y était. Je me tournai une dernière fois vers lui, tentant de lui faire entendre raison.

– Allez, quoi… Tu ne vas jamais la récupérer comme ça. Au contraire, tu vas la faire fuir en courant.

– Et comment puis-je te faire fuir, TOI ?

– Bah…, dis-je en fixant son front légèrement dégarni, mets-toi une moumoute ?

– Certaines causes méritent des sacrifices : c'est comme si c'était fait.

Et il nous claqua la porte au nez. Avant de la rouvrir pour faire signe à Siegfried-Berthe d'appeler sa première patiente.

Iris et moi nous retrouvâmes donc dans mon domaine, où elle m'avait entraînée. Elle voulait se confier et me pensait plus réceptive si je n'avais pas à lutter pour ma vie pendant qu'elle me parlerait. Son (con de) chat était dans une période assez déchaînée de « marquage de territoire à coups de griffes », comme en témoignaient ses jupes qui

avaient pris l'allure de documents passés au déchi-
queteur.

Une dame venait d'arriver dans la salle d'attente,
mais elle était en avance. Nous avions donc quelques
minutes devant nous. Iris ferma la porte de mon
cabinet, s'adossant dessus.

— Je ne fais pas le poids.

— Ah ? Ben maigris alors. Tu veux que je te pres-
crive un dosage thyroïdien avant ?

— Yohanna, je ne fais pas le poids face à Noa.

— Oh, Noa ! Je pris place sur mon siège tandis
qu'Iris s'assit précautionneusement face à moi. Heu,
rappelle-moi qui est Noa ?

— Noa ! Noa Malka ! s'emporta Iris, comme si
j'avais oublié le prénom de ma sœur jumelle. La
bombe de glu qui colle Félix !

Mon ordinateur était allumé, j'en profitai pour
jeter un coup d'œil à mes e-mails. Un message
s'ouvrit, rédigé par Sonia Amram, la productrice
télé.

*Cher Dr Béhar, j'espère que vos séances avec le
professeur Leitner se passent bien, rendez-vous dans
quelques jours pour l'émission ! Amitiés, S. Amram.*

À cette pensée, mon ventre se serra d'angoisse.
Mais pour l'heure, Iris avait besoin qu'on lui
remonte un peu le moral.

— Hum, oui…, dis-je en regardant ma montre.
Bah, relativise. Enlève-lui son maquillage, ses
extensions, ses faux ongles, ses seins en silicone, ses

fringues sexy, son fitness hebdomadaire, arrête de lui épiler les sourcils, les demi-jambes et la moustache, et tu la trouves vite ordinaire, cette fille.

Iris se leva d'un bond, refrénant à grand-peine une folle bouffée d'espoir. Elle se tordit les mains en faisant les cent pas, sans me quitter du regard.

— Certes, peut-être, mais si ça se trouve, Félix n'aime pas les filles plus mûres que lui… non ?… Hein, non ? Oui ?… Hein ?

— Eh bien, ne t'inquiète pas, tu fais moins que… enfin tu fais le même âge que… disons qu'on te donne seulement quatre ou cinq ans de plus que lui, pas davantage. Six à la rigueur, mais c'est tout.

Nous honorant de sa traditionnelle entrée tonitruante du matin (après les deux coups brefs tapés contre ma porte), Félix, tel le chevalier brun sans pleurs et sans anicroches, apparut la tête engoncée dans un bonnet enfoncé jusqu'aux oreilles. Son visage était masqué par une écharpe en laine blanc cassé. Tandis qu'il me fit la bise, j'essayai en chahutant de les lui retirer.

— Mais enfin, t'es pas bien, toi, tu as vu le temps qu'il fait dehors ? Allez, enlève-moi ça, qu'est-ce que tu caches ? Tu t'es défiguré le nez après t'être trifouillé un spot ?

— Non, aaaah… laisse, pas touche ! fit-il en se débattant mollement, avant de finalement les retirer en y mettant l'ardeur d'une strip-teaseuse dévoilant sa cellulite.

Un coup d'œil à son visage déclencha chez Iris et moi un monumental éclat de rire.

Sa peau, sous l'effet sans doute d'un autobronzant mal appliqué, arborait l'éclat d'une carotte irradiée : un bel orange fluo.

— Nan, mais sans déconner, les filles, il faut que vous m'aidiez, là. Je ne peux pas recevoir mes patients dans cet état… vous n'avez pas du fond de teint ?

— Qu'est-ce qui t'a pris de faire ça ? demanda Iris, dont les joues flamboyaient d'un rouge qui n'avait rien à lui envier.

— J'ai lu un article dans un magazine de mecs… OK, c'est bon, arrêtez de rigoler, maintenant, ho…

Séchant les larmes qui avaient perlé au coin de mes yeux, je lui tendis le papier que je venais de rédiger.

— C'est quoi ? demanda-t-il, méfiant, en le prenant.

— Une ordonnance, tu vois bien. Si je ne t'aide pas, c'est non-assistance à personne en danger de grotesque.

— Ah bon ? Il existe des produits qui peuvent faire disparaître ça ? demanda Félix, sur le ton d'un petit garçon émerveillé par les progrès de la science.

Je regardai Iris, qui comme moi se retenait de pouffer.

— Je n'arrive pas à déchiffrer ton écriture, là…, dit-il en me tendant la feuille.

— Il y a écrit que je te prescris un gant de crin. Et de frotter fort.

Il roula l'ordonnance en boule et tenta de marquer un panier sur ma tête.

– Chienne.

– Wouaf !

Félix se dirigea vers la porte, puis rebroussa brusquement chemin, attrapa Iris par les épaules et, collant sa joue à la sienne, me fit face.

– N'empêche, on dirait presque des frères et sœurs maintenant, Iris et moi… pas vrai ?

La dentiste, dont la figure constellée de taches de rousseur avait atteint le summum de la dilatation capillaire (impossible de savoir où commençait exactement sa crinière rousse), sembla, sous les doigts de l'acupuncteur, hésiter entre volupté et rigidité. Volupté car il la touchait, rigidité pour se faire oublier et qu'il continue.

Il lui ébouriffa gentiment les cheveux et nous quitta cette fois pour de bon. Nous l'entendîmes derrière la porte dire à Siegfried-Berthe qu'elle pouvait appeler son premier patient, laquelle lui répondit par un gloussement hilare.

Pauvre Félix. Il allait devoir passer les prochains jours déguisé en feu de circulation, ce qui allait, à n'en pas douter, ralentir considérablement le flot de ses conquêtes. Je raccompagnai Iris à la porte, histoire de laisser la place à M. Orlinsky, mon patient hypocondriaque préféré, qui venait me consulter tous les quinze jours sans faute depuis mon installation dans ce cabinet. Un charmant petit vieux qui prenait un plaisir fou à me commenter chacune de ses analyses de sang ou à me raconter, par le détail, l'historique de ses troubles intestinaux.

Iris se dirigea vers la sortie tel un automate aux

cheveux décoiffés à l'arrière, me quittant sans un mot. Je crois que le côté fraternel précédemment évoqué par celui dont elle s'était crue, l'espace d'un instant, capable d'attirer l'attention, ne l'avait pas mise en joie.

C'est probablement ce que dut se dire le patient à qui, quelques instants plus tard, elle retira une dent particulièrement cariée.

Oh bien sûr, elle n'avait pas oublié la piqûre d'anesthésie, et la dent avait été retirée minutieusement, sans aucune complication.

Le souci, c'est que ce n'était pas la bonne.

9

Zzzz...

Après trente années passées à étudier la psychologie féminine, je n'ai toujours pas trouvé de réponse à la grande question : que veulent-elles au juste ?

Sigmund Freud.

Aujourd'hui le professeur avait pris du retard, par conséquent je n'étais pas la seule dans sa salle d'attente.

Je regardai la femme assise près de moi. Brune, les cheveux longs attachés à la va-vite par une barrette, elle semblait absorbée par la lecture d'un livre dont je ne parvenais pas à apercevoir le titre. Confusément, j'eus l'impression de la reconnaître.

Ayant senti que je l'observais, elle leva les yeux vers moi, interrogative. Prise de court, je bafouillai :

– Excusez-moi, il me semble que votre visage me dit quelque chose. Ne seriez-vous pas une de mes patientes, par hasard ?

– Ah non, je ne crois pas... vous êtes ?

– Dr Béhar, médecin généraliste.

– Désolée, votre nom ne me dit rien.

– Vous êtes sûre ? Pardonnez-moi d'insister, mais… peut-être avons-nous été à l'école ensemble, ou au lycée…

– Non… enfin, je ne pense pas…

– Nous nous sommes croisées devant l'école de nos enfants, alors ?

– Heu non, vraiment, votre visage ne me dit rien, désolée.

– Ah… pardon de vous avoir importunée, dans ce cas.

Elle me sourit poliment, et se replongea dans la lecture de son bouquin.

Je marquai un temps d'arrêt, cherchant un sujet pour reprendre la conversation. Il fallait que je sache où je l'avais déjà vue.

– Le professeur Leitner est très réputé, semble-t-il.

Elle leva la tête, souffla sur une mèche qui lui tombait dans l'œil, et glissa son livre dans son sac à main. Croisant les jambes, elle enserra son genou tandis que son pied, chaussé d'une basket noire, se mit à battre machinalement la mesure.

– Oui, il me soigne depuis quelques jours pour des troubles phobiques.

– Ah bon ? Vous avez des phobies ? De quelles sortes ?

– J'ai une peur panique des insectes.

La réceptionniste l'appela.

– Madame… heu… Assouline, vous pouvez venir, s'il vous plaît ?

Elle se leva, vérifia d'un geste machinal que son portable se trouvait toujours dans la poche de son jean, et murmura à mon attention : « Excusez-moi », avant de rejoindre la secrétaire à l'entrée.

Je les entendis parler ensemble.

La secrétaire (aimable) – C'est juste pour un éclaircissement. Sur votre carte d'identité, vous êtes Déborah Assouline, mais sur votre carte Vitale vous êtes Déborah de Montmarchay…

Déborah – Oui, il y a une erreur sur les deux, en fait je suis Déborah Boublil.

La secrétaire (qui semblait perdue) – Ah… ?

Déborah – Oui, c'est parce que je suis divorcée.

La secrétaire – D'un M. Boublil ?

Déborah – Non, lui je viens juste de l'épouser.

La secrétaire – Et votre nom de jeune fille est ?

Déborah – Assouline.

La secrétaire (regardant probablement les papiers devant elle) – Ah oui, il y a écrit Boublil sur votre carte de mutuelle. Donc on n'utilise plus… heu… Assouline, c'est ça ?

Déborah (légèrement exaspérée) – Non, c'est de Montmarchay qu'on vire.

La secrétaire (amusée) – C'est compliqué, n'est-ce pas ?

Déborah (en soupirant) – À qui le dites-vous… depuis mon remariage, j'ai l'impression d'être une hors-la-loi qui s'emmêle les pinceaux dans ses fausses identités !

La secrétaire (sympa) – Hé hé…

Déborah – Je plains Elizabeth Taylor. Je ne sais pas comment elle a fait pour s'y retrouver, la pauvre, avec ses huit mariages…

La secrétaire (logique) – Elle a gardé son nom de jeune fille.

Je me tapai le genou. Ça y est, je savais où je l'avais vue. C'était la fille qui avait joué dans *La jeune divorcée qui crie au secours quand on veut l'épouser*, ou un truc comme ça.

Le professeur Leitner la fit entrer, et moi je m'absorbai dans la contemplation de mes ongles, puisque, contrairement à elle, j'avais oublié d'acheter de la lecture.

Trois quarts d'heure plus tard, j'avais donné un prénom à toutes mes cuticules, et j'étais capable de tracer de mémoire le dessin de chacun des dermoglyphes qui dansaient sur la pulpe de mes doigts.

Son assistante m'appela enfin, ce qui me procura un soulagement immense, car je m'apprêtais à attaquer le comptage des poils de mes sourcils tant je m'ennuyais ferme.

Evan Leitner semblait préoccupé.

Son bureau, d'habitude méticuleusement ordonné, était dans un désordre complet. Lui avait l'air hagard. Sa main, submergée par un tic saccadé, touchait et retouchait fébrilement ses petites lunettes. Son autre main restait obstinément plongée dans la poche de sa blouse.

Il m'invita à m'allonger d'un geste bref, brancha ses électrodes à la va-vite sur mon crâne et s'assit sur son fauteuil habituel, derrière moi. Aussitôt, il ferma les yeux, bascula sa tête en arrière, et je perçus que sa respiration s'apaisait.

Je n'étais pas rassurée, c'était la première fois que je le voyais dans un tel état de stress. Au moment où j'ouvrais la bouche pour lui demander si tout allait bien, il parla.

– Pardonnez-moi, Yohanna. Je suis un peu nerveux, depuis ce matin.

– Je vous en prie… vous… enfin, nous pouvons peut-être reporter cette séance, si vous préférez. De toute façon, c'est la dernière me semble-t-il.

– L'avant-dernière.

Il ouvrit les yeux et me fixa avec une intensité inhabituelle qui me glaça le sang. Je ravalai immédiatement mes commentaires au sujet de l'échec manifeste de ces quelques consultations. Comme je l'avais supposé dès le départ, mon angoisse à aller pérorer sur un plateau télé n'avait aucun rapport avec une première fois traumatisante, mais plutôt avec une légitime timidité, dont je ne me sentais pas particulièrement débarrassée grâce à lui, d'ailleurs.

Comme s'il avait lu dans mes pensées, il reprit :

– Il est des préambules qui semblent ne déboucher nulle part. Et pourtant, ils précèdent des révélations fabuleuses dont on n'a pas idée. Laissez-vous guider. Faites-moi confiance. Je sais exactement où je veux vous emmener.

Bizarrement, malgré toute l'admiration que je pouvais vouer au professeur, son discours me mit mal à l'aise.

Résumons.

Depuis que je l'avais rencontré, je m'étais entendu dire par cet homme inaccessible, brillant et charismatique que je possédais une personnalité incroyablement réceptive (flatterie). Puis il m'avait seriné un grand nombre de fois de m'en remettre à lui (prise de contrôle). Et là, il y allait de son petit discours façon « attention, je vais t'apprendre des trucs dingues » (mysticisme à deux balles). Cela, associé au côté « je détiens la solution pour résoudre tous tes problèmes »... Brrr. Quelle allait être l'étape suivante, maintenant ? Me conseiller de m'éloigner des « énergies négatives » qui gravitaient autour de moi (mes proches) ?

Pardon, mais ça ressemblait fort à une alléchante publicité pour une entrée gratuite dans la secte de mon choix.

Le professeur Leitner me sourit en plissant les yeux, l'air amusé par ce qu'il était en train de... déchiffrer ?

– Je ne suis pas un gourou, quelle idée absurde. Je suis un scientifique de renom, professeur en neuro-psychologie. Mais votre méfiance est légitime, je peux parfaitement la comprendre. Aussi je vous invite pour commencer à vérifier mon identité auprès du Conseil national de l'Ordre des médecins.

Abasourdie par cette conversation où lui parlait et moi pas, je décidai de reprendre le contrôle de mon côté du bavardage.

– Et depuis quand les médecins sont-ils pré-servés d'un éventuel dérapage vers un groupe sectaire ? Vous n'êtes pas infaillible, tout professeur que vous êtes.

Je m'étais redressée sur la méridienne pour lui faire face. Évaporée, l'idée même d'une éventuelle relaxation. Sous tension, je me sentais oppressée par un étau de nervosité.

— Mais si, vous y arriverez…, me dit-il en souriant, penché vers moi, l'air énigmatique.

— À quoi ?

— À vous relaxer.

— Mais comment faites-vous pour… ?

— Bien. Vous écoutez ma voix et rien que ma voix…

— Professeur Leitner !

Cette fois je me levai d'un bond, outrée qu'il ne se soucie pas de ce que j'avais à lui dire, sidérée qu'il me devine aussi bien.

Evan se leva également de son fauteuil, mains croisées dans le dos. Il se tourna vers la fenêtre, s'approcha lentement de son télescope, y jeta un coup d'œil puis, satisfait, me fit à nouveau face avec, sur le visage, un sourire compréhensif.

— Bravo. Vous m'avez démasqué, j'avoue tout. Mon vrai nom n'est pas Evan Leitner, mais Don Moataissou. J'ai créé une nouvelle religion, qui consiste essentiellement à me trouver beau, à me verser une obole remboursée par la Sécu, et accessoirement à me gratter le dos quand j'en ai besoin. Ça va Yohanna ? On peut y retourner maintenant ?

Je rougis. Mais je ne baissai pas le regard.

Une idée s'incrusta dans ma tête, presque aussi

clairement que si une voix humaine l'avait énoncée.
« Après tout, qu'est-ce que vous risquez ? »

Tiens. Je me vouvoyais, moi, maintenant ?

— Très bien, soupirai-je, nous allons donc terminer ces séances, comme convenu.

Un poil dépassait de sa narine. Heureusement que
je venais de le repérer, car il me rendit tout de suite
l'homme plus vulnérable. Un peu par défi, beaucoup
pour ne pas me laisser impressionner, je rajoutai :

— … puisque de toute façon, il n'y a pas de
résultats…

Mon petit éclat de bravade n'eut pas l'air de le
gêner. Au contraire, son sourire s'élargit tandis qu'il
se rasseyait. J'en fis de même, avant d'allonger mes
jambes, de poser ma nuque sur le coussin, de
ramener mes bras le long du corps et de fermer les
yeux.

— Vous écoutez ma voix… rien que ma voix…

Certes, j'écoutais sa voix, mais mes pensées
étaient ailleurs. Il avait remis en marche son petit
vase à fabriquer des nuages parfumés, et j'avais beau
tenter de me laisser absorber par les changements de
couleur du récipient, yeux entrouverts, je restais
imperceptiblement tendue.

— Relâchez vos muscles, respirez par le ventre…
voilà…

Sa voix était douce, aux inflexions profondes. Son
timbre, lent, me berçait… Il prenait tout son temps.

— … Cette séance-ci, je voulais que vous explo-
riez les souvenirs de votre première fois dans les
bras d'un homme… respirez profondément…

Eh non professeur, ça ne va pas être possible. Je crois que vous aurez beau farfouiller dans tous les recoins de mon subconscient, ce n'est pas dans cette zone-là que vous trouverez quelque chose… *préparée stratégiquement…* vous comprenez, Evan. Permettez-moi de vous appeler Evan, vous m'appelez bien Yohanna, après tout… *conseils lus dans le supplément gratuit de…* Je sais qui vous êtes, je connais votre réputation, j'ai même lu vos livres, figurez-vous… *la méga honte si je…* Comment aurais-je pu faire autrement… *une marque de naissance sur…* ils ont tous été best-sellers et ultramédiatisés… *soulagée de voir qu'il…* L'exploration de la psyché humaine fascine et attire… *éclate de rire…* même les profanes… *ses baisers brûlants…* même le grand public… *oh ! lala ! quelle angoisse…* même ceux qui n'y connaissent rien… *Quoi, c'est déjà fini ?…*

— Yohanna… concentrez-vous…

Sa voix me parut bizarrement proche, comme s'il avait avancé son visage près de mon oreille. Ce n'est que lorsque je sentis son souffle sur mes cheveux que je compris qu'il l'avait fait.

— Ma voix, Yohanna, ma voix et elle seule vous guide… vous n'écoutez qu'elle…

Il parla d'un ton monocorde. J'entendis, au loin, le petit bruit mat d'un interrupteur qu'on cessait de faire fonctionner. Je crois qu'il s'était rapproché pour éteindre la lampe près de moi. Une seconde plus tard, il avait repris sa place dans son fauteuil.

Brusquement, sous mes paupières, mes orbites

roulèrent vers l'arrière et mon corps devint dur et
lourd comme du béton. C'était parti. Sous son
influence, je m'étais propulsée dans une veille modi-
fiée, plus vraiment consciente, mais pas tout à fait
endormie. En tout cas un état bien plus profond que
tout ce que j'avais connu jusqu'à présent. Pourquoi
là, pourquoi maintenant avais-je fait sauter les dernières résistances de mes inhibitions ? Aucune idée.
Le fait est qu'Evan Leitner me parlait, et que je
l'écoutais comme jamais je n'avais écouté quelqu'un de ma vie. Sans même comprendre ce qu'il
me disait.

Car en réalité, je n'entendais pas avec mes
tympans les mots qu'il prononçait, je les récep-
tionnais avec mon corps tout entier. Une onde de
douce chaleur m'enveloppa, tandis qu'une myriade
de couleurs flottantes, telle une aurore boréale inat-
tendue, se déposa sur mes pensées.

Lorsque la séance fut finie, je mis beaucoup plus
de temps que d'habitude à revenir à moi. Et quand
enfin ce fut fait, je ne me sentis pas très en forme.

Assise sur le canapé, j'attrapai ma tête et entrepris
de masser mes tempes douloureuses.

Evan Leitner n'avait pas bougé. Il me fixait avec
attention. Je levai finalement les yeux vers lui, et
demandai :

– Je… je n'ai pas un grand souvenir de ce qui
s'est passé. J'avoue que cette fois-ci, j'ai carrément
dû m'endormir. C'est bête.

– Vous ne vous êtes pas endormie, rassurez-vous.

– Ah ?

– Nous avons évoqué de nouvelles « premières fois ».

– Pourquoi n'en ai-je gardé aucune trace dans mon esprit, dans ce cas ?

– Parce qu'à la différence des autres, celles-là, vous ne les avez pas encore expérimentées.

Je souris, intriguée, en détachant moi-même les électrodes.

– Vraiment ? Je ne comprends pas… De quoi s'agit-il ?

– Nous en reparlerons lors de votre prochaine séance, voulez-vous ?

Je n'avais rien à vouloir, car il semblait visiblement que je n'avais pas le choix. J'attrapai mon sac, ma veste posée sur une chaise, il me raccompagna et nous nous quittâmes sur une poignée de main.

En me rendant au centre médical ce matin-là, j'eus le sentiment que quelque chose de différent venait de se produire. C'était inexplicable, intraduisible. Comme si je me sentais plus en phase avec mon environnement, comme si tous mes sens étaient en alerte.

Je passai l'entrée de l'immeuble cossu dans lequel je travaillais, et grimpai quatre à quatre les marches jusqu'à arriver devant la porte entrouverte du grand appartement dans lequel j'officiais.

Siegfried-Berthe, assise derrière son bureau à l'entrée, leva la tête de l'écran de son ordinateur et,

tel un soldat au garde-à-vous, me salua d'un « bonjour docteur » martial mais réglementaire.

Je tapai à la porte du cabinet d'Iris, et entrai. Elle
n'était pas là, mais son chat, oui. En l'apercevant, je
me dis : « Toi mon gaillard, un jour je vais te… »
L'animal sursauta, cracha, et s'enfuit au fond de la
pièce à toutes pattes. Je pensais : « Nous partageons
enfin les mêmes sentiments, mon amour », avant de
refermer la porte.

La matinée se déroula de façon ordinaire : un
enchaînement discontinu de patients aux pathologies souvent sérieuses, parfois folkloriques. Sur un
coup de fil de mes collègues, rendez-vous fut pris
pour une pause déjeuner commune dans le bureau de
Félix à midi et demi.

Ma dernière consultation bouclée, j'allai taper à la
porte d'Iris. Je l'entendis hurler.

J'ouvris brusquement, et la découvris en train
d'enguirlander un pauvre bougre allongé sous sa serviette en papier, qui avait confondu « ouvrez la
bouche » avec « serrez les dents ». Elle frotta ses
doigts endoloris et poinçonnés de petites marques
rouges, tout en ordonnant à son patient de cracher.
Prudente, elle précisa : « Dans la petite cuvette. »

Je la laissai finir, et me retrouvai dans le couloir.
À cet instant, une grosse bonne femme furieuse
sortit de chez Gaston. Il tentait de la retenir en se jus-
tifiant :

– Hooo… mais ce n'était qu'une toute petite
blague… Ce que vous êtes susceptible, vous aussi…

– Ah ! Ça rend intelligent, hein ? Je t'en ficherai,

de l'intelligence ! Je ne remettrai plus jamais les pieds ici !

La femme partit en claquant la porte de toutes ses forces, faisant trembler les cloisons et tomber un petit cadre accroché au mur dont la vitre, par bonheur, demeura intacte. Siegfried-Berthe, devant qui la dame était passée comme une furie, n'avait pas bronché. Elle considéra un instant la porte close, avisa le cadre par terre, se tourna vers le Dr Mandelbaum et lâcha froidement :

– C'est la troisième patiente que vous faites fuir en moins d'une semaine. Dois-je en déduire qu'à plus ou moins court terme vous ne serez plus en mesure de vous acquitter de mes appointements ?

Gaston s'approcha d'elle, doucereux, et lui susurra :

– Voyons ma chère Siegfried-Berthe, vous savez bien que je serai toujours en mesure de payer l'intégralité de votre salaire…

Puis, il continua, sèchement :

– … dussé-je le compléter à coups de pompe dans le c…

– GASTON ! lui coupai-je la parole.

Je l'attrapai par les épaules et me penchai vers notre réceptionniste, affable :

– Désolée Siegfried-Berthe. Je vous présente ses excuses. Ne lui en veuillez pas, il est un peu à cran en ce moment.

J'entraînai le médecin dans le cabinet de Félix, laissant la secrétaire nous fusiller d'un regard trempé dans de la mitraillette.

– Eh non, homme à peu de cheveux, dis-je en poussant la porte. C'est pas encore aujourd'hui que je vais te laisser donner l'occasion à Sieg de nous traîner en justice pour harcèlement moral.

– Pff, toujours à exagérer, toi aussi…

– Qu'est-ce qui s'est passé, cette fois, avec la bonne femme ?

Il s'affala sur le siège devant lui.

– Trois fois rien. Une emmerdeuse. Elle me racontait son régime pour tomber enceinte en choisissant le sexe du bébé.

Je m'appuyai d'une main sur le dossier de sa chaise, le surplombant de toute ma taille.

– En privilégiant les aliments contenant du calcium et du magnésium pour avoir une fille, et les aliments à haute teneur en sodium et en… je ne sais plus quoi…, me souvins-je.

– … potassium, pour avoir un petit gars, oui, c'est ça. Sauf que son régime à elle était un peu différent. Mais attention, hein ! Recette personnelle, réussite garantie, m'a-t-elle assuré.

– C'était quoi ? demandai-je en rigolant d'avance.

– Attends, attends, les résultats, d'abord : elle voulait un garçon. Et grâce à cette technique…

– Elle a eu un gar…

– … une fille. Mais comme aucune méthode n'est fiable à cent pour cent, elle ne s'est pas découragée et a recommencé, toujours de la même façon. La fois d'après, elle l'a obtenu, son fils.

– Son fabuleux régime étant ?

– Un programme essentiellement composé de salade verte, de boissons light et de barres hyperpro-téinées pour avoir une pisseuse, et de pizzas, de chips et de Big Mac pour avoir un p'tit mec, selon le lumineux concept que c'est ce que mangent les filles et les garçons à l'adolescence.

– Je vois, dis-je, consternée.

– Du coup, je n'ai pas pu m'empêcher de lui conseiller une cure de poisson pour la prochaine grossesse. Elle était ravie. Quand elle m'a demandé quel sexe elle obtiendrait, je lui ai répondu que c'était pour elle. Le phosphore contenu dans le poisson est excellent pour...

– ... l'intelligence, le coupai-je en éclatant de rire. N'empêche que c'est honteux de ta part de lui avoir dit ça. Elle vient te consulter, pas se faire insulter.

– Oui maman.

Iris pénétra dans la pièce, un menu de sushis à la main.

– Je vais commander. Qui veut quoi ?

– On n'attend pas Félix ? interrogeai-je. D'ailleurs, il est où encore celui-là ?

Le fauteuil derrière son bureau se tourna lente-ment vers nous.

Félix, qui avait toujours été dans la pièce, y trô-nait tel un yogi dans la position du lotus, en pleine méditation, yeux clos, son visage orangé piqué d'une cinquantaine d'aiguilles placées le long d'invisibles méridiens.

Il ouvrit lentement les yeux, et dit :

— Je suis là, en train de stimuler le renouvellement cellulaire de mon épiderme. Pour moi, ce sera
un plateau d'assortiment de makis. Merci.

La fin de la journée arriva enfin.

Aujourd'hui j'avais eu à traiter une hypertension,
un début de dépression (examens scolaires ratés),
une angine blanche, une entorse, un renouvellement
de vaccination, poser deux points de suture sur un
doigt blessé (coupé en ramassant des morceaux de
verre brisé), à signer trois arrêts maladie (demandés
gentiment), à renouveler une prescription de médicament anticholestérol, à détecter une otite, une varicelle, et à demander deux bilans sanguins.

Gaston avait surveillé la grossesse de cinq
patientes, pratiqué deux frottis, diagnostiqué un
herpès génital, prescrit deux mammographies, six
renouvellements de pilule contraceptive, posé deux
dispositifs intra-utérins, et eu à gérer les angoisses
d'une patiente qui se croyait stérile car elle n'était
toujours pas tombée enceinte après deux mois
d'arrêt de contraceptif. (Méthode Gaston : il lui a
prescrit sept jours de bains de siège chaque mois.
Idéal pour qu'elle pense à autre chose et laisse la
nature faire son œuvre à son rythme.)

Félix a enchaîné de façon rigoureuse un jeune
patient venu le consulter pour des troubles de
l'anxiété, une trentenaire amoureuse de lui, puis un
homme voulant en finir avec ses insomnies, une
jeune femme venue sans soutien-gorge, un vieux

monsieur souhaitant renforcer ses défenses immunitaires, une dame mûre prête à quitter son mari sur un mot de sa part, etc., comme d'habitude, quoi.

Quant au Dr Paoli, elle a eu droit au gros colosse qui a fondu en larmes dès qu'elle a approché les instruments de sa bouche, au jeune rappeur de vingt-trois ans accompagné de sa mère qui lui a caressé les baskets en le couvrant de mots doux le temps que le médecin soigne sa carie, elle s'est éraflé la main avec sa fraise (ça lui arrive), a fait la morale à trois enfants qui ne s'étaient pas brossé les dents correctement, fait la morale à leurs parents dont les dents n'étaient pas nickel non plus, passé un long moment auprès d'un quinquagénaire pour tenter de le convaincre d'ouvrir la bouche, rassuré un jeune homme ému en lui disant qu'il valait mieux une extraction dentaire qu'une jambe de bois, avant de réaliser qu'il portait une prothèse sous le genou…

Ici aussi, rien de spécial.

Non, ce n'est qu'en toute fin de journée qu'il s'est vraiment passé quelque chose sortant de l'ordinaire. Un truc dingue, inattendu.

Une prise d'otage.

10

Hiiiii !

*Une fois, j'ai été agressé par un type qui
pointait un couteau sur moi. J'ai vite su
que ce n'était pas un professionnel, car
il y avait encore du beurre dessus.*

Rodney Dangerfield.

Il était dix-huit heures trente lorsque les types sont
arrivés. Nous nous apprêtions tous à partir.

Deux hommes d'apparence ordinaire, âgés d'une
trentaine d'années, habillés en noir, entrèrent par la
porte restée entrouverte. Un grand brun aux cheveux
bouclés avec une cicatrice sous l'œil, et un petit châtain, trapu, baraqué, et charnu de la bajoue. Nerveux
et sur leurs gardes, ils se sont dirigés vers le bureau
de Siegfried-Berthe qui rangeait ses affaires.

– Désolée messieurs, le cabinet médical est fer…

– C'est pour une consultation. En urgence, dit le
grand brun en pointant un pistolet vers notre
dévouée réceptionniste.

– Ouais, c'est ça, une urgence, dit le petit trapu en s'accoudant au comptoir.

– Ah, répondit-elle calmement.

Si nous avions jamais eu besoin d'une preuve auparavant, cette fois-ci c'était certain : cette femme avait le sang si froid qu'il devait forcément contenir des traces d'ADN de reptile.

Iris et moi étions dans la pièce où la dentiste réparait les chicots, devisant à propos de la soirée que nous devions passer chez elle afin de procéder à des essais de relooking.

Félix sortit le premier, nonchalant, un sac à dos sur l'épaule. Il aperçut les deux hommes, l'arme qui était toujours pointée vers Siegfried-Berthe, et leva les mains en l'air après avoir lentement posé son sac par terre.

– Oh ohhh… tout doux les gars… tout doux…

Gaston, qui l'avait entendu, apparut près de la réception, interrogatif. Dès qu'il réalisa de quoi il s'agissait, il eut comme premier réflexe de reculer imperceptiblement pour se placer contre la porte du cabinet d'Iris, imaginant ainsi nous empêcher de sortir.

– Tout le monde est là ? Y a pas d'autres toubibs ? demanda le grand brun.

Le petit trapu jeta un coup d'œil dans la salle d'attente, constata qu'elle était vide, et se tourna vers les deux médecins qui n'en menaient pas large.

– Évitez de jouer aux héros et il ne vous arrivera rien, continua-t-il.

(Voix au loin) : « Oui, c'est joli les frisettes, mais ce n'est plus à la… »

Iris, en ouvrant la porte de son cabinet, percuta de plein fouet le dos de Gaston et rebondit dessus.

– Aïeuh ! Mais qu'est-ce que tu fiches là ? dit-elle en le repoussant du bout des doigts.

Son collègue se retourna lentement, l'air grave et le visage exprimant une muette solennité. Il se dégagea de son champ de vision, afin qu'elle puisse comprendre par elle-même.

Comme je suivais Iris de près, je découvris en même temps qu'elle la scène à laquelle nous venions brusquement d'être intégrées.

– Eh, gars ! dit le trapu, regarde un peu ce que nous avons là…

– Ouais, mec. Il y a des femmes.

Siegfried-Berthe ne releva pas l'insulte, juste les babines.

– Tout le monde va rester bien gentil et tout se passera bien. On va simplement confisquer vos ordonnances, emprunter quelques médicaments, et vider vos petites tirelires, dit Gars, le grand brun. Entrez tous là-dedans, et gardez soigneusement les mains en l'air.

– Ouais, dit Mec. Faites pas les malins, hein, je vous surveille !

Tout le monde entra, en file indienne, dans le bureau d'Iris.

Comme la dentiste me devançait, je la vis saisir subrepticement un objet posé sur une table à côté de laquelle elle passa. Oh non, pourvu qu'elle ne tente pas une manœuvre héroïque à deux balles… pas elle, pas la femme douce et charitable allergique aux piqûres de moustiques, qui préférait se faire ponctionner que de les tuer parce que « eux aussi avaient le droit de vivre »…

Tandis que Mec, le petit trapu à la voix rocailleuse, s'éloignait pour aller fouiller nos bureaux (mon ventre se contracta à l'idée qu'il puisse avoir libre accès aux dossiers médicaux de mes patients), Gars nous tint en joue en faisant le mariol, fier de la supériorité que lui conférait son arme.

— Moi, j'ai le souvenir d'un sale médecin, moi… ouais, quand j'étais petit… il m'a percé le tympan avec une aiguille, et j'ai tellement chialé que mon frère n'a pas arrêté de se foutre de moi… si un jour je le chope, celui-là… Est-ce qu'il y en a un qui est médecin pour gosses, ici ?

Nous fîmes tous énergiquement non de la tête.

Félix tenta de l'amadouer.

— Oui, je te comprends. Quand j'étais petit, moi non plus je n'aimais pas les docteurs.

Gars lui jeta un coup d'œil méprisant, l'air de se demander ce qu'il pouvait bien avoir de commun avec l'individu au look étudié qui pratiquait le métier de leur soi-disant ennemi commun.

Félix, confiant, paumes ouvertes et sourire enjôleur, continua sur un ton paternaliste :

— Bah… tu sais ça m'est arrivé aussi, quand j'avais ton âge, de faire des conneries… mais tout peut s'arranger…

Gars pointa son flingue vers lui :

– On a le même âge, crétin, ça se voit pas ?

Voyant son chéri menacé, le sang d'Iris ne fit qu'un tour.

Bondissante telle une lionne, elle brandit l'objet qu'elle avait gardé dans la poche de sa blouse, et qu'elle croyait être, j'imagine, un pic à curer les caries ou un truc tout aussi dangereux (pour ses patients).

Par miracle, Gars n'avait pas la gâchette facile.

Il se contenta de persifler en avançant vers elle, vaguement menaçant.

– Eh bien eh bien, la rouquine. On veut m'embrocher avec un bâtonnet de friandise pour chat ? C'est pas très gentil, ça…

La dentiste blêmit en contemplant ce qu'elle tenait dans la main, au moment précis où Gaston sauta sur le dos du voyou de tout son poids.

L'homme lâcha son revolver qui tomba par terre. La jeune femme, au lieu de le saisir, l'envoya valdinguer d'un coup de pied paniqué à l'autre bout de la pièce. Bravo Iris, trop douée. On ira le débusquer entre tes plantes vertes quand on voudra se défendre, comme ça.

Siegfried-Berthe, impassible, gardait les bras croisés en regardant Gaston tenter une manœuvre d'étranglement, réminiscence de l'unique cours de krav maga qu'il ait jamais pris de sa vie (avant de finalement opter pour des cours de piano, sur l'insistance de sa mère qui trouvait ça moins dangereux).

Félix lui donna un coup de main en distribuant des coups de pied à son adversaire, tandis que je farfouillai fébrilement dans mon sac à la recherche de mon portable pour appeler les secours.

Alerté par les cris et les bruits de lutte, bajoues-man rappliqua aussi sec. Vif, rapide, le coup de poing redoutable (boxeur professionnel ?), il expédia Félix au tapis d'un splendide crochet du droit, tandis que Gaston, qui serrait toujours le cou de son complice à travers son coude replié, reculait, doutant visiblement de l'issue de ce combat.

Siegfried-Berthe, qui s'était trouvé un siège au fond de la pièce, assistait à la scène avec autant d'empathie que si elle avait regardé un dessin animé de Tom et Jerry.

Plus tard, elle expliquera à la police que, n'étant pas payée pour servir de garde du corps à ses employeurs, elle ne voyait pas la moindre justification à intervenir tant que sa propre intégrité physique n'était pas menacée. Autrement dit, on aurait tous pu se faire zigouiller sans que cela ne lui déplace une mèche de cheveux. Je ne savais pas ce qu'en pensaient les autres, mais il me sembla qu'on pouvait légitimement oublier sa petite prime de fin d'année, à la Sieg.

Mon ami le chat lui non plus ne se sentait pas trop concerné par ce qui arrivait à celle qui lui ouvrait son Whiskas. On a vu des félins sauter, toutes griffes dehors, sur le visage de l'assaillant de leur maître pour les défendre. Bien que n'ayant jamais importuné personne, j'avais personnellement déjà vérifié l'authenticité de cette anecdote (con de chat).

Mais là, non. La terreur poilue, pelotonnée contre

un pot de fougères, se léchait consciencieusement l'entrecuisse sans se préoccuper le moins du monde de ce qui se passait autour d'elle.

Lorsque le poing du boxeur atteignit le menton de Félix, Iris hurla.

Mais pas un petit piaillement féminin rehaussé d'une touche d'hystérie, hein. Non : le gros cri hyper-aigu flirtant avec les ultrasons, nous déchiquetant les tympans jusqu'aux osselets qui, de surprise, en ont joué du bongo. Dans d'autres pays, on appelle ça le « cri qui tue », et je confirme, pour tuer toute capacité d'audition ensuite, c'était rudement efficace.

Alors il s'est passé quelque chose en moi.

J'ignore quoi, je sais juste que ça a eu lieu, puisqu'il y a eu des témoins.

Mon corps s'est durci, rigidifié, tandis que je déposais d'un geste machinal mon sac à main sur le sol et que je retirais ma veste. Lentement, mon visage est devenu aussi inexpressif que celui d'une Siegfried-Berthe.

Je me suis mise en position, laquelle, je ne sais pas puisque je n'étais plus vraiment moi-même. Il me sembla que ça avait à voir avec la garde d'un art martial quelconque. Impossible de dire son nom, je n'en connaissais aucun. Doigts crispés, coudes ramenés contre le torse, jambes fléchies, regard de tueuse. Et puis, tout s'est enchaîné.

Le petit trapu s'est tourné vers moi, m'a aperçue, s'est tapé la cuisse en partant dans un barrissement de rire, qui s'est achevé net lorsque mon talon a rencontré ses gencives en produisant un claquement sec. Tout le monde, m'a-t-on raconté par la suite, a cru à un fantastique effet de surprise mixé avec un coup de bol monstrueux qu'il n'ait pas, par exemple, saisi ma jambe en l'air pour me faire tomber.

Après, je ne sais plus trop. Je crois que j'ai sauté en l'air en criant, j'ai dansé avec une rapidité fulgurante, distribuant coups de pied, coups de coude, esquivant, coups de poing, coups de genou, esquivant encore, jaillissant, cramponnée au dossier du fauteuil d'examen, les deux pieds en avant pour atterrir contre son torse... Mes réflexes étaient si aiguisés que j'avais l'impression de vivre la scène au ralenti, et de pouvoir visualiser deux secondes à l'avance quel coup il allait tenter de me porter.

Iris, accroupie sur le sol, pressait tendrement le visage endolori de Félix contre sa poitrine.

Tous deux me fixaient, scotchés.

Gaston lui-même n'en est tellement pas revenu que, de stupeur, il a relâché un peu l'étreinte autour du cou de son captif, lui permettant ainsi de se libérer. Ce que le type a immédiatement fait, non sans avoir auparavant mis une droite dans l'œil du médecin, qui l'a expédié contre le placard où Iris rangeait son matériel. Un plateau métallique qui se trouvait posé dessus ainsi que les instruments qu'il contenait ont atterri par terre dans un fracas assourdissant.

Merci Gaston. Maintenant nous étions à deux contre une, dont une qui n'avait jamais battu dans sa vie autre chose que des blancs en neige.

Est-ce que l'un de ces grands combattants allait se souvenir qu'une arme traînait quelque part dans cette pièce et aller la chercher ? Ou accessoirement utiliser ses doigts désœuvrés pour les poser sur les touches d'un clavier de téléphone quelconque et tenter de joindre la police, n'est-ce pas Siegfried-Berthe ? (La fille qui attendait en contemplant ses ongles qu'on finisse vite ce qu'on avait à faire, pour pouvoir rentrer chez elle.)

Mes adversaires me tournaient lentement autour, cherchant à évaluer le meilleur angle d'attaque. Ramassée sur moi-même, je tournais aussi sans les quitter du regard. Le trapu semblait particulièrement furibard de s'être fait amocher le nez et les côtes par une fille en jupe. Le grand brun, l'œil vicieux, la lèvre contractée par un rictus arrogant, avait l'air sûr de lui.

– Alors ma jolie… on veut jouer les grandes filles ? On veut…

La sonnerie stridente de mon portable lui coupa la parole. Profitant de la fraction de seconde où ils regardèrent vers mon sac, je saisis en un éclair le trousseau d'Iris posé sur son bureau, comportant un scoubidou particulièrement long en guise de porte-clés. Sans quitter des yeux les braqueurs, je fis passer le trousseau derrière mon épaule avant de le récupérer sous mon coude, plusieurs fois, tel un nunchaku de fortune.

Des étincelles d'hilarité féroce brillèrent dans les yeux du grand brun.

– Tu cherches quoi, là ? À détourner notre attention en te rendant ridicule ?

Il m'invita avec ses mains à venir l'affronter.

Gaston, sonné par le choc, essayait de reprendre ses esprits, tandis que Félix, taillé dans un bâton à sucette comparé aux deux molosses, cherchait tout de même à se remettre sur pied pour réengager des tentatives de dialogue bon enfant, du genre « allez, quoi, on est tous frères », « n'empêche, vous pourriez vous faire mal à la fin », et autres « vous n'avez pas honte, si vos mères vous voyaient ? »…

D'un geste agile et précis, je fis gicler le trousseau de clés en le retenant par le scoubidou vers le visage de mon adversaire, déchiquetant sa pommette au passage.

Il hurla de douleur en reculant, cramponné à sa joue, tandis que je lançai en même temps un double coup de pied en hauteur dans les parties puis dans le menton de son acolyte. Gaston en profita pour sauter à nouveau sur le grand brun, afin de lui infliger sa désormais célèbre prise du « boa constrictor dégarni ». L'autre s'assomma par terre en tombant et Félix s'assit sur ses bras pour l'immobiliser.

Quelques instants plus tard, la police, alertée par Iris qui avait atteint un téléphone, fit irruption dans la pièce. Après les vérifications d'usage, elle embarqua les deux malfaiteurs.

À ce moment seulement, je commençai à recouvrir mes esprits.

– … Oh mon… ooh mon Dieu… hou lala…, bredouillai-je en massant mes tempes douloureuses.

— Yohanna ! clama Iris, tu as été formidable ! Quel courage, quel…

— Quelle folle, oui ! marmonnai-je en claudiquant, sentant progressivement la douleur irradier depuis mes genoux écorchés sous mes collants filés. Mais je suis tarée ou quoi… Qu'est-ce qui m'a pris ?

Félix m'attrapa les épaules et me mit une franche accolade.

— Alors ma copine ? Tu t'es fait mordre par un Jean-Claude Van Damme radioactif, récemment ?

— Arf, non ! répondis-je. J'ai… enfin… on s'est vu un film de Jackie Chan avec Samuel, hier soir, et…

— Tiens, c'est vrai que je me suis dit, en vous regardant, que j'avais déjà vu cette scène-là quelque part. Maintenant je sais où : dans le film d'hier. À demain, lança Siegfried-Berthe en quittant la pièce, fraîche comme une rose.

Gaston, le poil capillaire ébouriffé et l'œil orné d'un coquard grossissant, agita son index dans notre direction en s'éloignant, son portable collé à l'oreille :

— En tout cas, j'annule mon copain et nos plans tordus d'embuscade. Les bonnes femmes sont trop dangereuses de nos jours.

Iris le suivit. Elle devait terminer sa déposition auprès des agents qui l'attendaient près de la porte d'entrée. Mal à l'aise, elle tenait du bout des doigts le revolver (en plastique !) qu'elle venait de ramasser pour le confier aux forces de l'ordre.

Resté seul avec moi, l'acupuncteur, me tournant autour, finit par demander :

— Dis-moi… Jackie Chan est chorégraphe, acrobate et cascadeur professionnel. Si, par je ne sais quel miracle, tu as retenu ses mouvements et sa technique, comment as-tu pu copier son endurance et sa puissance ?

— Ah oui ? murmurai-je en soulevant les manches de mon chemisier avec précaution.

Découvrant mes bras tuméfiés sur lesquels apparaissaient de larges contusions qui bleuissaient à vue d'œil, je fus prise d'un vertige. Félix tira une chaise vers moi, et m'aida à m'asseoir.

— Fais-moi voir ça…, dit-il en saisissant délicatement mes mains aux phalanges écorchées.

— Aïe aïe ouille ouille ouille ouille aïe aïe touche pas touche pas…

— Je ne suis pas très cultivé en matière d'arts martiaux, c'est juste que… il me semble que ce n'est pas la force physique qui compte, mais le mental. Il faudra que tu me racontes un jour les progrès que tu as faits avec ton « esthéticienne », tu ne crois pas ?

Je hochai la tête, hébétée et knock-out.

11

Oh !

Je ne crois pas qu'il existe de forme de vie intelligente sur d'autres planètes. Pourquoi les autres planètes seraient-elles différentes de la nôtre ?

Bob Monkhouse.

… un engin non identifié a poursuivi un avion de ligne reliant Paris à New York, selon le témoignage du pilote, du copilote, ainsi que de la trentaine de passagers réveillés assis près des hublots, dans la nuit de vendredi à samedi. Selon les premiers éléments de l'enquête, il pourrait s'agir d'un ovni, mais les autorités parlent d'un phénomène atmosphérique et ne donnent pas d'autres détails… (clic)

– Eh ! Mais pourquoi tu éteins ? Ça m'intéresse ! Il se passait un truc passionnant !

– Et mes cheveux, ils sont pas passionnants, mes cheveux ? Regarde un peu ce que tu me fais faire…

Iris souleva précautionneusement la feuille de

papier aluminium qui recouvrait son crâne, me laissant apercevoir un sombre magma de crème colorée.

— C'est pour ton bien. Il faut souffrir pour être belle.

— Ne pourrait-on pas envisager de me rendre juste jolie, pour commencer ? demanda-t-elle en essuyant ses doigts pleins de teinture dans un Kleenex.

— Ça ne servirait pas à grand-chose, tu es déjà jolie.

Je repoussai distraitement la montagne de vêtements qui m'encerclait.

Elle avait fait des essayages toute la soirée, à tel point que j'avais le cerveau embrumé par un kaléidoscope d'images colorées de chaussures à talons, de vestes cintrées, de robes en soie et de bijoux en toc. Iris avait consacré l'intégralité d'un mois de son salaire à nos emplettes de la journée. Mais c'était pour la bonne cause.

— Ooooh, c'est trop gentiiiiil…

Emportée par un élan de gratitude, elle voulut me serrer dans ses bras. Je reculai au maximum contre le dossier de son canapé encombré, tandis qu'elle approchait, dangereuse, avec sur sa tête assez de produit pour me transformer en sosie orangé de Félix.

— Eh ! Ton chat t'appelle, regarde !

Elle se tourna et chercha des yeux son matou invisible, qui roupillait tranquillement planqué en haut d'un meuble de salon. J'en profitai pour m'esquiver vers la salle de bains, attrapant au passage une paire de gants en latex gisant sur la table, que j'enfilai en les faisant claquer sur mes poignets.

— Allez, c'est bon, ça a assez posé. On sham-pooine, on coupe et on brushing tout ça !

Le lendemain matin, par une chaude matinée dans les rues de Paris.

L'homme, stupéfait, lâcha sans le vouloir le pain au chocolat dans lequel il s'apprêtait à mordre. Sidéré, il demeura sans réaction, tandis que la vien-noiserie chuta sur le trottoir et rebondit, avant d'aller rouler dans le caniveau.

Un peu plus loin, une femme se prit les pieds dans la laisse de son chien et manqua de trébucher, téta-nisée par la vision qui venait de se matérialiser devant elle. Était-ce réel, ou ses yeux lui jouaient-ils des tours ?

Un boucan du tonnerre fit sursauter tous les habi-tants du quartier.

Il s'agissait d'un motard qui, voulant saisir son téléphone portable pour immortaliser la créature, était descendu de son gros engin en oubliant de mettre la béquille.

Iris avançait d'une démarche assurée. Elle fit mine de ne pas se soucier de l'émoi qu'elle provo-quait sur son passage.

Mais au fond de son cœur, une petite fille jubilait, sautait, riait aux éclats et tapait frénétiquement dans ses mains, exultant à l'idée de retrouver bientôt Félix pour lui montrer de quoi elle avait l'air après notre relooking sauvage de la veille.

Lorsqu'elle pénétra sur son lieu de travail, pour la

première fois depuis que nous la connaissions, le visage de Siegfried-Berthe exprima quelque chose. En l'occurrence, de la stupeur. Et sans doute une grosse louche de jalousie.

Car Iris était belle à couper le souffle.

C'est ce qu'a pensé aussi la vieille Mme Cuicui, Philomène de son prénom, une riche septuagénaire liftée jusqu'à la moelle et avantageusement divorcée d'un millionnaire. C'était une patiente régulière de Félix, qui attendait de ses miraculeuses petites aiguilles qu'elles lui préservent sa vigueur d'antan, pour l'instant intacte comme pouvait en témoigner la vie de petite délurée qu'elle menait depuis son célibat retrouvé.

En passant le seuil de son cabinet, Philomène avait encore la main coincée dans la poche arrière du jean de Félix, glissant son traditionnel billet de cinquante euros de pourboire comme s'il avait été un vulgaire homme de joie. Le médecin prenait avec humour et philosophie l'hommage de cette mamie bourgeoise aux gestes canailles, qui avait passé l'essentiel de sa vie dans l'ombre d'un mari puissant, et qui aujourd'hui croquait la vie à pleines (fausses) dents.

— Dites-moi, très chère, qu'avez-vous fait à vos cheveux ? demanda Philomène à Iris.

Si cela n'avait été que les cheveux…

« Canon » n'était pas suffisant, l'allure de la dentiste pouvait être qualifiée de « spectaculaire ».

Exit la tignasse en pétard couleur abricot retenue par un bandeau grossier, les loupes à la monture ridicule et les jupons informes dont elle ne se déparait jamais.

Sa crinière, lissée et égalisée, arborait une flamboyante coloration auburn mâtinée de reflets cuivrés. Elle encadrait un visage soigneusement maquillé. Ses yeux, dépourvus de lunettes, n'avaient pas eu le temps de se voir parés en échange de lentilles de contact. Les consultations à venir promettaient d'être folkloriques, mais qu'importe. Pour le moment, seul comptait l'éclat de son œillade sombre magnifiée par un discret dégradé de fards mauves, rehaussé d'une touche de mascara noir. Ses sourcils, en jachère depuis des années, avaient soigneusement été redessinés à la cire. Sa bouche captait l'attention par la nuance rouge, brillante et magnétique dont ses lèvres étaient peintes, comme si elle avait mordu dans une cerise juteuse.

Il restait sa tenue, et j'avais dû batailler ferme pour qu'elle accepte de ne plus se planquer derrière ses jupes bouffantes d'un autre âge et ses tabliers de Mère Denis de la molaire, sous le fallacieux prétexte qu'elle était complexée. Pensez donc : elle se trouvait trop maigre (j'avais failli la baffer). En tant que styliste improvisée en chef, je l'avais convaincue de revêtir une féminissime robe noire décolletée à bretelles, qui gainait sa silhouette en soulignant la finesse de ses hanches. Le noir mettait l'accent sur le feu de sa chevelure, et quelques bijoux couleur ambre apposaient une touche de lumière sur ses points stratégiques. Une paire de sandales à vertigineux talons aiguilles et un sac haute couture achevaient le tableau. Elle ne pouvait pas avoir plus de classe.

Félix, surpris, raccompagna sa patiente jusqu'à la porte d'entrée, sans quitter la rouquine des yeux. (Lesquels devaient produire des UV, tant elle rosissait dès qu'il les posait sur elle.)

Siegfried-Berthe, solidement campée sur sa culotte de cheval, faisait mine de s'absorber dans le classement de papiers déjà rangés. Lèvres quasi immobiles, elle distillait à voix basse tout le fiel que son aigreur vis-à-vis du nouveau look de sa patronne lui faisait transpirer, et notamment combien la chirurgie esthétique faisait des miracles de nos jours. Ce qui n'échappa pas à l'oreille de Philomène, dont le tympan, tanné par des années de commérage intempestif, était affûté comme un radar à ragots. Croyant que la secrétaire parlait d'elle, la septuagénaire lui lança, toutes griffes dehors :

– Visiblement, elle n'a rien pu pour vous ! Un conseil, mon petit, vous devriez arrêter les injections de Botox. Votre visage est si figé que vous ressemblez à un lapin tétanisé pris dans les phares d'une voiture.

– ... Mais non madame je...

– Ne m'interrompez pas ! Quel culot. Comment osez-vous ?

Elle approcha de son guichet, menaçante.

– Si la chirurgie esthétique fait des miracles pour les autres, pour vous il n'y a qu'une seule solution : Lourdes. En attendant, pourquoi ne pas consulter notre cher Félix, histoire qu'il vous pique et vous

repique et vous décolle quelques grammes…, dit-
elle en fixant ses cuisses trop larges du haut.

Siegfried-Berthe, honteuse, ne répondit pas tandis
que la fringante Mme Cuicui s'éloignait en faisant
claquer ses talons sur le parquet, laissant sur son sil-
lage les effluves d'un parfum entêtant.

Félix lâcha la poignée de la porte et se tourna vers
Iris, qu'il contempla lentement de haut en bas. Bras
croisés, adossée contre le mur jouxtant la salle
d'attente, j'assistais au spectacle, ravie comme un
docteur fou découvrant les ravages occasionnés par
la créature qu'il a façonnée. Il ne manquait plus que
quelques petits ajustements au niveau de l'attitude.
Car Miss Paoli avait gardé la sienne, qui ne concor-
dait pas expressément avec son nouvel aspect.

Pieds en dedans, avachie sur elle-même, elle tirait
machinalement sur le bas de sa robe, pensant gagner
quelques centimètres pour cacher ses mollets. Ses
mains avaient la bougeotte, et ses cheveux mena-
çaient, à force d'être secoués, de retrouver à court
terme les frisottis excités qui avaient fait leur
renommée (chez les caniches).

Je lui fis discrètement signe de se redresser, et
aussitôt elle planta ses bras le long du corps, bombant le torse dans une attitude aussi sexy que celle
d'un soldat montant la garde devant Buckingham
Palace.

– J'aime bien tes nouvelles chaussures, lâcha
Félix nonchalamment, comme si son allure se résu-
mait à ses pieds.

Iris, pour toute réponse, agita ses orteils dans ses

sandales ouvertes. Réunissant tout le potentiel de reparties mordantes et spirituelles dont elle était capable, elle bafouilla :

– Tu trouves ?

Gaston ouvrit la porte de son cabinet, passa la tête en dehors, et aboya dans notre direction :

– Vous pouvez venir, une minute ?

Je cessai d'être consternée par le spectacle qui s'offrait à moi, et me dirigeai vers le bureau de mon collègue, suivie par les Dr Paoli et Otsuka.

Félix, ébouriffant gentiment en chemin ce qu'il restait de la coiffure de la jeune femme, la taquina :

– Sacrée Iris, va. Tu me feras toujours autant rigoler.

La dentiste, déçue, ralentit en entrant dans le bureau du gynécologue, laissant l'acupuncteur la dépasser. Je la rejoignis et glissai affectueusement mon bras sous le sien. À son oreille, je murmurai : « T'inquiète pas, réaction classique d'orgueil masculin. Il est troublé, il essaye de ne pas le montrer. » Elle me sourit, voulant y croire. Avant d'aller m'asseoir sur le bord du bureau de Gaston, je chuchotai, la bouche tordue dans sa direction : « Fais semblant de ne pas t'en rendre compte, reste naturelle… »

Iris alla donc s'installer confortablement sur l'une des chaises de son associé. Levant les yeux au ciel, il me fallut lui faire signe de croiser les jambes car on voyait sa culotte.

Gaston sortit une large enveloppe brune de son

tiroir, et la jeta sur sa table. Tous les yeux se posè-
rent dessus.

— Qu'est-ce que c'est ? demanda Félix, intrigué
par l'air soucieux du gynécologue. Ne me dis pas
que ce sont des…

— Si, répondit Gaston sombrement.

— Ah ? Et… heu… enfin… tu…

— Je n'en sais rien, je ne l'ai pas encore ouverte.
J'avais… enfin… je voulais être en présence de mes
amis pour supporter le choc.

L'acupuncteur s'approcha de son collègue et lui
mit de petites tapes dans le dos, pleines de cette sol-
licitude masculine qui ne s'exprime que dans le
silence et la force d'un regard chargé de bienveil-
lance.

Iris, inquiète aussi, demanda :

— Oh Gaston… ça va aller, j'en suis sûre. De
quelle sorte de résultats d'examens s'agit-il ?

— Mais de quoi tu parles ? dit Gaston en levant
haut un sourcil.

Elle se pencha en avant, lui offrant sans le vouloir une vue panoramique sur ses protubérances
mammaires. Posant sa main sur celle du médecin, la
rousse continua, sur un ton qu'elle s'efforçait de ne
pas rendre tragique.

— C'est un sale compte rendu auquel tu t'attends,
n'est-ce pas ?

Mandelbaum, agacé, retira vivement sa main
écrasée et s'écroula dans son fauteuil.

— Mais pas du tout ! Ce sont les photos que vient

de me faire parvenir le détective privé que j'ai embauché pour suivre mon ex-femme.

– Quoi ? sursauta Félix.

– Attends, mais tu ne pouvais pas le dire plus tôt ? l'engueula la dentiste.

– Mais… vous ne me l'avez pas demandé !

– La trouille que tu nous as faite…, râla Félix en fouettant l'air de sa main.

– Excusez-moi de ne pas être malade, monsieur le docteur des aiguilles ! Vous me percerez une prochaine fois.

– Tu sais ce qu'elles te disent, mes aiguilles ?

– Oui, elles me disent de te dire qu'elles en ont marre que tu t'aères la carcasse avec, espèce de fakir d'opérette !

– Qui moi un… ? Mais tu t'es vu ? Enragé du spéculum !

– Fétichiste des brochettes !

– Frustré capillaire !

– Ah non, pas ça. C'est de la triche.

Pragmatique, je les laissai évacuer leur trop-plein de testostérone et, debout près du bureau, saisis l'enveloppe et la décachetai. Le premier cliché que j'en sortis me fit pousser un cri de surprise. Gaston cessa d'essayer d'impressionner Félix avec son front, bondit sur moi, fou d'angoisse, et me l'arracha.

– Quoi ? QUOI ?

– C'est ex-ac-te-ment ce sac-là que je voulais m'acheter !

En réalité, toutes les photos ne dévoilaient rien

d'autre que son ex en train de faire son shopping dans des boutiques de luxe. La même qui, plaidant son manque de moyens, lui faisait augmenter sa pension alimentaire presque tous les mois.

Le gynécologue, après avoir passé en revue frénétiquement les clichés, retourna s'affaler dans son fauteuil en cuir brun, accablé par ces preuves irréfutables.

— Voilà, voilà… elle m'a humilié, devant mes amis, elle me fait ça à moi…

— Elle te fait quoi ?

Mandelbaum tourna la tête vers moi, et me considéra un instant comme si je portais une perruque jaune.

— Elle me trompe, devant tout le monde ! Elle refait sa vie, tranquille !

— Reprenons. D'abord, vous êtes divorcés, donc elle ne te trompe pas. Ensuite, tu enchaînes les aventures comme un Mac Do enchaîne la production de Big Mac. Enfin, je ne vois aucun homme sur ces photos. Où ça, elle te trompe ?

— Mais enfin, tu ne comprends définitivement rien à la psychologie féminine, cette fois c'est clair ! Pour QUI crois-tu qu'elle les fasse, ces boutiques ?!

Félix, potache, tenta un « pour moi ? » qui ne fit pas rire son collègue. Gaston, furibard, nous mit tous à la porte et cria en direction de la secrétaire :

— SCHNEKENBURGER, PATIENTE SUIVANTE !

Les deux dames dans la salle d'attente sursautèrent, mais notre dévoué agent d'accueil, rompue aux accès de mauvaise humeur du gynécologue, ne tiqua pas. Glacée comme un esquimau au verglas, elle convoqua la patiente de Gaston, ainsi que celle d'Iris assise à côté d'elle.

La dentiste profita des quelques secondes pendant lesquelles elle était encore dans le champ visuel de Félix pour se diriger vers son cabinet en oscillant du derrière de gauche à droite, puis de droite à gauche, et ainsi de suite. Avec beaucoup d'imagination, on pouvait soupçonner que le mouvement saccadé de son arrière-train avait pour ambition d'être sensuel. Ce qui n'échappa à l'œil exercé du séducteur.

— Qu'est-ce qui lui prend, à la Paoli ? Elle est amoureuse ? Je le connais ?

Félix me tint la porte et m'invita à le précéder dans son bureau. Nos patients respectifs n'étaient pas arrivés, nous avions quelques minutes pour bavarder. Je secouai la tête, blasée.

— Et dire que c'est Mandelbaum qui raillait mes soi-disant pitoyables performances en matière de psychologie féminine…

— Quoi, je le connais ? Sans déconner, c'est qui ?

Le pire, c'est qu'il avait l'air sincère.

Mon portable sonna. J'allai m'asseoir sur un siège avant de décrocher.

— Allô ? Oui… oui chéri… non, là je suis avec Félix… non…

— C'est ton mari ?

— Oui. Non, je répondais à Félix qui voulait savoir si c'était toi… ah. Ben oui mais trop tard, dis-je en gloussant.

— Passe-le-moi ! Passe-le-moi s'il te plaît.

— Attends, il voudrait te parler… ahahah… je te le passe, à tout de suite.

Je tendis le portable à mon collègue, qui s'en empara.

— Samuel ? Salut mon gars, tu vas bien ? Oui, alors dis-moi, j'ai essayé de t'appeler mais je n'ai pas réussi à te joindre… quand est-ce que je pourrai venir jouer avec vous ? J'ai fait de superprogrès en guitare… oui… oui mais… mais c'est pas grave, juste un morceau ou deux… mais je peux les apprendre, dis-moi juste lesquels ! Oui… hum… oui, je comprends… mais alors… bon, vous voir au moins, je peux passer vous voir ? Juste vous voir jouer. OK, attends, je note.

Il attrapa un calepin et griffonna à toute vitesse une date et une adresse.

— D'accord vieux, merci, c'est sympa, merci hein ! À bientôt, salut je te repasse ta femme. Tiens…, me dit le médecin, un sourire réjoui fendant sa mâchoire d'une joue à l'autre.

Je récupérai mon portable et attendis quelques secondes que Samuel finisse de râler. Alors seulement il put embrayer sur l'objet initial de son appel, et nous nous quittâmes en embrassant à pleine bouche nos combinés respectifs.

— Alors, heureux ? demandai-je en raccrochant.

— Fou de joie. Je vais passer voir ton mari et son groupe, ils se produisent sur Paris en ce moment…

— Les « voir » Félix, pas « jouer avec eux »…

— Certes. Mais, sait-on jamais, un musicien du

groupe n'est pas à l'abri d'une petite crampe aux doigts juste avant d'entrer sur scène, et dans ces cas-là, il sera bien content d'avoir dans la salle…

– … un médecin pour le soigner. *Deja de soñar, Felix. Nunca te dejarán hacer la música con ellos. No juegas bastante bien, mi pobre amigo…* (« Arrête de rêver, Félix. Ils ne te laisseront jamais faire de la musique avec eux. Tu ne joues pas assez bien, mon pauvre ami… »)

Le médecin arrêta net de dessiner les petites notes de solfège qu'il griffonnait sur son carnet autour de l'adresse.

– Tu parles espagnol, maintenant ?

– *Si.* Je veux dire, « oui ».

Je haussai les épaules, un peu étonnée moi-même par cette soudaine familiarité avec une langue que je n'utilisais presque jamais.

– Une réminiscence de mes cours au lycée, j'imagine. J'ai fait espagnol seconde langue, j'te ferais dire.

– Et moi j'ai pris trois ans de cours de guitare, et regarde où j'en suis…, fit-il tout dépité.

– *Oh… Fi-rikkusu… Fun'ki !* (« Oh Félix… courage ! »)

– Qu'est-ce que tu as dit, là ?

– *Kaimu, kaimu…* (« Rien, rien »), fis-je en collant la main devant ma bouche, comme si j'avais dit un gros mot.

L'acupuncteur s'approcha de moi les yeux écarquillés.

– Et en quelle année as-tu appris à parler japonais, dis-moi ?

– *Chotto mate ! Nani okoru ?* (« Une minute ! Qu'est-ce qui se passe ? »)

– Il se passe que tu parles une langue que tu n'as jamais étudiée de ta vie…

– *Sore wa sugoi ne !* (« Eh, mais c'est trop cool ! »)

Il s'accroupit à la hauteur de ma chaise, et me fixa l'air sévère.

– Arrête ça immédiatement. Parle-moi en français.

– *Yokatsutara…* heu… si tu veux.

– Madame Béhar. Tu n'as jamais réussi à retenir le simple mot « bonjour » en japonais. J'ai pourtant dû le prononcer des dizaines de fois depuis qu'on se connaît. Et là, d'un coup, tu parles cette langue aussi facilement que si on avait grandi ensemble. Ça rime à quoi ? Tu t'es moqué de moi depuis le début, c'est ça ?

– Mais non, pas du tout ! Je te le jure ! Je… j'ignorais que je savais parler japonais avant de le faire spontanément. C'est la première fois que ça m'arrive. Je ne comprends pas. C'est comme si… j'avais toujours su le parler.

Félix se redressa, soucieux, et alla s'asseoir derrière son bureau. Il tripota machinalement les touches du clavier de son ordinateur, en proie à une intense réflexion. Personnellement, je n'étais pas loin de commencer à m'inquiéter.

– Non mais écoute, c'est dingue ce qui vient de

m'arriver. Moi-même je ne comprends pas. Je te promets juste une chose, c'est que ce n'est pas une blague. Je n'ai pas appris ces phrases par cœur, ce n'est pas un canular ou un truc dans ce genre…

— Je sais.

— Tu sais ?

— Écoute, si je ne t'avais pas vue de mes yeux démolir le portrait de ces deux gars avec tes petits poignets… Toi qui es venue un jour me déranger pendant une consultation, parce que tu n'avais pas assez de force pour dévisser le bocal de mirabelles au sirop que tu comptais t'envoyer pendant ta pause… Si je n'avais pas assisté à cette scène quasi surnaturelle l'autre jour, j'aurais cherché l'arnaque. Mais là, je sais qu'il n'y en a pas.

— Mais, comment expliques-tu que je parle nippon, dans ce cas ?

— C'est simple : parce que tu m'as entendu le parler comme cela m'arrive parfois…

— Et ?

— J'imagine que tu as dû mémoriser ce que je disais.

— Ridicule.

— Pourquoi ?

— Tu m'as prise pour un magnéto ?

— Mais précisément, c'est exactement ça.

Félix se frotta le menton pensivement. Il avait l'air d'un vieux sage s'apprêtant à rendre son jugement.

— Tes séances d'hypnose, là, avec Leitner… qu'est-ce que ça donne ?

— Bah, rien de très précis. J'ai toujours la trouille de me retrouver à bafouiller devant plusieurs millions de téléspectateurs. Mais sinon, son canapé est confortable. Il faudra d'ailleurs que je lui demande où il l'a acheté…

— Tu penses qu'il serait possible qu'il ait réussi à induire chez toi une sorte de développement prodigieux de ta mémoire, ou un truc dans ce genre ?

Cette fois, c'est moi qui me grattai distraitement le sourcil, perplexe. Où, comment ? Lors de cette dernière séance un peu bizarre, dont j'avais tout oublié ? Mais dans quel but ?

— Écoute, honnêtement, non. Plus je le connais, et plus je lui fais confiance. Je trouve cet homme incroyable, et en même temps très intrigant. Ses suggestions fonctionnent bien, et c'est pour moi une expérience fascinante d'un point de vue scientifique. Mais ce n'est pas le genre de type à induire un état particulier chez quelqu'un sans lui en parler auparavant. Pas le genre du tout.

Félix hocha la tête, pas très convaincu, avant d'émettre un petit rire.

— Et sinon, tu peux parler d'autres langues, ou juste ces deux-là ?

— Je n'en sais rien. Tu sais, ça m'est venu comme ça, je ne sais même pas si je pourrais le refaire. De toute façon, je vais continuer les séances, on verra bien.

— Sois prudente, quand même…

Siegfried-Berthe cogna à la porte avant de

l'ouvrir, illuminant la pièce de son radieux sourire de méduse.

– Docteur Otsuka, M. Martin vient d'arriver.

– *Ittekimasu !* (« Allez, je file ! ») lâchai-je en me levant de mon siège.

Puis, croisant notre réceptionniste, je lui dis en lui tapant gentiment sur l'épaule :

– *Watashi wo tooshite kudasai, bonkura.* (« Laisse-moi passer, imbécile. »)

Jouissif.

En retournant vers mon cabinet, j'entrouvris la porte de celui d'Iris, pour voir si elle soignait un patient. C'était le cas. Baissant les yeux avant de repartir, j'aperçus son chat trottinant dans ma direction, surveillant d'une moustache alerte qui venait par là. Mon ventre se crispa, tandis qu'il me vint à l'esprit toute l'antipathie qu'il m'inspirait. Aussitôt, le chat fit demi-tour et courut à toutes pattes se cacher à l'autre bout de la pièce. Tiens, m'aurait-il entendue ? Bien, bien, me dis-je, satisfaite, en refermant la porte. Ce sera désormais ma nouvelle façon de lui dire bonjour.

Le reste de la journée se déroula sans que plus rien d'extraordinaire ne se produise, à part le cas d'une maman si impressionnable qu'elle s'était évanouie dans mon cabinet en apprenant que son petit garçon avait la rougeole. En voilà une qui n'était pas sortie de l'auberge.

Je ne fus pas mécontente de rentrer chez moi à la fin de la journée.

À peine avais-je passé le pas de la porte de mon

appartement que j'effectuai, comme chaque soir, mon cérémonial de la décompression.

Porte qui claquait, câlin aux minus qui me sautaient dessus, sac balancé sur le meuble de l'entrée, veste accrochée au portemanteau, chaussures retirées (huum…), direction la salle de bains pour me savonner les mains sous l'eau purificatrice, et les débarrasser symboliquement (ou pas) des particules de ma vie à l'extérieur.

Ensuite, je retirai mes lentilles. Ce soir-là, mes yeux étaient un peu secs et leur décrochage me procura un tel soulagement que je songeai à la première fois où j'en avais porté.

Toutes ces années passées dans un flou permanent qui m'avaient donné la réputation du Gilbert Montagné de mon lycée… Impossible de me résigner à afficher publiquement mes hideuses lunettes à monture papillon. Je ne les portais qu'en cachette, une fois les cours commencés. Comme mes verres étaient aussi épais que des culs de bouteille, je préférais repérer la bonne salle de classe aux silhouettes brumeuses de mes amies qui attendaient devant. Ou bien m'offusquer quand un inconnu (sans doute un satyre) me frôlait l'épaule pendant que je discutais avec ma copine Cécile en bas de mon immeuble. (Copine Cécile qui, dotée d'une vue parfaite, avait reconnu mon père.) Alors un jour, prenant mon courage à deux mains, j'avais décidé de me séparer une bonne fois pour toutes de cette myopie qui me gâchait la vie. Les lentilles semblent être la solution, sauf que l'ophtalmo, faute de larmes suffisantes, m'en prescrivit des semi-rigides. La torture commença. Notamment quand…

— Yohanna ? Viens voir ce qui se passe, vite, c'est flippant !

Le cours de mes pensées fit « plop », comme une petite bulle qui éclate au-dessus de mon crâne. Je rejoignis Samuel dans le salon en tenant toujours mon coton barbouillé de démaquillant. Assis sur le canapé, il avait l'air extrêmement concentré, plongé en avant toutes oreilles dehors vers le poste de télévision.

— Hum ? C'est quoi, c'est les infos ?

— Chuuut ! Écoute…

Je m'assis à ses côtés, intriguée.

« … et c'est en plein centre du jardin du Ranelagh, un espace vert triangulaire situé dans le XVIᵉ arrondissement de la capitale, qu'est apparue cette forme. L'endroit est particulièrement fréquenté en journée, ce qui n'a pas empêché un ou plusieurs plaisantins de venir semer l'émoi parmi les habitants du quartier, en créant un agroglyphe. Plus communément appelé crop circle, *il s'agit d'une composition de formes géométriques circulaires réalisée à partir d'herbe couchée. On ignore encore quelle technique a été utilisée pour exécuter cette figure d'à peine quelques mètres de diamètre, mais l'enquête est en cours. En attendant, les images avec notre reporter sur place… »*

Je me tournai vers Samuel, éberluée.

— Mais c'est quoi ce truc ?

— Chut, attends, regarde…

Eli et Marga jouaient tranquillement dans leur chambre, ce qui m'arrangeait assez. Je n'aurais pas voulu qu'elles regardent la télé à ce moment-là, car je n'aurais pas su comment apaiser leurs craintes.

— Samuel, rassure-moi… ce sont des gamins qui ont fait ça, non ? Qui est-ce que ça pourrait être d'autre ? demandai-je sans avoir réellement envie de connaître la réponse. Après tout, les *crop circles*, on n'en a jamais vu à Paris…

— Écoute, je te rassure si tu me rassures : juste avant ce reportage, ils ont annoncé qu'un second pilote d'avion avait aperçu un engin volant non identifié se coller un moment près de son appareil. Tu dis quoi, là ?

Je manquai de m'étouffer en avalant ma salive de travers.

— J'en dis que… de tout temps, les pilotes d'avion ont observé des manifestations inexplicables, et que… eh bien, la plupart des fois, ce n'était rien du tout. Juste des phénomènes atmosphériques…

— Et les fois où ce n'était pas ça, c'était classé secret défense. Alors que maintenant, c'est dévoilé au public.

— Tu penses à ce que je pense, là ? demandai-je avec appréhension.

— Je crois que oui, dit Samuel en plongeant ses yeux dans les miens.

Nous nous prîmes la main, et comme un seul

homme, nous nous levâmes en direction de la cuisine. Quelques minutes plus tard, nous en sortîmes en portant un large plateau chargé de toutes sortes de mets gras et sucrés. « Les filles ! Venez, il y a du rab de dessert ! »

Si les martiens s'apprêtaient à débarquer, alors ce soir notre préoccupation ne sera pas notre taux de cholestérol.

12

Blablabla

L'esprit intuitif est un don sacré, et l'esprit rationnel est un serviteur fidèle. Nous avons créé une société qui honore le serviteur et a oublié le don.

Albert Einstein.

Deux jours passèrent sans événement notable. J'aurais dû retourner voir Leitner pour lui parler de ce qui était arrivé, mais il avait annulé notre consultation pour la reporter à la semaine suivante.

À mon plus grand soulagement, un e-mail de Sonia Amram m'avait prévenue que l'émission était finalement annulée et reportée, sans aucune garantie, à une date ultérieure. La nouvelle illumina ma journée.

Le samedi suivant eut lieu une grande soirée des anciens de l'école primaire dans laquelle j'avais passé toute ma scolarité. Il s'agissait d'une soirée planifiée depuis longtemps, à laquelle je n'avais prévu de ne faire qu'un saut. Je soupçonnais les retrouvailles d'être barbantes, et n'étais même pas sûre de reconnaître les nouvelles têtes de mes vieux camarades. Mais j'espérais que Julie Mercier, mon amie d'enfance, y serait, car cela m'amusait de savoir ce qu'elle était devenue.

Une flûte de champagne à la main droite, un mari pressé de partir à la main gauche, je déambulais dans la salle du réfectoire décorée pour l'occasion de flonflons en papier crépon, me déplaçant entre les gens agglutinés en petites grappes bourdonnantes.

Chacun portait un badge précisant son nom, son prénom, et la mention de ses années de présence dans l'école. Cherchant des yeux une éventuelle institutrice de l'époque, je ne vis pas arriver Brune Shprinzel, qui me sauta dessus sans ménagement.

– Yohanna ? Yohanna Finkelstein, c'est toi ?

– Brune ? Bonsoiiiiir, quelle surprise !

Brune, je l'avais quittée avec des nattes et je la retrouvais les cheveux courts. C'était la fille la plus bavarde de tout le CE1, qui jouait remarquablement bien à la tapette mais que je battais à l'élastique. Il me semblait aussi qu'elle possédait un petit chien frisé qui s'appelait Pato, dont le sport favori était d'impressionner par ses jappements les chiens plus gros que lui.

Malgré sa taille adulte, Brune n'avait pas changé.

Nous nous fîmes la bise en gloussant et en nous étreignant.

– … Sauf que ce n'est plus Finkelstein maintenant, c'est Béhar. Je te présente Samuel, mon mari, dis-je en le désignant.

Elle le fixa, tout étonnée :

— Bonsoir, mais… ? Je vous connais… nous nous sommes déjà rencontrés, non ?

— Je ne crois pas, je m'en serais souvenu, fit-il, galant.

— Tu as dû le voir à la retransmission des Victoires de la Musique. La chanson qu'il a composée pour Tanya a gagné le prix de…

Samuel m'interrompit, mal à l'aise.

— Chérie, je t'en prie, ce n'est pas l'endroit pour parler de ça.

— Oh, eh bien…, fit Brune, épatée.

— D'ailleurs, continua Samuel, si vous n'y voyez pas d'inconvénient, je vous quitte pour aller dire bonjour au buffet que j'aperçois là-bas. Nous non plus ne nous sommes pas vus depuis longtemps.

Il nous laissa sur un clin d'œil, et, cramponnées à nos verres, nous le regardâmes s'éloigner.

— Alors dis-moi…

Synchronisation de banalités : nous allions prononcer la même chose au même moment.

Nous nous interrompîmes le temps d'un éclat de rire, et je lui fis signe qu'elle pouvait commencer.

— Eh bien, qu'est-ce que tu deviens ? Tu es mariée, à ce que je vois. Tu as des enfants ?

— Oui, deux, dis-je en sortant des photos de mes filles de mon sac.

Elle les regarda, trouva que la grande me ressemblait, et que la petite était le portrait craché de Samuel. Je n'eus pas le cœur de lui expliquer que Sam n'était pas leur père, et à la place, je lui rendis ses compliments en découvrant la photo de son fils. Un petit gars joufflu, aux cheveux ocre et à la bouille ronde, qui posait fièrement sur son tricycle. Adorable.

Ravie d'apprendre que j'étais devenue médecin, elle me raconta que son mari, Benjamin, était avocat et qu'elle-même travaillait dans un cabinet juridique. Joignant le geste à la parole, elle me le montra, de dos, en train de choisir au buffet de quoi remplir son assiette.

Lorsqu'il se retourna, j'en profitai pour le détailler. Plutôt mignon, dans le genre grand et costaud. Un peu trop habillé pour la circonstance, peut-être.

– Ah ! Il faudra que tu me donnes tes coordonnées, dans ce cas. Si quelqu'un a besoin d'un avocat dans mon entourage, je lui dirai de s'adresser à ton mari !

Brune sourit et promit de me les donner tout à l'heure.

Elle ment, son mari est boucher, et elle est femme au foyer.

Cette pensée s'insinua en moi, et me parasita l'esprit tout le temps que nous discutâmes ensemble, de sorte que cela me mit de plus en plus mal à l'aise.

Elle ment, elle ment...

Je lui demandai si elle n'avait pas aperçu Julie Mercier parmi la foule des anciens, mais elle ne l'avait pas vue. Je lâchai un petit soupir de déception en regardant autour de moi. Saluant un nouvel arrivant par-dessus mon épaule, Brune m'étreignit le bras en s'excusant et me laissa seule avec mon verre vide. Samuel en profita pour me rejoindre, son assiette débordant de petites choses feuilletées.

— Tiens, j'en ai pris surtout pour toi. Regarde, il y a plein de trucs que tu aimes, normalement.

— Oh, c'est gentil, dis-je en enfournant pensivement une minitartelette au fromage.

— Je n'ai pas pris de roulés à la viande, par contre. Il y avait un type, là-bas, qui me les a déconseillés. Et il s'y connaît, c'est son métier. Un spécialiste en charcuterie strasbourgeoise, vraiment gentil comme gars. On a un peu bavardé…

Je manquai de m'étouffer.

— Quoi ? Où ? Quel type ?

Samuel m'indiqua du menton l'homme qui se tenait maintenant aux côtés de Brune, discutant avec une troisième personne.

— Incroyable. Tu es sûr de ce que tu dis ?

— Non, je suis sûr de ce que lui m'a dit. Pourquoi ? C'est qui ce mec ?

— C'est le mari de ma copine Brune, mais elle me l'a présenté comme étant avocat.

Samuel se mit à rire.

— Eh bien elle t'a menti alors. C'est bien les femmes, ça, de ne pas s'assumer…

— Non mais tu ne comprends pas. Viens par là.

J'attirai Samuel à l'écart, près d'une des larges fenêtres du réfectoire.

Sur un ton de conspiratrice, je lui confiai :

— Il se passe de drôles de choses dans ma vie, en ce moment, tu sais…

– Il pourrait s'en passer de plus drôles encore, si tu me laissais faire…, dit-il en chuchotant, faisant mine de m'entraîner derrière l'épaisse tenture qui ourlait la fenêtre.

– Arrête d'être lourd, dis-je en retirant mon bras de sa main. Écoute-moi s'il te plaît. Ces derniers jours, je ne t'ai pas raconté ce qui s'est passé au cabinet, pour ne pas t'inquiéter, mais…

– Pas besoin, je suis au courant.

– Ah bon ? Qui te l'a dit, Félix ?

– Oui.

– Raaah, celui-là, je vais l'étrangler…

– Je vois pas pourquoi, c'est plutôt marrant.

– « Marrant » ?

– Oui, fit Sam en haussant les épaules. Iris a complètement craqué pour un de ses patients, et toi tu entres dans son jeu en t'amusant à la déguiser en cagole. C'est pas pour dire, mais… Félix et moi, on rigole bien !

Autour de nous, la salle bruissait de mille bourdonnements de conversations. Parfois des éclats de voix fusaient lorsqu'un inconnu reconnaissait un autre inconnu. Je me malaxai le front et me pinçai l'arête du nez pour démêler le nœud de mes pensées, avant de reprendre la parole.

– Contente que ça t'ait bien détendu. Maintenant laisse-moi te résumer la situation en une phrase : tu sais, ce neuropsy que je consulte ? Eh bien il semble que ses séances d'hypnose aient eu sur moi quelques effets secondaires. Et pour cause, puisque j'ai développé des capacités de mémorisation absolument stupéfiantes. Je peux me battre comme un karatéka, parler japonais comme si c'était ma langue maternelle, et figure-toi que je viens de réaliser ce soir que je pouvais carrément lire dans les pensées des gens ! Bon, ça ne m'est arrivé qu'une seule fois, mais en ce moment j'ai tendance à être ultravigilante et à guetter la moindre étrangeté. De toute façon je suis sûre que ça ne manquera pas de se reproduire. Qu'est-ce que tu dis de ça ?

Samuel me fixa avec attention.

– J'en dis que ça fait plus d'une phrase.

– SAM !

– Mais quoi, « Sam » ? Ça fait plus d'une phrase, oui ou non ?

– Arrête de déconner, je te jure que c'est vrai ! lui dis-je. Il faut me croire !

– OK, je te crois.

Il haussa les épaules.

– Vas-y, parle-moi en japonais.

– Comment… là, tout de suite ? Comme ça, hors contexte ?

– Non, lors de notre prochaine visite à Tokyo. Bien sûr maintenant !

Je levai les mains en l'air et reculai d'un pas.

– Très bien.

J'inspirai un grand coup, fis rouler mes trapèzes, penchai la tête de droite à gauche pour faire craquer les muscles de mon cou, et tâchai de me concentrer. Je sentais mon mari m'observer avec circonspection. Soit j'y arrivais, et je le scotchais à vie, soit je n'y arrivais pas, et autant lui avouer que j'avais bu trois coupes ce soir, pour justifier mes aveux insensés.

— Hum… niwa… truc là… nichiwawa… wanichima… attends, j'y suis presque…

— *Konnichiwa ?*

— Oui, c'est ça ! *Konnichiwa !*

— Yohanna… tu n'arrives même pas à te souvenir du mot « bonjour » en japonais, alors que Félix le dit tout le temps.

— Oui, bon ben je ne passe pas ma vie à l'écouter non plus, hein…

Je sentis monter en moi un terrible désappointement face à ma défaillance.

Samuel sourit.

— Et sinon, tu peux lire dans les pensées, donc ?

— Laisse tomber.

— Essaie avec moi.

— Laisse tomber, je te dis.

Il m'attrapa malgré ma mine boudeuse, et me serra tendrement contre lui.

— À quoi je pense, là ?

Je levai les yeux vers lui, et ne pus m'empêcher d'esquisser un sourire devant sa grimace méditative.

— Tu penses que tu m'aimes.

— Gagné, dit-il en déposant un baiser dans mon cou. Et à quoi je pense d'autre, là ? chuchota-t-il dans mes cheveux.

— Sam… petit polisson…, ricanai-je.

— Hum, ce n'est pas exactement le terme que tu emploies d'habitude quand tu me surprends à regarder une autre fe…

– Finkelstein ? C'est toi ?

Je me retournai, et aperçus une paire de jambes sublimes qui venait vers nous, surmontée d'un ventre plat, d'une poitrine parfaite et d'une frimousse joviale. Le tout accompagné de trois autres personnes. Juste le temps d'esquisser un rictus jaloux vers mon mari, que je me détachai de ses bras et fis face à ces têtes qui me paraissaient familières.

– Hey ! dis-je en essayant de me rappeler leurs prénoms. Séraphine… heu…

– … Bourguignon, dit une femme aux longs cheveux et au nez aquilin.

Comment aurais-je pu oublier la peste qui me bourrait de coups de pied dans la cour de récré ? Dans mon souvenir, elle portait d'hideuses robes fleuries à smocks. Ce soir, ses vêtements se composaient d'un jean délavé surmonté d'un pull terne un peu large. Aux pieds, une paire de baskets sans âge, plus grises que blanches.

– Et voilà Kim-Chi Nguyen ! Oui, c'est ça ! Mais vous n'avez absolument pas changé, dites-moi ! fis-je en les embrassant.

Kim-Chi, la petite fille discrète et timide avec ses deux barrettes roses attachées de chaque côté du front, toujours première de la classe.

J'eus d'abord un mouvement de recul devant Karine Dos Santos, dans les bras de laquelle je tombai ensuite littéralement. Nous nous étions fréquentées jusqu'en quatrième au collège, avant qu'elle ne déménage dans une autre ville.

– Alors là, Karine… ça me fait rudement plaisir… mais que tu es belle !

Je fis à nouveau un pas en arrière sans lui lâcher les mains, pour mieux la contempler. C'est vrai qu'elle avait changé, la gamine boulotte et mal fagotée que j'avais fréquentée à l'époque. Silhouette filiforme, cheveux éclaircis, allure impeccable, la transformation était si complète que je ne l'avais pas immédiatement reconnue.

– Et tu es accompagnée, à ce que je vois ? dit-elle en jetant à Samuel une œillade gourmande.

Avant même que j'aie eu le temps de répondre, Sam se présenta en serrant les mains de tout le monde.

– Samuel Béhar, le mari de Yohanna, enchanté.

– Hervé Melikian, le conjoint de Kim-Chi, dit la seule personne qui n'avait pas encore parlé, en lui rendant sa poignée de main.

L'homme était grand, maigre, un visage en lame de couteau, et vêtu d'une chemise rose sous un costume gris clair. Visiblement, il semblait s'ennuyer éperdument au milieu des camarades d'école de sa femme.

– Oui, il faut bien faire prendre l'air de temps en temps à ces petites bêtes-là…, dis-je en serrant amoureusement le bras de Sam.

– … Telles étaient les paroles du chien au bout de la laisse de son maître, répondit mon mari, l'air narquois.

– Petit plaisantin, dis-je en lui mettant une tape sur le bras.

*« Comment elle se la joue, avec son mari qui est…
je ne sais pas quoi et je m'en fiche, d'ailleurs. Alors
que moi, ça va faire bientôt trois ans que je n'ai pas
été avec un homme… »*

J'observai le petit groupe avec attention. Était-ce
un tour de mon imagination, ou avais-je bien perçu
une explosion de vibrations de jalousie ? Je décidai
de creuser pour le savoir.

— Alors dites-moi, Karine et Séraphine, vous êtes
venues seules ? Pas d'ami, de mari, d'amant ou
d'animal domestique dans les parages ?

— Mon mari est à la maison, il garde les enfants,
expliqua Séraphine en ramenant une mèche de ses
longs cheveux en arrière.

— Moi je suis divorcée, annonça Karine en souriant. Et que personne ne me plaigne, hein ! La vie
est belle depuis que je ne suis plus liée à cet affreux.

*« Il m'a pété le bras. Jamais je ne le lui pardon-
nerai. »*

Je les scrutai du coin de l'œil. Laquelle mentait,
laquelle disait la vérité ? Laquelle avait été battue ?
Et surtout, était-ce bien éthique de pénétrer par intrusion leurs pensées ? Si ce n'était pas un effet de mon
imagination, je commençais à en concevoir quelques
remords.

— Eh, regardez ! fit Karine, pointant du doigt le
très bel homme qui venait de passer. C'est pas
Franck Camembert, là ?

— Si, on dirait…, dit Kim-Chi en se penchant pour
mieux voir.

Le type se retourna, nonchalant, sans remarquer

notre petit groupe. Il était accompagné d'une femme âgée vêtue d'une élégante robe rose et beige aux motifs graphiques. Sa mère, que nous reconnûmes immédiatement.

– Tu te souviens de Franck Camembert ? Il mangeait ses crottes de nez en cachette pendant la classe, c'était répugnant, commenta Karine.

– Il est devenu plutôt beau gosse, remarqua Kim-Chi.

Son mari toussa ostensiblement dans sa main fermée, mais elle n'y prêta pas garde.

– Quand on l'a connu à cette époque, on ne peut pas s'empêcher d'imaginer ses baisers actuels avec un goût de morve, dit Karine en s'esclaffant.

– Tiens, ils viennent d'amener les petits-fours, nota Samuel en jetant un coup d'œil vers le buffet, ravi d'avoir trouvé un nouveau prétexte pour s'éclipser. Ça vous dit, Hervé ?

– Eh bien… pourquoi pas…, répondit l'homme en suivant mon mari à contrecœur, espérant que sa femme insisterait pour qu'il reste auprès d'elle. Ce qu'elle ne fit pas, trop occupée à se dévisser la tête pour mieux détailler le Franck au milieu de la foule des anciens élèves.

« Son mari la largue à la moindre occasion, il doit sûrement draguer ailleurs dès qu'elle a le dos tourné. Pauvre fille, va… »

Je regardai alternativement Séraphine et Karine, cherchant à débusquer laquelle distillait ces pensées nauséabondes. Tant pis pour l'éthique, il me fallait trouver le poison.

« *Je me demande si Sébastien Poquelin sera dans les parages, ce soir… j'étais tellement amoureuse de lui à l'époque…* »

Karine ? Oui, là, ça devait venir de Karine, certainement. Il me semblait qu'elle avait le béguin pour lui, quand nous étions gamines.

– Hello les greluches !

Un gars de taille moyenne, habillé d'un tee-shirt jaune vif, d'un jean baggy et de baskets roses tigrées, fit irruption dans notre groupe, nous attrapant Séraphine et moi par les épaules. Blond aux yeux bleus, il irradiait de charme avec sa coupe destructurée.

– Sébastien, quelle surprise ! Je parlais de… je veux dire, je pensais à toi à la seconde ! dis-je en lui faisant la bise.

– C'est normal, je suis inoubliable. Cette brave Mme Guého vient de me le confirmer : elle s'est rappelé la fois où j'avais apporté mon hamster en classe et l'avais glissé dans sa trousse…

L'évocation d'un événement en ramenait un nouveau aux portes de notre mémoire. Nous ne cessâmes de parler pendant quelques délicieuses minutes, rebondissant à chaque fois sur un mot ou une évocation. Quelle étrange impression que celle d'être un touriste rendant visite à son propre passé. J'éprouvais une sensation irréelle en côtoyant ces gens qui avaient partagé quelques années de mon ancienne vie, et qui aujourd'hui pouvaient m'en retranscrire des bribes. Nous étions tels des archéologues forant nos propres mémoires, tâchant, en échangeant anecdotes et souvenirs, de retrouver des

émotions enfouies, des sentiments révolus, une innocence ternie par la maturité, une naïveté abîmée par
l'expérience.

Il y eut bien sûr les banalités d'usage sur nos états
civils et nos professions. Chacun était curieux de
savoir comment la vie de l'autre avait évolué, après
toutes ces années.

Seb nous apprit qu'il travaillait comme D-J, et
qu'il passait sa vie entre deux avions.

Kim-Chi, audacieuse, quitta la zone des platitudes
et embraya sur des confessions plus concrètes.

– Sébastien, maintenant je peux bien te l'avouer,
j'étais terriblement amoureuse de toi à l'époque.

Hein ? Elle ? La petite fille douce et polie avec ses
barrettes dans les cheveux ?

– Je suis flatté… j'avoue que je ne m'en étais pas
du tout rendu compte, répondit-il. En tout cas, per-
mets-moi de te dire que tu es devenue une très belle
jeune femme…

Kim-Chi lui rendit son sourire, sûre d'elle dans
son élégant tailleur cintré. Sa brillante carrière de
femme d'affaires lui avait conféré une assurance
insoupçonnée.

– Oui, mais elle est mariée, alors que moi, non !
le coupa Karine, qui ne perdait pas une minute pour
se placer.

– Et moi non plus ! intervint Séraphine en se collant au bras de Karine dans un grand éclat de rire,
complice.

– Tiens donc ? Je croyais que ton mari gardait les

enfants à la maison ? siffla Karine, beaucoup moins complice qu'elle, vu l'enjeu.

« *Garce, garce, garce.* »

Séraphine, crispée, continua d'afficher un sourire grimaçant en reculant imperceptiblement tout en abandonnant le bras de son amie.

— Je plaisantais, voyons…, murmura-t-elle, mais personne ne l'écoutait.

Sébastien se tourna vers Karine et commença à la baratiner.

« *Jolis nibards… remarque, pourquoi pas ?* »

« *Grosse vache, morue, allumeuse, mocheté…* »

Je fixai Séraphine, les yeux écarquillés. Elle me lança en retour un regard mitraillette.

« *Tu veux ma photo, pétasse ?* »

— Séraphine ? dis-je.

— Oui, répondit-elle en s'obligeant à affecter une attitude détachée.

— Tu as des nouvelles de Julie Mercier ? J'aurais adoré savoir ce qu'elle est devenue.

Sébastien me fit face, tressaillant en entendant son nom.

— Julie ? Je l'ai revue il y a plusieurs années… je crois qu'elle est partie vivre en Nouvelle-Zélande.

« *La dernière fois qu'on s'est parlé, elle était enceinte d'un mois et demi. C'était juste avant que je ne la plaque. Je lui avais bien dit que j'en voulais pas, de ce mouflet. Elle était prévenue…* »

Je reçus un coup au ventre, mais tâchai de ne pas le montrer.

— Ah ? Super ! Tu aurais ses coordonnées ? Ou au

moins une adresse e-mail, histoire de reprendre contact…

« Oui. Mais ne compte pas sur moi pour te les filer. »

– Écoute non, c'était il y a longtemps… elle a dû bouger, depuis…

– Dommage…

J'eus tout de même besoin d'en avoir le cœur net.

– Et sinon, Seb, tu as des enfants ?

– Non, pourquoi cette question ? répondit-il sur la défensive.

– Comme ça, par curiosité, je ne me rappelais plus si tu en avais mentionné.

– Ah non, les gosses, c'est pas mon truc. Je suis trop jeune pour me coller un boulet à la patte, avec la vie que je mène…

En disant cela, il prenait les autres à témoin.

Samuel me fit un petit signe depuis le buffet. Je sautai sur l'occasion.

– Bon, eh bien il est temps que je vous quitte. Mon mari se lève tôt demain, il a des répétitions toute la semaine, dis-je en embrassant tout le monde.

« C'est ça, dégage. On t'a assez vue… »

Je regardai Séraphine, dont les traits, un peu tendus, ne laissaient pourtant pas transparaître le fond de sa pensée.

– Voilà ma carte, on reste en contact, n'est-ce pas ?

Kim-Chi me tendit un petit bout de carton sur lequel apparaissait le logo de sa société. Je lui offris la mienne en échange. Karine déplia son portefeuille pour en faire de même.

– Bien sûr !

« T'as pris des fesses, ma vieille, et ta jupe lie-de-vin, atroce comme couleur. T'es pas si jolie que ça, finalement, je comprends pas pourquoi tu as un mec et pas moi. Pareil pour l'autre chinetoque, là… »

Cette fois, je tournai vivement la tête vers Séraphine. Surprise, elle pâlit et se raidit, comme prise sur le fait.

« Quoi ? Quoi ? Qu'est-ce que t'as, toi ? »

Ces pensées intimes, auxquelles je n'étais pas supposée avoir accès, m'indisposèrent profondément. Avant de partir, je les embrassai toutes les trois, bouche close et joue éloignée lorsqu'il s'agit de mon « ancienne » ennemie de cour de récré.

Karine, quant à elle, se contracta imperceptiblement tandis que je la serrais affectueusement contre mon cœur.

« Aïe, attention, mon bras est encore un peu douloureux… »

Je m'éloignai, la gorge nouée.

En fendant la foule pour rejoindre Sam qui s'impatientait, je croisai Philippe Lacourtechel, Jacquou Grosjean et Luc J'ai-oublié-son-nom, dont la transformation physique était inversement proportionnelle à celle des filles. Trente kilos de trop par-ci, une tonsure par-là, un tapis de poils émergeant de sous un col de chemise déboutonné… seul l'éclat de leur regard rappelait les petits garçons qu'ils avaient été.

Philippe tourna la tête dans ma direction, mais son visage n'exprima rien de particulier. Alors je passai mon chemin, rejoignis Samuel et, ensemble, nous quittâmes l'enceinte de l'école, laissant ces gens de mon passé derrière nous.

« Elle ne m'a pas reconnu, sinon, bien sûr, elle serait venue me voir. C'est normal après tout, j'ai tellement changé… »

13

Patati-patata

L'avantage d'être intelligent, c'est qu'on peut toujours faire l'imbécile, alors que l'inverse est totalement impossible.

Woody Allen.

Au début, bien que surprise, j'ai trouvé ça fascinant.

Pensez donc : lire dans les pensées des gens aussi facilement que si on parcourait un journal télé. Formidable, non ?

Au fond de moi, bien sûr, je cherchais à comprendre ce qui m'arrivait. Quelle était l'explication physiologique à ce phénomène ? Était-ce une expérience réellement consécutive à l'hypnose ? Avais-je vécu ces fameuses « premières fois » inédites dont Leitner m'avait parlé ? Le cas échéant, y en aurait-il d'autres ? Et surtout, de quelles sortes ?

Pourtant, dans les faits, je m'amusais comme une gamine qui tapoterait les touches d'un xylophone magique et en tirerait des sons inédits.

Je m'étais même octroyé un après-midi buisson-
nier, histoire de flâner sans attendre et d'écouter
dans les rues les bruits que produisait la nature...
humaine.

En fait, cela ne fonctionnait pas à tous les coups.
Il ne s'agissait pas d'activer un bouton « on » ou
« off » pour voir se passer quelque chose, cela ne
marchait pas comme ça. Sans aucune maîtrise, je
laissais juste les sensations m'envahir et faire vibrer
en moi d'internes et invisibles cordes. Cordes sur la
théorie desquelles je n'avais pas d'interprétation, vu
que je n'y comprenais rien. Déjà que je venais de
pénétrer dans la quatrième dimension, si en plus il y
en avait d'autres...

Alors je me suis beaucoup promenée, beaucoup
concentrée, j'ai beaucoup essayé de percevoir télé-
pathiquement (puisque c'était bien de cela dont il
s'agissait) des mots, des sons, des idées, chez les
gens que j'ai croisés. Sans grands résultats. Je n'ai
rien décelé d'autre que ce que je pouvais appré-
hender d'habitude avec mes yeux et mes oreilles : le
Parisien de base est un être abrupt qui fait toujours la
tronche.

En passant devant la vitrine d'une boutique de
chaussures, je repérai une jolie paire de salomés et
décidai d'entrer la voir de plus près. Je poussai la
porte en verre qui carillonna, fis quelques pas dans
le magasin, me postai près du meuble sur lequel
étaient posés les escarpins, et attendis qu'une vendeuse vienne me demander quelle taille je désirais
essayer. Deux femmes d'une cinquantaine d'années,

vêtues d'une blouse aux couleurs de l'enseigne, papotaient près de la caisse comme si la boutique était vide. Peut-être, en plus d'être aveugles, étaient-elles un peu sourdes, aussi toussai-je dans ma main pour me faire remarquer. Aucune réaction. Je me déplaçai jusqu'à la vendeuse située devant la caisse, espérant qu'elle daignerait ainsi m'accorder quelques minutes de son précieux temps de parole.

Ce fut dur, car elle était vraiment décidée à expliquer à sa collègue Monique que non, elle avait déjà pris ses trois jours de RTT, mais qu'il lui en restait un quatrième et qu'elle ne savait pas si elle allait l'utiliser la semaine prochaine ou celle d'après, vu que la semaine prochaine elle avait le baptême de la fille de son frère, et que celle d'après, il y avait le mariage de sa cousine Évelyne. Monique lui répondit qu'après tout, sa cousine Évelyne ne s'était pas déplacée pour la communion de son fils. Je tournai la tête alternativement de l'une à l'autre, subjuguée par cette captivante conversation. Ce à quoi Colette rétorqua que c'était vrai, mais qu'Évelyne avait parlé de lui prêter la maison de sa grand-mère au bord de la mer, à Perros-Guirec, et que ça lui ferait toujours des vacances à l'œil. Bien que bouillonnante d'envie de savoir si Colette allait choisir le baptême de sa nièce ou céder aux attraits envoûtants de la Bretagne, je décidai de me retirer à pas de loup pour ne pas les importuner. C'est vrai, quoi, une mauvaise décision est si vite arrivée, je n'aurais pas voulu risquer d'en être tenue pour responsable. Sans compter que j'étais un peu prise par le temps (j'avais promis d'aller saluer les pigeons, sur le trottoir). Aussi rebroussai-je chemin et me dirigeai-je vers la sortie. J'y étais presque arrivée lorsqu'une voix impérieuse tenta de m'alpaguer :

– Puis-je vous aider ?

Sans me retourner, je répondis :

– Plus maintenant, merci.

Je franchis la porte, tandis que le timbre désagréable de Colette éclata dans mon esprit : « *... toutes les mêmes, ces clientes. Qu'est-ce qu'elles croient, qu'on est à leur disposition ? Elles peuvent pas patienter deux minutes, non ? Pff... vivement la fin de la semaine, hein...* »

Mais une seconde voix se superposa à la première :

« *... alors là ma cocotte, tu peux être sûre que je vais le répéter au fils de la patronne, comment tu traites les clientes. Ça tombe bien, on dîne ensemble ce soir. Y a pas de raison que tu puisses te payer des vacances à Perros-Guirec sans rien glander et pas moi...* »

Voilà, c'était une bonne chose.

Ce signal m'indiquait que je pouvais recommencer à m'immiscer dans les pensées des gens. Mon challenge sera désormais de trouver des gens dans les pensées desquels j'aurais envie de m'immiscer.

Il restait deux petites heures avant que mes filles ne sortent de l'école. Puisque je passais devant un kiosque à journaux, j'en profitai pour acheter un magazine d'information people et allai m'installer dans un café.

Non pas que la vie des stars me passionne, mais j'avais envie de tenter une petite expérience.

Concentrée devant mon orange pressée, je parcourais les pages de l'hebdomadaire, laissant mes yeux glisser sur les photos sans jamais m'attarder sur le texte.

Très vite, des bribes de phrases montèrent en moi, souvent incohérentes, aussi pérennes que des bulles de savon, mais je les laissai se matérialiser en essayant de faire le vide dans mon esprit.

… c'est faux…

… il l'a bien arrangée…

… coincé…

… offert…

… faux, faux, faux, il ment, ce n'est pas elle…

… danger…

… vont tomber amoureux…

… folle depuis le jour où…

… elle le trompe…

… le scandale éclatera ce n'est qu'une question de…

… ne sait pas le faire…

J'arrivai à la fin du magazine, que je refermai. Pensive, je terminai mon verre de jus de fruits, les yeux dans le vague.

… Leitner est là, ne craint rien, il sait ce qu'il fait…

En m'apportant la note, le garçon me fit sursauter.

Je payai et quittai l'établissement.

Le lendemain, je passai la journée entière à entendre, malgré moi, le double discours de mes patients. Durant leur examen ils me parlaient, et une voix dans ma tête, une voix qui semblait parvenir directement dans mon lobe temporal sans passer par mon conduit auditif, me faisait les sous-titres.

Cela donnait des scènes surréalistes comme celles-ci :

— … en fait, je pense que vos maux de tête sont essentiellement dus au stress.

« Vous "pensez" ? Je ne suis pas venu ici pour savoir ce que vous "pensez" que j'ai, mais pour apprendre ce que vous "êtes sûre" que j'ai. Et si vous vous trompiez ? Et si c'était plus grave ? »

— Heu… en êtes-vous sûre, docteur ? Ça ne peut pas être… je ne sais pas, moi… une méningite, par exemple ?

— Non. Les syndromes méningés comportent d'autres symptômes, et votre examen n'en évoque heureusement aucun.

— Et si vous vous mépreniez quand même ?

« Je risque ma vie, moi, en lui faisant confiance aveuglément. Elle peut bien s'en foutre, ce n'est pas sa vie à elle qu'elle met en jeu ! »

— Eh bien, les médecins ne sont pas infaillibles, bien sûr, mais ils ont quand même un petit peu d'expérience. Vous pouvez me croire, vous n'avez pas de méningite.

— Pardonnez-moi d'insister, mais… *« On les connaît, les erreurs médicales et les diagnostics foireux, j'ai vu des émissions sur le sujet à la télé, moi...* » Vous ne me prescririez pas une petite prise de sang, au cas où ?

— Écoutez… non. Rassurez-vous, et faites-moi confiance.

— Bon, d'accord.

« *Tu parles, je vais foncer à l'hôpital et exiger un scanner, connasse…* »

— Dites, heu… l'hôpital le plus proche… ?

— Pardon ?

— Non, non, oubliez ça. Au revoir docteur.

« *Le taxi saura bien m'y conduire.* »

Avec le patient suivant, j'eus droit à :

— Bonjour docteur Béhar.

— Monsieur Vasseur, bonjour, asseyez-vous, je vous en prie. Qu'est-ce qui vous amène ?

— Eh bien, j'ai une douleur à l'épaule droite.

— Ah ? Depuis quand ?

— Quelques jours…

— Vous avez reçu un coup ?

— Heu, oui. Un petit.

— Faites-moi voir ça, retirez votre chemise, que je vous examine.

« *Il faut le lui dire… allez, vas-y, dis-le-lui…* »

— Regardez, c'est là.

— Je ne vois aucune ecchymose. Où est-ce, exactement ?

— Là.

« *Dis-le-lui, allez, bordel ! T'es un lâche ou quoi ? Ouvre ta grande gueule et dis-le-lui !* »

— Vous êtes en train de me montrer votre bras, et non votre épaule.

– Pardon. C'est là, plus haut.

– Bougez… par ici… levez… vous avez mal, quand je fais ça ?

– Oui, un peu.

– Et comme ça ?

– Heeu…

« DIS-LE-LUI DIS-LE-LUI DIS-LE-LUI DIS-LE-LUI… »

– Monsieur Vasseur, ne serait-ce pas plutôt que cela vous brûle, lorsque vous urinez ?

– Hein ? Mais je…

– Rapport sexuel non protégé ?

– Eh bien… hem… oui. Comment avez-vous su ?

Je ne répondis pas. Que pouvais-je bien lui dire ?

Un peu plus tard, il arriva une chose bien plus inquiétante.

Alors que je me trouvais dans un état second, rejetée contre mon fauteuil les yeux mi-clos, la patiente suivante est entrée, s'est assise, et m'a déballé d'un coup :

– Bonjour docteur. Voilà, je viens vous voir parce que j'ai…

– Vous faites une intolérance au lactose. Il vous faudra dorénavant réduire sensiblement votre consommation de produits laitiers.

– Mais…

– Autre chose : rentrez chez vous immédiate-ment, vous allez recevoir un appel important. Au revoir, madame.

La femme, stupéfaite, me dévisagea comme si se tenait devant elle une folle. Elle ouvrit la bouche pour parler, la referma et quitta précipitamment mon cabinet.

Effectivement, je devais probablement être timbrée, me dis-je en revenant à moi.

Que ces supercompétences, surgies d'on ne sait où, me permettent d'affiner mes diagnostics après l'interrogatoire et l'examen clinique d'un patient, à la rigueur, je pouvais le tolérer. Là où j'ai commencé à trembler, c'est lorsque cette patiente, que je n'avais jamais rencontrée de ma vie et qui était rentrée chez elle sur mon injonction, m'a rappelée vingt minutes plus tard. L'école venait de téléphoner pour la prévenir que son fils s'était blessé pendant un match de rugby.

Se confondant en remerciements, elle précisa que dorénavant, elle n'aurait plus d'autre médecin que moi. Puis, en chuchotant comme si nous étions sur écoute, elle promit de m'envoyer quelques-unes de ses amies, avides de recevoir ces informations qu'un médecin traditionnel ne pouvait délivrer…

Je raccrochai en frissonnant.

Outre le fait que j'avais eu une chance folle que cette femme n'ait pas porté plainte pour un diagnostic réalisé de manière aussi farfelue, je réalisai que si cela se reproduisait, j'allais tout doucement échanger ma clientèle actuelle contre celle d'un cabinet de chiromancie.

C'était la première fois que cela m'arrivait, mais que faire si je me retrouvais face à quelqu'un d'autre, envahie à nouveau par cette étrange certitude de « savoir » ? Devrais-je le lui dire, au risque de perdre toute crédibilité en tant que docteur en médecine ? Devrais-je me taire, et ainsi ne pas transmettre les messages que je percevais par je ne sais quels canaux ? Envoyés par qui, d'ailleurs ? Toutes ces questions sans personne pour m'apporter les réponses pouvaient se résumer en deux mots : « Quelle angoiiiiisse ! »

Soudain lasse, je mis un peu d'ordre dans mes papiers et décidai de rentrer plus tôt chez moi.

En passant devant le guichet de la réceptionniste, je lui dis :

— Siegfried-Berthe, annulez toutes les consultations qu'il me reste s'il vous plaît, je ne me sens pas très bien…

— Mais docteur, vous ne pouvez pas partir, il y a trois patients qui sont arrivés et qui vous attendent…

— Eh bien, vous n'avez qu'à… je ne sais pas, moi… leur dire que j'ai eu une éruption soudaine de varicelle.

« T'as une éruption soudaine de flemmardise, oui… »

— Siegfried-Berthe ?

— Docteur ?

Mes yeux sondèrent les siens, et je restai muette pendant quelques secondes. Elle soutint mon regard, mais son malaise était perceptible.

« Quoi ? Qu'est-ce qu'elle va me dire ? Pourvu qu'elle ne m'annonce pas que je suis virée… pas envie de quitter ce cabinet, ils payent mieux que dans celui où j'étais avant. »

– C'est son ex-femme qui l'a tué, elle ne lui a jamais pardonné.

Je baissai ensuite la tête et m'éloignai à grands pas, me demandant quelle mouche m'avait piquée de prononcer ces paroles qui n'avaient aucun sens.

La situation s'annonçait de plus en plus préoccupante.

Félix me rattrapa avant que je n'atteigne la porte d'entrée.

– Yohanna, attends ! J'ai un patient qui vient d'annuler… ça te dirait de me montrer les talents cachés de ton « esthéticienne » ?

– Ho Félix, comment tu me parles devant tout le monde ?

J'éclatai d'un petit rire gêné en direction de Siegfried-Berthe.

Laquelle ne rigolait pas du tout.

Tandis que je repassai devant son bureau en suivant l'acupuncteur, elle grinça :

– N'empêche que je ne trouve pas très drôle, docteur Béhar, de m'avoir dit qui était l'assassin. Il me restait un tiers du livre avant de le découvrir.

Je fixai la couverture du thriller qu'elle agitait furieusement devant mon nez. Inutile de préciser que je n'avais jamais vu, et encore moins lu, ce roman de ma vie.

Blême, je continuai de marcher sans lâcher le bouquin des yeux, et butai tout naturellement contre le Wonderbra d'Iris. Poings sur les hanches, elle me barrait le passage.

À voix basse pour ne pas qu'il entende, la dentiste gronda :

— Je vois ! Tu dragues Félix en lui faisant miroiter des épilations audacieuses ! Ce n'est pas très gentil-gentil de ta part, ça…

Blessée, elle tourna les talons sans attendre ma réponse, me laissant index levé et paroles offusquées coincées au bord des lèvres.

Ça n'allait plus du tout. Le monde entier devenait dingo, et moi la première. Il me fallait absolument en parler à quelqu'un.

Ce fut donc Félix, sitôt la porte de son cabinet refermée sur nous, qui bénéficia de mon flot de paroles ininterrompu. Je l'inondai de mots en lui racontant dans les moindres détails toutes ces nou-velles expériences inexplicables qui ponctuaient mes journées. Quand je reprenais ma respiration, c'était uniquement pour lui exposer de manière plus précise la panique qui n'était pas loin de me submerger. J'avais besoin d'éclaircissements scientifiques, carté-siens, c'est pourquoi, sans même écouter les siens, je lui annonçai l'hypothèse quasi incontestable à laquelle j'étais parvenue.

— Tu vas trouver ça dingue, mais je pense que le professeur Evan Leitner n'est pas un véritable être humain.

J'accompagnai mes paroles d'un mouvement des doigts signifiant « guillemets » autour des mots « véritable être humain ».

Félix fronça les sourcils, et m'indiqua d'un geste son fauteuil d'auscultation en opinant du chef.

– Ce que tu me dis est très intéressant, vraiment. Veux-tu t'allonger, le temps que les effets de ton ecstasy se dissipent ?

– Félix, j'ai des preuves !

– Quelles preuves ?

– Eh bien, ce ne sont que des déductions pour l'instant, mais elles s'emboîtent si parfaitement entre elles que…

Je me mis à marcher nerveusement en cercle dans la pièce.

– D'abord, il y a eu ces clichés de soucoupes volantes, que j'ai remarqués dans son bureau…

– Des clichés de soucoupes volantes ?

– Oui, enfin des photos tirées de films de cinéma, mais n'interromps pas le cours de ma pensée s'il te plaît…

– Pardon. Je me tais et me fais aussi discret que ton bon sens, dit-il en attrapant la souris de son ordinateur.

Ce faisant, il entreprit de surfer sur le Net.

Sans l'écouter, je repris :

– … et puis il y a eu cet étrange télescope que j'ai remarqué, dans son cabinet. Pour observer les étoiles, pensais-je naïvement… tu parles ! Qui peut observer quoi que ce soit dans le ciel pollué et éclairé de Paris ?

– Oui, qui ? Pas moi en tout cas…, ironisa Félix en pianotant sur son clavier.

– Mais avec toutes ces incroyables manifestations d'ovnis ces jours derniers, j'ai compris ce qu'il

surveillait : les signes des vaisseaux de ses compa-
gnons.

– Je suis consterné, dit Félix en levant la tête de
son écran. On attend tous d'un jour à l'autre que les
journaux admettent que ces histoires d'ovnis étaient
des blagues destinées à lancer je ne sais quelle émission ou jeu télévisé à la noix, mais toi tu ne réfléchis
pas et tu fonces tête baissée dans le panneau.

– Mais comment expliques-tu dans ce cas ce qui
est en train de m'arriver ?

L'acupuncteur se cala dans son fauteuil, colla ses
doigts les uns aux autres, regroupant ses pensées
pour en extraire l'interprétation la plus logique qu'il
puisse produire. Il ouvrit la bouche pour me la transmettre, mais je l'avais déjà lue dans sa tête, aussi
pris-je un raccourci dans la conversation et lui
exposai-je mon sentiment.

– Laisse tomber Félix, la vérité c'est que ces électrodes qu'il place sur mon crâne avant chaque séance
ont vraisemblablement un autre but.

– Quoi, tu veux dire qu'il les poserait pour offrir
un massage à tes pellicules ? Ou pour espionner la
conversation de tes poux ? Non, attends, attends, je
sais. Il a besoin d'instruments de mesure pour les
courses de cheveux qu'il organise sur ta tête : le
tiercé gagnant des plus vigoureux remportera le prix
du Scalp de Triomphe…

Il se tapa le genou en s'esclaffant de tant
d'humour-propre.

Immobile, je regardais à travers lui comme s'il
était devenu invisible, focalisée sur la révélation que

j'avais tant cherchée et qui venait de m'apparaître, nimbée dans la lumineuse clarté de l'évidence.

— Non, pas enregistrer mes ondes cérébrales mais… *impulser* des signaux électriques pour modifier l'activité de mon cerveau et le faire fonctionner autrement.

— Tu veux dire, « normalement » ?

— Je suis sérieuse, Félix.

— C'est ridicule. Pourquoi ferait-il une chose pareille ?

— Je l'ignore. Peut-être pour me permettre de communiquer avec ceux de sa planète ? Peut-être parce que nous sommes sur le point de nous faire envahir ? Peut-être même sont-ils déjà parmi nous ? Oh ! lala ! quelle angoisse…

— Écoute Yohanna. Tu es médecin, c'est-à-dire scientifique, tu sais donc que tout ce qui nous entoure a une explication cohérente. Y compris les nouveaux faux ongles d'Iris, et Dieu sait si je me suis demandé comment on pouvait travailler sans blesser personne avec des griffes pareilles.

Il se leva de son siège, contourna son bureau et, comme on s'adresse à un enfant buté, m'attrapa par les épaules en me sermonnant avec douceur.

— Reviens sur Terre. Ce n'est pas parce que tu ne comprends pas une chose que tu dois en déduire qu'elle a forcément une origine abracadabrante. La vérité est ailleurs, comme disait je ne sais plus qui.

Je soupirai.

— Félix, mon chat. En gros, tu me demandes d'être aussi rationnelle que toi qui manipules toute la journée des points d'énergie indécelables, c'est bien ça ?

Il se redressa, visage fermé.

— Très bien, dit-il, si tu le prends comme ça…

Drapé dans sa dignité, il retourna s'affaler devant l'ordinateur, sur lequel il se remit à pianoter. Je le regardai faire un instant, avant de demander, agacée :

— Mais qu'est-ce que tu cherches, à la fin ?

— Je cherche à prouver que tu délires, mais…

— Mais quoi ?

— C'est bizarre…

Il fronça les sourcils.

— Je tombe souvent sur des forums où on parle de gens présentant du jour au lendemain des capacités étranges, du genre télépathie… Ils disent que ça aurait commencé après les passages d'ovnis, mais que l'information a été délibérément étouffée par les médias traditionnels pour ne pas effrayer la population…

— Ah, tu vois !!

— Calme-toi, c'est sûrement un *hoax*, c'est-à-dire un canular qui circule sur le Web. Il y en a des milliers, comme ça.

— Je suis sûre que non. Écoute, j'ai une chance de pouvoir prouver ma théorie, une seule chance : c'est de pénétrer dans le cabinet de Leitner pendant la nuit. Je suis certaine qu'en explorant son cadre de travail, je trouverai des indices, des traces, des documents qui confirmeront mes soupçons de manière irréfutable.

– Ça ne m'étonne pas. C'est bien une technique de fille, ça, de fouiller dans les affaires d'un mec pour tenter de dénicher les preuves de sa propre parano… Allez, arrête, c'est ridicule. Tu ne te rends pas compte de ce que tu risques si tu te fais choper. La prison, peut-être même une interdiction d'exercer. Et puis sois lucide, de toute façon tu n'arriveras jamais à entrer chez lui toute seule.

– Je sais. C'est pour ça que tu vas m'accompagner.

Félix, un instant interdit, partit dans un monumental éclat de rire.

Un rire qui fit trembler les murs, un rire qui fit sursauter ses instruments. Un rire si puissant que même Siegfried-Berthe l'indifférente tapa à la porte pour savoir ce qui se passait.

– C'est rien, laissez, il va se calmer, l'avertis-je impassible lorsqu'elle glissa la tête dans l'entrebâillement.

– Bon…

Elle tourna les talons et ferma la porte derrière elle, sans doute un peu déçue de ne pas assister à la crampe du diaphragme de son patron préféré.

Une fois que Félix eut fini de hoqueter comme une hyène, il essuya ses yeux et me demanda :

– Non, mais sans déconner, tu comptes faire comment ?

– Je viens de te le dire, tu vas venir avec moi. Je connais ton passé de crocheteur de serrures, il me sera indispensable pour pénétrer chez Leitner.

– Mais tu es complètement folle, ma pauvre vieille…

– Je ne suis pas pauvre, marmot.

– Être parvenu une fois à me glisser dans le dortoir des filles quand j'étais en colo ne fait pas de moi un Arsène Lupin en puissance !

– Allez, ne sois pas modeste. Et puis j'aurai besoin de quelqu'un pour faire le guet de toute façon.

Il se pinça la racine du nez entre le pouce et l'index en secouant la tête. Lorsqu'il eut fini de s'affliger, il déclara :

– C'est non, jamais je ne ferai une chose pareille. C'est de la folie.

Une moue canaille sur les lèvres, je croisai les jambes et me penchai en avant pour réajuster la boucle de mon escarpin, lui laissant entrevoir l'opulence que l'on devinait sous mon chemisier entrouvert.

– Tu sais, les femmes possèdent certains arguments auxquels elles peuvent faire appel lorsque la situation l'exige…

– Tu… non… Arrête, pas toi…

Et il recommença à pouffer en me montrant du doigt, surfant sur de petites vagues de rire irrépressibles. Peut-être le fit-il juste un peu plus nerveusement.

– Je ne vois pas ce qu'il y a de drôle, fis-je en me mordant délicatement les lèvres, le poing sous le menton. (Elles étaient sèches, il faudra que j'achète du baume hydratant.) Félix, ne sois pas si présomptueux. Sache que je n'ai qu'un seul mot à dire, et si je le décide, je ferai ce que je veux de toi…

— Hou là doucement, me coupa Félix, qui riait de moins en moins, mais qu'est-ce qui se passe, dans ce cabinet ? Qu'est-ce qui vous arrive, à toutes ? Iris et toi avez été contaminées par un *alien* en provenance directe de la planète Nympho, c'est ça ?

— Mais de quoi est-ce que tu parles ?

— Yohanna, ôte-toi ça tout de suite de la tête. Je sais combien c'est important pour toi, j'imagine combien ça te tient à cœur pour que tu sois prête à… enfin… (Il se gratta la nuque, embêté.) Honnête-ment, peut-être que dans d'autres circonstances… mais pour une expédition aussi dangereuse, c'est non. Pas envie de me retrouver en taule. Je ne suis pas fou. Pour rien au monde je n'accepterai.

— Félix…

— … même si tu me payais, je te dirais non. Ça ne sert à rien d'essayer de négocier, quand je dis non, c'est non. Ferme et définitif. Jamais. N-o-n…

Je me levai et m'approchai lentement de lui, sans le quitter du regard.

— … même si tu m'offrais mon poids en jeans Diesel, même si tu versais des litres de mannequins suédois dans ma baignoire, même si tu donnais tous tes bijoux à ma mère…

La fermeté intraitable qu'exprimaient les traits de son visage emplissait mon cœur de délectation.

— … rien ne me fera changer d'avis, tu m'entends ? Absolument rien, *nada*, *nothing*, *macache*, *walou*…

Il avait juste oublié un petit détail.

— … jamais, hors de question, c'est même pas la peine d'envisager de prévoir imaginer insister…

Je pouvais lire en lui comme dans un livre ouvert.

— Félix…

— … *niet, niet, niet* et archi *niet*…

— Et si je demandais à Samuel de te laisser monter sur scène pour jouer avec son groupe ?

— *nie…*

Je reculai de quelques pas, et pris un plaisir fou à contempler ses traits butés se détendre, sa bouche s'entrouvrir, ses yeux s'agrandir, dans une expression de stupéfaction éblouie.

— Bien, dis-je, satisfaite. Concernant les détails logistiques de notre intrusion, on fera ça, disons, samedi soir ? Il faudra trouver une tenue adéquate. Je dirai à mon mari que je passe la soirée avec Iris. Le pauvre, il s'inquiéterait trop s'il savait ce que je m'apprête à faire. Non, en fait je crois juste qu'il serait fou de rage. Hihi ! Excellent. Faire les quatre cents coups, ce sera une première pour moi : adolescente, j'étais sage comme un somnifère. Oh ! lala ! ça va être terrible ! gloussai-je en me frottant les paumes et en pensant à voix haute.

L'acupuncteur, ému, bredouilla :

— Pour le concert… enfin… comment peux-tu être sûre que ton mari acceptera de me laisser jouer ?

Évanouis les « *niet* » et les « plutôt mourir ». Son rêve le plus cher sur le point de se réaliser, il posait sa question comme un petit garçon qui s'adresserait au Père Noël pour confirmer qu'il lui apportera bien le camion qu'il espère.

– C'est ce que je me tue à t'expliquer : je n'ai qu'un mot à dire à Samuel pour obtenir ce que je veux de lui et ainsi te convaincre de m'accompagner. Ne t'inquiète pas pour le mot en question, ça a à voir avec un plat traditionnel imprononçable que je lui refuse depuis des années parce que c'est une recette tout droit sortie du Moyen Âge et que je laisse ce privilège à sa... Eh, mais attends une minute ! Tu n'as quand même pas cru que...

Il détourna les yeux, se raidit, baissa le visage et se passa la main dans les cheveux, horriblement gêné.

– Mais si ! Attends voir... tu as cru que je voulais te séduire ?! Comment... Tu as vraiment cru que... mais ça va pas bien, la tête ?!

Cette fois ce fut moi qui partis d'un éclat de rire haut perché qui l'embarrassa tant qu'il préféra se lever et fuir son bureau. Je me levai aussi et le poursuivis dans le couloir de mes vocalises tonitruantes et moqueuses.

Nous tombâmes nez à nez avec Gaston et Iris en train de deviser à voix basse devant la porte du cabinet de la dentiste.

– Eh les gars, venez voir, c'est terrible..., dit-elle en nous faisant signe d'approcher.

– Quoi ?

Iris nous indiqua notre collègue d'un coup de menton navré.

– Ça y est, un ami m'a averti, j'en ai la preuve formelle. Ma femme a un amant, gémit Gaston en se tordant les mains.

— Ex-femme, soulignai-je.

Il me fusilla du regard.

— Oui, eh bien ça ne diminue pas ma peine, je suis au comble du désespoir… vous vous rendez compte, elle ne me trompe pas avec n'importe qui, elle me trompe avec un confrère ! Mais qu'est-ce que ce type a de plus que moi ?

— Heu… des cheveux ? tentai-je.

Iris me mit un coup de coude dans les côtes. Félix, mal à l'aise devant ces épanchements, infligea une tape amicale dans le dos de son collègue. Alors le gynécologue, galvanisé par la présence d'un auditoire, annonça d'un ton théâtral :

— C'est décidé, je vais en finir… laissez-moi…

Il agitait ses bras en tout sens, comme s'il essayait d'échapper à un essaim d'abeilles.

— Ho, Gaston, calme-toi, tu ne peux pas faire une chose pareille voyons, le supplia Iris.

— Si je le peux, et je vais même m'y employer immédiatement : je vais avoir une aventure avec Siegfried-Berthe. Ce sera la meilleure manière de me dégoûter des femmes à tout jamais. Adieu mes amis, je pars rejoindre un monde où l'abstinence sera, après cette épreuve, une douce récompense.

Résolu, il nous quitta et se dirigea vers le bureau de la secrétaire, qui le regarda arriver avec l'enthousiasme d'un enfant voyant s'avancer vers son bras l'aiguille d'une piqûre.

14
Grrr…

*Que tous ceux qui croient en la téléki-
nésie lèvent ma main.*

Steven Wright.

Ce soir-là dans ma chambre, allongées sur mon lit, les petites attendaient impatiemment que débute *Super Nanny* à la télévision. Elles adoraient cette émission, qui leur permettait de vérifier combien elles étaient sages par rapport aux garnements réprimandés par la sévère femme à lunettes. Quand j'aurai fini la vaisselle, je les rejoindrai sans doute pour rallier le concert de leurs exclamations amusées, et peut-être ensuite verrons-nous ensemble *C'est du propre*, programme répugnant dans lequel des gens, qui vivaient dans une décharge, apprenaient l'hygiène en direct.

En attendant, je les entendais discuter âprement pour déterminer laquelle pourra s'allonger de tout son long sur le matelas, et laquelle devra se recroqueviller ou s'asseoir en tailleur pour mieux voir l'écran.

— Non, je reste comme ça. Ça t'dérange, tête d'orange ? Tu t'l'épluches et tu t'la manges !

— J'étais sur ce coussin la première d'abord. Pas touche, minouche, prends garde à ta couche !

— Mimou ? Mimoooooou ?? Elisheva elle m'a dit que j'avais une couche !

— Mamayouken ?? Elle ment, c'est même pas vrai, c'est elle qui m'a traitée de tête d'orange !

J'essuyai mes mains dans un torchon, et allai jeter un coup d'œil chez elles, histoire de m'assurer que tout allait bien.

— Alors, les minus, on a envie d'aller tranquillement lire dans sa chambre ?

Elisheva se tourna vers sa petite sœur, et s'adressa à elle en lui faisant un geste du tranchant de la main.

— . Oh la casse en expression parlée figurée !

Amusée, je l'interrogeai :

— Tiens, c'est marrant, je ne la connaissais pas, celle-là. Et qu'est-ce que ça veut dire, exactement ?

— Ben ça veut dire que je l'ai cassée, en expression parlée figurée.

— Mais c'est quoi, « l'expression parlée figurée » ?

Margalit, impatiente, intervint :

— Mais maman, tu comprends vraiment rien au langage de jeunes. On ne peut pas tout le temps parler en langage de vieilles personnes !

Et vlan, prends ça dans ta tronche, mémère.

Je rigolai. La sonnerie du téléphone retentit et les

deux êtres issus de mes gamètes préférés se précipi-
tèrent en même temps pour décrocher. Elisheva fut
plus rapide, au grand mécontentement de Margalit
qui détestait perdre, et bouda en conséquence, bras
croisés et mine renfrognée, ses cinq secondes régle-
mentaires.

Gabrielle était en ligne. C'était la fille de la
compagne de Vincent. Une jolie brunette fine, aux
cheveux bouclés et aux lunettes à monture légère,
bavarde et gaie comme un pinson. Enfant unique de
douze ans, elle s'entendait à merveille avec les
petites.

— Tu discutes avec elle et tu passes ensuite le téléphone à ta petite sœur, d'accord ?

Mon aînée, déjà tout entière consacrée à sa
conversation détaillant ce qu'elle s'apprêtait à voir à
la télé, acquiesça. Sa frangine, à côté, afficha l'air
résolu de celle qui veillerait à ce qu'elle tienne
parole.

Je fermai la porte et retournai à la cuisine.

Samuel, seul dans le salon, composait une nouvelle mélodie au piano.

L'air était joli, quoiqu'un peu rétro. Mais c'était
précisément ce qu'il affectionnait dans ses créations
personnelles : s'éloigner des modes pour mieux se
rapprocher de ses préférences intimes. Il aurait tout
le temps de travailler plus tard sur le prochain tube
à succès, qu'il vendra pour se payer le luxe de ce
temps libre.

Debout près de l'évier, je l'écoutais distraitement

en essuyant une assiette qui venait d'être lavée. Mais mes pensées vagabondaient dans une autre direction.

Je ne cessais de me demander si l'expédition que j'avais prévue dans le cabinet de Leitner était une bonne idée. Après tout, nous risquions gros, Félix et moi, et pour prouver quoi ? Qu'Evan venait d'une autre galaxie ? Dans le confort douillet de ma maison, après une harassante journée de travail, entourée de ceux qui m'étaient chers, l'idée me sembla soudain grotesque.

Et si je me trompais ? Non, pire. Et si j'avais raison mais que je ne trouvais rien pour le prouver ? Non, encore pire. Et si j'avais raison et que je parvenais à récolter des preuves ? Et après, quoi faire avec ? Tenter, tel un David Vincent, de convaincre un monde incrédule que le cauchemar a déjà commencé ? Passer ma vie à fuir en guettant les gens à petits doigts levés ? Et accessoirement, éprouver une peur irraisonnée envers les amateurs de tasses de thé ? Non merci, hein. Autant m'épargner tout de suite le côté course-poursuite sur des routes désertiques en me mêlant de mes affaires. Oui, sans doute était-ce plus sage. J'allais plutôt faire ça, finalement.

– *Mi* bémol.

– Quoi, qu'est-ce que tu dis ?

Je posai mon assiette, qui brillait comme un joyau à force d'être frottée pensivement, et allait retrouver mon mari dans le salon. Calme, profondément détendue et sans inhibitions, je m'assis tout naturellement près de lui, posai mes mains sur les touches de son instrument, et repris sans fausses notes l'air sur lequel il travaillait, en ajoutant un *mi* bémol à la bonne place.

Irradiante de fierté, même si mes doigts avaient fait tout le boulot sans me dire comment, je me tournai vers lui, mais à la place du sourire comblé que je m'attendais à rencontrer, son visage exprimait un intense mécontentement.

— Je vois. Et depuis quand tu prends des cours de piano sans me le dire ?

— Quoi ? Mais ah mais non, attends, je n'ai jamais pris un cours de piano de ma vie, tu le sais bien, c'est la première fois que je…

Samuel, énervé, ne m'écoutait pas.

— Manifestement, tu parviens à trouver des plages de temps libre dans ton emploi du temps « surchargé » pour faire des choses sans m'en parler.

— Mais pas du tout, enfin, tentai-je d'abord de me justifier.

Puis, un léger sursaut d'orgueil me chatouilla l'amour-propre. Qu'est-ce que c'était que ce petit ton paternaliste qu'il employait avec moi ?

— Et puis ça veut dire quoi « sans t'en parler », d'abord ? Depuis quand est-ce que je suis « obligée » de tout te dire ?

En réalité, je lui disais déjà tout, comme en attestaient les innombrables coups de fil et SMS que nous nous envoyions à longueur de journée. J'avais même prévu, plus tard dans la soirée, de lui avouer mes craintes à l'égard de Leitner et la petite expédition abrogée dans son cabinet. Mais quoi que je lui confie, c'était uniquement parce que JE l'avais décidé. La nuance était de taille.

— C'est bon, ça va, j'ai compris, lâcha-t-il d'un ton ferme.

Hou là. Quand Samuel disait « j'ai compris », on pouvait être sûr qu'il avait compris n'importe quoi sauf la situation réelle. Notamment parce qu'il avait une fâcheuse tendance à tirer ses conclusions dès les premières informations intégrées, fussent-elles incomplètes.

Et effectivement, cela ne rata pas.

— Ça fait un moment que je constate que tu n'es plus la même, continua-t-il en se levant pour se diriger vers la cuisine. Vu la façon dont tu as changé, je ne serais pas étonné si j'apprenais que tu mènes (il hésita avant de lâcher les mots)… une double vie.

Et voilà, en plein dans le mille : complètement à côté de la plaque.

— Sam, je rêve ! m'écriai-je en le rejoignant. Comment oses-tu douter de moi ? C'est toi qui n'écoutes pas ce que je te dis, j'ai voulu t'en parler mais tu ne m'as pas prise au sérieux et…

Mon mari fit volte-face, me toisant de toute sa superbe. Sa technique durant nos chamailleries conjugales ? Agresser avant d'être attaqué, se protéger en maniant un fleuret trempé dans le fiel, l'ironie et la provocation pour me pousser dans mes retranchements.

Ma technique de riposte ? Oublier l'idée même d'une stratégie et foncer dans le tas.

Il a suffi d'une phrase pour qu'il signe sur mes

nerfs, à la pointe de son épée, un *S* qui voulait dire soûlant :

— Je m'en fous. Tu es prévenue Yohanna, si c'est comme ça, sache que moi aussi je pourrais ne pas avoir de scrupules et mener une petite vie parallèle…

Oh, comme il n'aurait pas dû dire ça.

Irrépressiblement, je sentis monter en moi la lave en fusion d'une jalousie bouillonnante, si intense qu'elle menaça d'exploser d'une seconde à l'autre. Mieux valait pour le moment couper court à toute discussion, quitte à la reprendre quand nous serions calmés. Je tournai les talons et me dirigeai vers la porte de la cuisine. Mais Samuel, très loin de savoir lire dans mes pensées, continua sur sa lancée et prononça, par bravade, la phrase de trop.

— D'autant que je suis plutôt sollicité, en ce moment, si tu veux tout savoir…

Je me figeai.

Toutes les fibres de mon être se contractèrent, tandis que mon esprit fut assailli de flashes.

Il me vint à l'esprit des images de femmes. Beaucoup, beaucoup d'images de femmes. Certaines jolies, d'autres moins, certaines parlaient avec Samuel, d'autres touchaient son micro, l'une d'elles éclata de rire en agrippant son bras, je vis le détail d'un ongle rouge vif, d'une boucle d'oreille, le flash d'un bracelet étincelant, un autre flash de décolleté plongeant, deux peaux qui se frôlaient, les visions s'enchaînaient, ma tête me fit mal, je fermai les yeux, me tournai face à lui et soudain, un vase en

cristal alla directement exploser contre le mur, frôlant Samuel qui l'évita de justesse.

Mon mari, hébété, semblait pétrifié. Ses yeux pas-
saient des débris du soliflore à moi. Tremblante, je
plaquai ma main contre ma bouche, et bafouillai une
série de « oh non oh non » épouvantés.

Ce qui venait d'arriver était atroce. Je m'étais
mise dans une telle rage que j'avais tout simplement
failli blesser l'homme que j'aimais par un accès
incontrôlé de télékinésie.

Je me tins la tête, pris quelques grosses inspira-
tions, et sortis de la pièce en reculant, sans pouvoir
détacher mon regard des yeux écarquillés du pauvre
Sam.

Cette fois-ci, il fallait que j'en termine une bonne
fois pour toutes avec le professeur Leitner.

Qui ou quoi qu'il puisse être, il allait m'aider à
faire machine arrière.

Et pour ça, j'irais explorer sa tanière.

15

Hop

Cherchez, et vous trouverez.

Meng-Tsen.

— Dis-moi, lorsque tu parlais de « tenue adé-quate », j'imaginais un treillis noir avec un pull à col roulé assorti, et peut-être même un trait de charbon sur les pommettes, quelque chose de viril, quoi, râla Félix en promenant sa lampe torche autour de lui.

— Tu auras tout le temps de porter des toilettes seyantes en prison, si on se fait choper. Remercie-moi plutôt d'avoir privilégié l'efficacité avant tout.

— Ah ça, c'est sûr que pour faire des roulés-boulés au sol si quelqu'un arrive, on va pas s'empê-trer les pieds dans nos tabliers de femmes de ménage…

Je levai les yeux au ciel, exaspérée qu'il se foca-lise sur des détails.

— Félix, je ne t'ai pas forcé à porter une jupe non plus, hein. Et puis on parle de camouflage dans un

immeuble, là, pas dans la jungle équatorienne.
Peux-tu me dire à quoi ressemble la personne qui
vient faire le ménage dans nos locaux, chaque soir ?

— Il y a quelqu'un qui vient faire le ménage dans
nos locaux ? Elle est mignonne ?

— Voilà, tu as tout dit. Et arrête avec ton plumeau,
gros lourd, je t'ai vu.

Félix cessa de m'épousseter les oreilles, réajusta
le fichu qui couvrait ses cheveux, et se dirigea vers
la petite étagère du professeur afin d'examiner ses
livres. Je continuai quant à moi de fouiller le bureau,
impeccablement rangé, ouvrant précautionneusement chacun de ses tiroirs l'un après l'autre.

Pour le moment, nous n'avions rien découvert,
mais nous n'étions sur les lieux que depuis un quart
d'heure. Tous les éléments, les papiers, les notes, les
objets, les meubles que nous scrutions, palpions, ins-
pections, poussions, semblaient sans aucune particu-
larité. Mais précisément, ces absences de particula-
rités-là ne me rassuraient pas. Sans pouvoir me
l'expliquer, je sentais confusément que la pièce ressemblait plus à un décor de théâtre qu'à un véritable
cadre d'exercice. Cela tenait surtout à ce rangement
un brin trop ostentatoire. Ou alors, le professeur
Leitner était un homme extraordinairement soi-
gneux et méticuleux, ce qui pouvait aussi être une
explication plausible. Je veux dire, si nous n'en trouvions pas d'autre.

Soudain, en reposant un épais dossier que j'avais
fini de compulser, un petit carnet noir tomba à mes

pieds. Je le ramassai et braquai ma lampe torche dessus.

L'objet semblait être le calepin dans lequel il prenait ses notes, pendant nos séances. Je l'ouvris, le parcourus et ne pus retenir une exclamation de surprise.

— Félix, viens voir ! Regarde un peu ce que j'ai trouvé… qu'est-ce que tu dis de ça ?

L'acupuncteur s'approcha de moi et saisit le carnet, dont il tenta de lire le contenu.

Sans succès.

— Tu t'excites un peu vite… c'est juste un calepin recouvert d'une écriture incompréhensible… Peut-être une autre langue ? Du russe, du grec, qu'est-ce que j'en sais ? Tiens, c'est peut-être même de la sténo, banane. En plus, ce serait cohérent.

— Non, la sténo ne ressemble pas du tout à ça, il s'agit bien là d'un véritable alphabet inconnu, genre code Voynich, tu as vu ces signes ? Allez gringo, dégaine vite l'appareil photo que je t'ai demandé d'amener, et déchaîne ton index en me shootant tout ça.

Félix claqua des doigts avec une moue interloquée.

— Voilà ! Je savais bien que j'avais oublié quelque chose ! Je croyais que c'était de t'enfermer à double tour dans les toilettes en attendant que tu reprennes tes esprits, mais non. C'était juste l'appareil photo.

Je trépignai en faisant de grands mouvements de

bras. La lampe que je tenais toujours envoyait des rais de lumière agités sur les murs.

— Ooooh non, t'es chiant ! Mais comment on va faire ? Je ne peux tout de même pas lui piquer son carnet, il va s'en rendre compte…

— Arrête de chouiner, mon téléphone portable est équipé d'un appareil photo. Ça fera aussi bien l'affaire. Braque ta torche vers les pages, le temps que je vise.

— Génial, on va rien voir…, marmonnai-je, dépitée, en obtempérant.

Lorsqu'il eut fini de faire cliqueter son Samsung, je remis le carnet à sa place et regardai autour de moi. Nous étions près du but, je le sentais, je pouvais presque le toucher, mais j'ignorais vers où me diriger.

— Allez Yohanna, t'as pas un flash ou une intuition, comme ça, hop-hop-hop ? demanda Félix qui venait de regarder pour la troisième fois sous le coussin de la méridienne, évidemment sans rien trouver.

— Et toi alors ? Je sais bien que t'es pas une lumière, mais essaye, pour une fois.

Il me regarda sans comprendre. Je traduisis :

— Flash-lumière… lumière-flash… bon, laisse tomber. En tout cas, on n'a rien dérangé. Avec un peu de chance, il ne soupçonnera même pas que quelqu'un est venu lui rendre une petite visite nocturne.

Je m'approchai du télescope près de la fenêtre,

jetai un coup d'œil dedans, visai le ciel, n'aperçus rien de particulier, et m'en éloignai. Félix répondit :

— Oui, à part la serrure fracturée, trois fois rien. Heureusement, j'ai prévu le coup. Je vais lui glisser un mot sur le paillasson : « Pardon d'avoir embouti votre serrure, ma porte est rentrée dans votre porte, mais ne vous inquiétez pas, mon assurance prendra tout en char... » AOUTCH !

Je ne pus m'empêcher de pouffer, l'imaginant à juste titre avoir heurté un obstacle dans le noir.

— Ça n'a rien de drôle. Je me suis tué la cuisse sur cette pourriture de table pointue (il donna un coup de pied rageur dedans), je vais sûrement avoir un bleu...

— Tu t'es fait mal ? Tu veux que j'appelle un pédiatre ?

— Oh toi espèce de...

— LÀ !

J'avais continué de fouiner tout en l'écoutant se plaindre, en particulier du côté du paravent de Leitner. Derrière, j'avais trouvé un petit évier encastré dans le mur, dans lequel je savais qu'il allait se laver les mains avant, après, et parfois même pendant chaque consultation, mû par ses troubles irrépressibles. Mais il fallait admettre que le lavabo avait été installé à un emplacement inhabituel. Les toilettes, qui comportaient également un évier attenant, étant situées derrière le bureau de la réceptionniste. C'est alors que je percutai. Le rideau couleur lin contre le mur crème, avec une plante en pot devant, n'était pas une simple tenture. Je tirai un pan du voilage et découvris derrière une mince porte cachée. Bingo.

– Mate-moi un peu ça…

– Quelque chose me dit qu'on ne devrait pas toucher à cette porte.

– Pourquoi ?

– Regarde.

Il souleva un peu mieux le rideau, dévoilant l'absence de serrure remplacée par un boîtier de digicode.

– Ça sent mauvais, houlà, ça sent vraiment mauvais. En tout cas, moi je le sens pas, fit-il en pointant sa torche directement dans mes yeux. Puis il mima, lèvres serrées sur un sourire déterminé, un signe étrange avec sa main ouverte, l'index et le majeur collés, l'annulaire et l'auriculaire joints ensemble, laissant un espace entre les deux paires de doigts.

– Qu'est-ce que ça veut dire ?

– C'est le salut vulcain dans *Star Trek*. Normalement ça veut dire bonjour, mais dans mon cas, ça veut dire très précisément « tchao, je me casse ».

Et il rebroussa chemin en maugréant que ça allait trop loin, non sans m'enjoindre vivement de faire comme lui pendant qu'il en était encore temps.

Affolée à l'idée d'abandonner si près du but, et craignant accessoirement de me retrouver seule dans le noir, je brûlai alors mes dernières cartouches en mentant effrontément :

– Au fait, je t'ai pas dit ? Sam a dit oui ! Tu es libre mardi soir, pour commencer les répètes ?

Félix ralentit son pas. Il sembla hésiter.

Je l'encourageai dans ma tête « allez, allez, reste, reste, reste »…

Il se tourna lentement vers moi, et souleva les mains, en signe d'impuissance.

– Écoute… de toute façon, on ne peut rien faire, on n'a pas le code.

Gagné. La perspective de monter sur scène offrir son inexpérience en spectacle à la foule avait été la plus forte. Je ne cherchai même pas à comprendre, cela m'allait très bien.

– Si, on l'a presque ! J'ai eu un flash tout à l'heure, un mot s'est imprimé dans mon esprit. « Facile. » Peut-être que ça veut dire que le code est aisé à deviner ?

Je m'approchai de lui et l'attrapai par les épaules, en lui parlant avec autant de douceur que si je manipulais verbalement un bâton de nitroglycérine.

– On va juste pianoter un peu, et si on ne trouve pas, je te promets qu'après on s'en ira, d'accord ?

Il me regarda droit dans les yeux, je soutins son regard. Puis il leva les siens au ciel.

Son soupir me signifia son acceptation.

C'était plus qu'il ne m'en fallait. Je me serais même contentée d'un simple déglutissement, du moment que sa pomme d'Adam marquait un mouvement vertical d'acquiescement.

M'approchant du boîtier, je tapai, au hasard, un code « facile » :

123

1234

12345

123456

Rien ne se produisit.

La curiosité de Félix était maintenant attisée, il se gratta la tête en réfléchissant.

– Essaye avec sa date de naissance. La plupart des gens l'utilisent comme code secret.

– Tu as raison, répondis-je.

Je fis quelques pas jusqu'à son bureau, me penchai sur le clavier de son ordinateur, et allai sur Internet voir si je pouvais la trouver quelque part.

Je la localisai sur la page d'une encyclopédie en ligne. Evan Leitner était né le 17 janvier 1952.

Félix tapa :

17011952

170152

0152… cling.

Une petite diode rouge passa au vert, et la porte se descella. Nous retînmes notre souffle.

Nous n'avions plus qu'à la pousser.

Je fixai Félix avec appréhension. Il me rendit mon regard, en y ajoutant un air semblant dire « dans quel caca tu nous as mis ? »…

Finalement, prenant les choses en main, je proposai à Félix :

– OK, tu passes devant ?

– Honneur aux dames, répondit-il en m'invitant d'un geste à le précéder.

– Je t'en prie, je n'en ferai rien, dis-je sans me mouvoir d'un poil.

– Non, non, j'insiste. Après toi, fit-il en réitérant son geste.

– Je m'en voudrais trop d'usurper ta place d'homme. Tu sais ? La place de celui qui se doit d'entrer le premier, mû par l'élan que lui confère son excédent de tissu génital.

Il me jeta un coup d'œil condescendant, vexé que j'aie pu une seule seconde confondre sa bonne éducation avec de la peur. Je savais bien que ce n'était pas de la peur, puisque c'était de la terreur. Affable, je lui enjoignis donc :

– Allez, passe devant. Promis, je ne regarderai pas tes fesses.

Devant cet argument imparable, il ne put que s'incliner.

Et il poussa la porte, lourde et massive.

16

Ah ah ah !

La seule différence entre un fou rire et un rire fou, c'est la camisole !

Pierre Doris.

Rassemblant tout mon courage, je le suivis, ratatinée derrière son dos.

Nous pénétrâmes dans une grande salle obscure, beaucoup plus vaste que le cabinet dans lequel nous nous trouvions précédemment.

D'une main mal assurée, je cherchai en tâtonnant l'interrupteur sur le mur, le trouvai, et l'actionnai. La porte, émettant un grincement atroce, se referma sur nous.

Tétanisée, je ne voulus surtout pas me retourner pour vérifier si elle pouvait encore s'ouvrir ou si nous allions rester bloqués, comme dans un film d'horreur classique. On verra plus tard, j'aurai tout le temps de hurler à pleins poumons le cas échéant. Pour l'instant, toute mon énergie était affectée au ralentissement du rythme de mon cœur emballé par la vision de ce que j'imaginais dans la pénombre. La lumière d'un néon, électrique et blafarde, clignota un instant, jusqu'à s'allumer complètement et révéler notre décor.

Il s'agissait manifestement d'un laboratoire de haute technologie, relevé d'une touche flagrante d'incongruité. Sur deux paillasses face à face, à carrelage blanc et joints noirs, étaient posées plusieurs jarres recouvertes chacune d'un cache en tissu vert. Contre le mur du fond, se trouvaient une hotte à flux laminaire, deux petits congélateurs, un autoclave placé sur un meuble à tiroirs et une cuve d'azote liquide. À ma droite, j'aperçus des instruments de chirurgien soigneusement étalés, un jeu d'une vingtaine d'éprouvettes, quelques pissettes comportant toutes sur leur flanc la mention « danger », une centrifugeuse, plusieurs flacons de solutés colorés de formes et de contenances différentes, une balance en acier, deux microscopes, un grand nombre d'appareils électriques munis de moniteurs dont je ne reconnus pas l'usage, d'où partait un enchevêtrement de fils et de câbles divers. À ma gauche, deux larges éviers aux robinets noirs, non loin d'un bec benzène. Rien que des éléments de labo très ordinaires, si ce n'était leur localisation derrière ce rideau tendu et cette porte cachée.

Ah, et j'allais oublier la petite touche d'excentricité qui faisait toute la différence : l'intégralité des murs et du plafond de la pièce était recouverte d'une fresque immense aux couleurs chatoyantes représentant l'espace, la Terre au loin, quelques planètes chamarrées de-ci de-là, ainsi que, filant à travers l'obscurité étoilée, d'immenses soucoupes volantes, dans lesquelles on devinait des formes de vie ayant très peu à voir avec les astronautes au terme où nous l'entendions (génétiquement parlant, je veux dire).

Félix et moi, tête levée, tournant sur nous-mêmes, étions sidérés par ce spectacle.

– C'est dingue… tu as vu ça ? marmonnai-je, éblouie par la qualité de la représentation.

– Je confirme. C'est dément.

En reculant, ma main rencontra un large cahier bleu posé sur une des paillasses. Je l'ouvris, et constatai qu'il était annoté de la même écriture mystérieuse et incompréhensible.

– Votre diagnostic, docteur ?

Félix se frotta le menton, mal à l'aise.

– J'avoue que c'est troublant. Mais concrètement, il me faudrait d'autres éléments pour être convaincu par ta théorie à la Mulder.

Il contempla lentement autour de lui les murs, les instruments, les outils tranchants qu'il effleura du bout de l'index et, tout en marchant, se retrouva face aux jarres recouvertes de tissu chirurgical vert.

Il retira le cache du premier pot, vit ce qui se trouvait en dessous, et le replaça immédiatement.

Lorsqu'il se tourna vers moi, il tentait fortement de s'empêcher d'éclater de rire.

– Quoi ? dis-je, amusée. Dis-moi ? Qu'est-ce qu'il y a en dessous ? Allez, ça a l'air marrant, c'est quoi ?

Il se mit à pouffer, puis les vannes lâchèrent et ses

gargouillis se transformèrent rapidement en fou rire communicatif qui me fit glousser sans savoir pourquoi.

– Allez, c'est quoi ? Fais voir ! réussis-je à articuler.

J'essayais de passer, mais il me repoussait sans cesse, m'éloignant de la paillasse où se trouvaient les pots, ses épaules secouées de violents spasmes d'hilarité.

Son fou rire alla crescendo jusqu'à se faire inextinguible, et de le voir s'esclaffer aussi vigoureusement, même si j'en ignorais la cause, réalimentait le mien. Mon camarade était plié en deux au sens propre du terme.

– Il… ahahahahaha… i… il… houhouwahahaha-haha… alors là ah… aaaah… AHAHAHAHA… hou-houhooooowaaaaaahahahaha…

Félix voulait parler, c'était clair. Mais ses mots, entrecoupés, bégayés, n'étaient pas cohérents, et ça le faisait repartir de plus belle dans des vocalises tonitruantes où, les yeux baignés de larmes, il peinait à reprendre son souffle. Et moi je riais, je riais de le voir ainsi souffrir pour s'exprimer, je riais tant son rire, haut perché, était ridicule. Le visage rouge, les paupières collées par nos cils humides, suffocants, nous nous appuyions l'un sur l'autre en tombant à genoux, tordus de rire, les bras cramponnés à nos propres abdominaux.

Lorsqu'il put enfin, au bout de quelques minutes, prononcer une parole intelligible, ce fut pour me prévenir :

– Tu ne vas pas… mais alors pas du tout… aimer ça… pffffffffff…

Il pouffait, je pouffais aussi, mais il fallait absolument que nous retrouvions notre calme. Le choc de ce qu'il venait de découvrir avait déclenché chez lui un fou rire nerveux qu'il m'avait transmis. Je me mordis les lèvres jusqu'au sang, me mis de petites claques sur le visage, et lui enjoignis de faire pareil. Lorsque nous fûmes enfin apaisés, je lui demandai d'être plus précis.

– OK. Je suis prête. (J'inspirai et expirai profondément.) Qu'est-ce que tu as vu, sous ce tissu, que je ne vais pas aimer ?

Sans attendre sa réponse, j'entrepris de me remettre debout.

Il me retint par le bras, et me força à me rasseoir près de lui.

– Bon. Tu promets de ne pas crier ?

De petits cristaux de glace commencèrent à se former dans mon sang.

– Pro… promis. C'est quoi ?

– Va voir.

Je me levai précautionneusement sans le quitter des yeux, agrippée au meuble derrière moi, et me dirigeai vers les jarres. Félix leva les sourcils, dans une mimique semblant dire « c'est toi qui as voulu venir ici ». Je lui fus reconnaissante de se contenter d'un dialecte sourcilier, car je n'avais nul besoin d'être accablée davantage.

– N'empêche, dit-il, c'est toi qui as voulu venir ici.

Merci l'ami d'avoir traduit par des mots ce que ton front avait déjà exprimé. J'utilisai moi aussi ma langue pour lui dire tout le bien que je pensais de son opinion de pleutre, en la pointant vers lui.

Debout devant l'un des récipients, je toquai du doigt dessus. C'était du verre. Je souris, car j'avais ma petite idée de ce qu'il contenait.

Mes mains soulevèrent le cache, et je me retrouvai face à un cerveau effrayant baignant dans le formol.

Ah ben non finalement, je n'avais pas pensé à ça. Bien sûr, je poussai un hurlement hystérique. Félix m'attrapa et me secoua sans ménagement.

– Tais-toi enfin ! Tu veux ameuter tout l'immeuble ou quoi ?

– Non, juste les *men in black* !!

Je reculai, épouvantée :

– Mais dis-moi, justement, on alerte qui maintenant ?!

– Je n'en sais rien… il me semble que les histoires d'ovnis se signalent auprès des gendarmes, j'imagine que ça implique aussi la localisation d'extraterrestres…

– Ben voyons, et tu préfères qui ? Louis de Funès ou Michel Galabru ?

Comme ma voix se remit à monter dans les aigus, Félix me plaqua l'ouverture d'un sachet en plastique contre le visage, en m'ordonnant :

– Calme-toi, calme-toi, respire… voilà… respiiire… tout doux…

Pendant qu'il s'imaginait contrôler mon hyperventilation, je tentai de remettre mes idées au clair. Je n'y parvins pas et recommençai à paniquer.

Fébrile, j'arrachai son sac et attrapai l'acupuncteur par le revers de la veste :

– C'est horrible ! Qu'est-ce qu'on fiche là ? Qu'est-ce qu'on va faire ? HAAAAAAAA !!! (Cri très aigu : la petite musique électronique de mon mobile me fit bondir à une hauteur de plafond où l'homme n'a jamais mis le pied.)

Un nom s'afficha sur l'écran du téléphone.

– Attends, attends, il faut que je réponde, là, c'est Iris, c'est mon alibi pour ce soir...

Je décrochai et plaquai, tremblante, l'appareil contre mon oreille.

– Allô ? Oui, ça va, et toi ? (Ton naturel, limite un peu désinvolte.) Non tu ne me déranges pas, je t'en prie... Oui, oui... Quoi ? Tu as fait QUOI ?? Noooon !... Arrêêête !...

Je me laissai glisser au sol. Adossée contre un meuble, les jambes regroupées et les genoux sous le menton, j'attrapai une mèche de cheveux et me mis à la tortiller machinalement. Apercevant le regard interrogateur de Félix, je souris béatement et, comme ce n'était pas suffisant, j'activai le micro afin qu'il puisse entendre aussi ce qu'elle disait.

– *... je ne sais pas si c'est parce qu'on a pris un verre de trop ou s'il m'aimait depuis le premier jour, mais enfin voilà, le fait est qu'on vient de passer la nuit ensemble, et là je t'appelle planquée dans la salle de bains, pendant qu'il dort...*

– Mais tu... vous... c'est dingue, ça !

Félix me fit un geste de la main, signifiant « de qui elle parle ? ». Je lui fis en retour un signe de la main signifiant « tais-toi, laisse-moi écouter ».

— *… c'était si beau, si émouvant, si inattendu aussi… après tout, on travaille ensemble depuis si longtemps et jamais je ne me serais doutée…*

Les yeux de Félix s'exorbitèrent : il venait de percuter. Oui, Iris et Gaston avaient bien copulé. Bouche ouverte sur un rire muet, il attrapa son front à pleines mains en tournant sur lui-même, tandis que je fis semblant de marteler du poing le sol en hurlant d'un rire tout aussi silencieux.

— *… tu comprends, et même qu'à un moment, déformation professionnelle, j'ai examiné ses dents et il a exploré ma…*

— OUI BON ÇA VA, j'ai compris !

Nous discutâmes encore quelques minutes, durant lesquelles je tentai de surfer entre les détails scabreux dont elle tenait absolument à me tenir informée (notamment quand… purée, dès le premier soir, quand même…), puis je prétextai le geste impatient de Sam me rappelant auprès de lui pour voir la suite de notre film, et je la quittai.

Lorsque j'eus raccroché, Félix me tendit une main que je saisis, et il me tira d'un coup sec qui me mit debout.

— OK, lui dis-je. Alors voilà ce que je te propose. Je vais soulever les autres caches pour voir ce que contiennent les bocaux, et tu vas me prêter ton téléphone pour que je les mitraille.

– Tiens ? Je ne te savais pas si courageuse. Tu n'as pas peur de ce que tu vas découvrir ?

Je haussai les épaules.

– Le mot « peur » résume très exactement l'intégralité de ma biologie interne. Mais il faut aussi qu'on jette un coup d'œil au reste du labo, et, comment te dire ? Je préfère que ce soit toi qui ailles voir ce que contiennent les congélos…

D'un coup de menton, je lui indiquai les meubles en acier gris au fond de la pièce.

– Ah ouais, ça m'aurait étonné, aussi…, grommela Félix en se dirigeant vers les appareils.

Le cœur battant la chamade, je me dirigeai vers la paillasse. Puis, précautionneusement, je soulevai, une à une, les pièces de tissu.

Tous les récipients contenaient des cerveaux, mais aussi bien leur taille, leur couleur que leurs circonvolutions indiquaient qu'ils n'étaient pas humains.

Une étiquette, collée sur la paroi en verre, précisait pour chacun une date, un lieu, parfois même un nom. Un petit dessin étrange complétait le descriptif, une sorte de tête avec des antennes.

J'activai fébrilement le portable de Félix, faisant crépiter le flash.

Mon complice, de son côté, n'avait rien découvert de très probant. Les congélateurs ne contenaient que des éléments sanguins, des médicaments et des produits chimiques.

– C'est drôle, on se croirait dans un film…, dis-je en gloussant.

– Un film de malfaiteurs qui vont se retrouver en prison ?

– Oh, arrête de flipper, un peu. Que veux-tu qu'il se passe ? Nous n'avons fait aucun bruit pouvant alerter les voisins, on n'a pas allumé la lumière dans son cabinet pour ne pas attirer l'attention de l'immeuble d'en face, et Leitner n'a aucune raison de débarquer dans son bureau un week-end, qui plus est en pleine nuit…

– Pardon ma vieille, mais c'est toujours comme ça que ça se passe dans les films : le méchant débarque au moment où les gentils s'y attendent le moins, et ils se font gauler.

– Ça dépend, dis-je en me tournant vers lui. Pas dans les films français : là, quel que soit le scénario, la seule certitude c'est de trouver une actrice qui se balade à poil au détour d'une scène. Gentille, méchante, qu'elle se brosse les dents, prépare une omelette ou aille dire au revoir à son mari sur le pas de la porte, hop, le spectateur a droit au gros plan sur ses nichons qui bringuebalent, ou à la dénonciation visuelle de son imparfaite épilation du maillot.

Félix leva les yeux au ciel.

– On dirait que c'est une obligation contractuelle pour une comédienne française d'apparaître soit nue, soit dans un rôle de prostituée, pour être reconnue par ses pairs et qu'on crie à la performance artistique. Tu n'as pas remarqué ?

– Moi je m'en fous, j'adore les films français, ricana-t-il.

Je fis défiler les photos sur l'écran de son téléphone portable, pour vérifier que j'avais bien pris le maximum de détails. Cette petite conversation impromptue, en détournant notre attention du but de la visite, produisit sur nous un effet apaisant.

— Les temps sont révolus, mon bon monsieur, où « jouer », au cinéma, signifiait exprimer, avec son visage, ses gestes ou ses attitudes, une gamme infinie d'émotions qui bouleversaient le spectateur.

Félix revissa un flacon qu'il venait de renifler.

— Eh ho, et les productions américaines, alors ? Ces temps-ci, tu ne peux plus te mater un bon petit film d'horreur, peinard, sans assister à des scènes de torture insoutenables. C'est quoi le but de ces réalisateurs ? Gagner l'oscar du plus tordu ?

— Je suis d'accord. Bientôt, pour faire plus crédible, ils vont aller récupérer les rushs des laparoscopies de nos copains chirurgiens. Il n'y a pas à dire, rien ne vaut un bon petit Hitchcock, surtout les scènes avec les violons qui crissent…

Soudain, Félix et moi nous regardâmes en même temps.

— T'as entendu ? chuchota-t-il.

— Quoi, un violon qui crisse ?

— Chuuuut… écoute…

Était-ce une illusion, ou bien y avait-il du bruit dans la pièce à côté ?

Oui, c'était bien du bruit.

Et maintenant, on manipulait le digicode.

— Purée, tu avais raison… il est revenu au bureau en pleine nuit, ce con !!!

Je mis ma main devant ma bouche pour m'empêcher de crier, tandis que mon collègue cherchait rapidement autour de lui où se planquer, lorsque la porte s'ouvrit.

Le professeur Leitner, habillé d'un pull gris et d'un jean, fit un pas dans la pièce.

Il ouvrit la bouche sans émettre un son, stupéfait de nous découvrir là.

Alors, prise de panique, je criai :

– Vite ! Vite !

Sans savoir « vite quoi » exactement.

Et Félix se jeta sur lui.

17

Oups

Je crois que notre cerveau est une
maquette complète de l'univers.

Jacques Bergier.

– Qu'est-ce qu'il y a de si drôle ?

Leitner, assis sur sa chaise, ne répondit pas et continua d'afficher le sourire narquois dont il ne se départait pas depuis le moment où Félix avait tenté de l'attacher avec… avec quoi, au juste ? Nous n'avions pas envisagé ce cas de figure, et en conséquence étions dépourvus de corde pour immobiliser un éventuel importun. Alors ce brave Félix, après avoir projeté de fabriquer un lien avec ses lacets de chaussures (pas assez solides), eut la brillante idée de se servir de sa ceinture pour attacher ses poignets.

Mais Evan Leitner, très calmement, l'en avait dissuadé. Il rentrait de soirée et était passé au bureau récupérer un document important. Sa compagne l'attendait dans une voiture garée en bas de l'immeuble. S'il mettait trop de temps à revenir, elle finirait par s'inquiéter et prévenir les secours.

Son discours me fit frissonner.

Cet homme s'adressait à nous aussi naturellement que si nous étions de vulgaires cambrioleurs venus fouiller ses affaires. Il oubliait un peu vite que c'était lui l'*alien* qui s'amusait à pratiquer des expériences sur nous autres, pauvres cobayes humains.

Ah, qu'il était loin le temps des abductions, la douce époque où on enlevait des gens dans des soucoupes, comme on pioche un canapé sur un plateau d'apéritif, pour leur faire subir on ne sait quels tests, avant de les relâcher sur Terre la mémoire effacée. Désormais, pour diminuer les coûts d'exploitation, on faisait des économies de frais de carburant en manipulant les individus sur place : directement, du producteur à l'utilisateur.

— Appelez votre amie et dites-lui qu'elle peut tout aussi bien rejoindre le vaisseau mère sans vous. Ce soir, c'est nous qui allons vous kidnapper quelques heures, le temps d'en apprendre davantage sur vos pratiques.

Leitner continua de me fixer avec un petit sourire attendri. Avachi sur un banc, entouré de Félix et moi, bras croisés, déterminés et menaçants derrière nos tabliers de femmes de ménage, il semblait se trouver tout à fait à son aise.

— Très bien, mais je n'ai pas toute la nuit. Dites-moi au juste ce que vous voulez savoir ?

— Eh ! m'exclamai-je, désarçonnée. C'est nous qui posons les questions, ici. Alors taisez-vous.

— Il faudrait savoir : vous voulez que je me taise ou que je parle ?

Devant mon air perdu, son sourire s'élargit :

— Allez, ça va. Je vous écoute.

Je ne m'attendais pas à autant de coopération. Cela semblait suspect.

— Vous permettez ? dit une voix dans mon dos.

Avec prudence, Félix s'accroupit devant lui et palpa tout doucement les contours de son visage, à la recherche, j'imagine, des bordures d'un masque en latex. Il examina ses blancs d'œil en tirant sa paupière vers le bas, lui demanda d'ouvrir la bouche, de sortir la langue, et termina en lui donnant une petite claque sur l'intérieur de l'avant-bras, histoire d'observer l'afflux sanguin rouge sous cutané.

Lorsqu'il se releva, ce fut pour faire un geste avec ses sourcils, qui semblait dire « je sens que tu t'es gourée »…

— Bonne chance, Yohanna. Parce que je sens que tu t'es gourée, précisa-t-il à voix haute.

— Merci de ton soutien, hein. Mais tu cherchais quoi au juste ? Un lézard imbibé de sang vert caché sous un déguisement d'homo sapiens ? Tu n'as pas envisagé… je ne sais pas, moi… une bactérie intergalactique qui aurait pénétré son corps et pris possession de sa personnalité ?

— Tu veux dire, une bactérie qui conduirait des ovnis ?

— Puis-je savoir de quoi vous me soupçonnez, exactement ? nous interrompit le professeur.

Nous le jaugeâmes avec appréhension. Il allait nier, c'était évident.

Je décidai donc d'y aller franco. M'appuyant contre un meuble, d'une grosse voix assurée, je lui assénai :

– Nous vous soupçonnons d'être un extraterrestre, et d'avoir, sans mon consentement, altéré mes facultés en m'octroyant des capacités que je n'avais pas avant de venir vous voir.

Evan se frotta le menton, puis se lissa la barbichette.

– J'ai fait ça, moi ?

– Oui !

– Je comprends mieux pourquoi vous êtes ici… (Il émit un petit rire.) Ainsi, vous voulez connaître la vérité ? Vous voulez que je vous dévoile mon secret ?

Toute mon attention lui était consacrée, j'étais prête à recevoir son aveu telle une révélation. Le moment que nous allions vivre, Félix et moi, était historique, unique : il s'agissait ni plus ni moins d'une rencontre du troisième type, avec un sacré type, pur prototype d'un biotype inconnu. Tip top.

– Le secret, c'est qu'il n'y a pas de secret.

Il s'arrêta et contempla nos mines déconfites, avant de hausser les épaules :

– Je ne suis pas celui que vous croyez… même si cette réplique aurait été plus appropriée dans la bouche d'une sainte-nitouche, elle est pourtant juste. Il n'y a rien de fantastique dans ce qui vous est arrivé, rien que la science ne puisse expliquer, en tout cas.

Un peu déçue qu'il rechigne à avouer, je tendis vers lui un index incrédule :

— Ça va Leitner, hein, on ne nous la fait pas, à nous. Nous sommes médecins, les limites des capacités humaines, on les connaît sous toutes leurs coutures.

— En êtes-vous sûrs ?

Il glissa la main dans sa poche.

— Permettez ?

Sortant son portable, il pianota un message sur le clavier.

Mon complice et moi nous regardâmes, hésitant à le lui arracher pour montrer que nous n'étions pas des petits rigolos, et que c'était nous qui prenions les décisions, ici.

Et puis finalement, non. Nous le laissâmes terminer de taper son texte. Qu'il eut la politesse de nous montrer, au passage, avant de l'envoyer.

« *Rentre sans m'attendre, les clés sont sur le contact, je dois répondre au mail urgent d'un collègue à Sydney, on se retrouve à la maison. Evan.* »

Soudain sérieux, l'air concentré, il rangea son téléphone, se pencha en avant et, d'un geste de la main, m'indiqua un tabouret.

— Prenez un siège, Yohanna, et racontez-moi ce qui a pu se passer en détail pour vous avoir mis dans un tel état.

De vrais malfaiteurs n'auraient jamais obtempéré, mais nous n'en étions pas. De plus, déguisement d'hominidé ou pas, il avait toute légitimité pour prévenir la police et nous faire coffrer : nous n'avions rien à faire ici.

Je tirai un siège de sous une table et m'assis dessus. Félix resta debout, appuyé contre le rebord d'une paillasse, jambes et bras nonchalamment croisés.

— Allez-y, dit Leitner en réajustant ses lunettes.

— Très bien. Pour commencer, il y a eu cette fois où j'ai reproduit de mémoire un combat d'arts martiaux vu la veille dans un film, en me battant contre deux hommes, et en donnant et recevant des coups si forts que je me suis blessé les mains et les bras sans ressentir la moindre douleur…

— C'était la première fois que vous vous battiez ?

— Oui. Moi, vous savez, je suis très peu combat de rue. Dans la rue, je suis plutôt shopping.

— Alors c'est normal. Rappelez-vous : lors de notre ultime séance, je vous avais fait une suggestion post-hypnotique, afin qu'à votre réveil vous expérimentiez de nouvelles premières fois. C'en était une. Que s'est-il passé d'autre ?

— Eh bien… quelques jours plus tard, je me suis mise à parler spontanément en japonais, alors que je n'en connais pas un traître mot…

— Quelqu'un parle-t-il cette langue, autour de vous ?

— Félix, parfois, mais…

— Continuez.

— Plus tard, je suis parvenue à lire dans les pensées des gens, et, chose plus incroyable encore, à avoir des flashes de divination qui se sont révélés exacts. J'ai fini par m'affoler lorsque j'ai fait bouger un objet par la seule force de ma pensée. Je serais vraiment curieuse, professeur Leitner, de savoir comment vous parviendrez à justifier tout cela rationnellement.

L'homme se leva, entamant une de ses joyeuses danses de tics dont il avait le secret. La chorégraphie de sa main droite évoluait, à un rythme irrégulier, de la manière suivante : réajustement de lunettes, l'index frôle le sourcil, lissage de barbe. Réajustement de lunettes, l'index frôle le sourcil, lissage de barbe. Quinze fois de suite.

Il marmonna pour lui même « intéressant… intéressant… », chercha son cahier, l'aperçut sur une table, et se mit à écrire à toute allure dans son alphabet incompréhensible.

Félix et moi nous regardâmes sans oser l'interrompre. Puis, au bout de quelques minutes, s'approchant doucement de lui, l'acupuncteur demanda :

– Votre écriture est bien… heu… originale. De quelle langue s'agit-il ?

– Hum ? répondit le professeur sans lever les yeux de ce qu'il était en train de rédiger. Je suis passionné de cryptographie. Je n'ai encore rien trouvé de mieux pour protéger mes notes d'éventuels fouineurs. (Il leva la tête et lui lança un regard éloquent, avant de replonger dans la rédaction de son carnet.) Oh, bien sûr, il s'agit d'un langage assez rudimentaire, aussi simple à manier que de la sténo, mais il possède l'avantage d'être connu de moi seul, car de mon invention. C'est une première étape avant que mes notes ne soient retranscrites sur ordinateur et codées informatiquement.

– Je vois, dit Félix en se tournant vers moi, un sourcil baissé, l'autre tendu vers le haut, pour bien montrer qu'il voyait.

– Bien, fit Leitner d'une voix tonique. Passons maintenant aux explications.

Je croisai les bras dans une attitude instinctive de défense, et déployai mes pavillons auriculaires toutes voiles dehors.

– Yohanna, et vous… heu… monsieur ?

– Dr Félix Otsuka, je suis acupuncteur et je travaille dans le même cabinet que Mme Béhar, dit Félix en lui tendant la main, que l'autre serra.

– Bien, dit-il à nouveau en touchant plusieurs fois de l'index le centre de la monture de ses lunettes.

Il s'assit face à nous.

– Depuis mon plus jeune âge, je suis fasciné par les capacités du cerveau humain et, aujourd'hui, tous mes travaux d'étude portent sur ce sujet. Il se trouve que je ne suis pas le seul à penser que nous ne connaissons pas dix pour cent des aptitudes de cet organe, le plus perfectionné jamais conçu par la nature. C'est la raison pour laquelle je travaille dessus avec un groupe de scientifiques à travers le monde, neurologues, biologistes, endocrinologues… (Il fit un geste de la main nous indiquant l'endroit où nous nous trouvions.) Quelques collègues viennent parfois collaborer avec moi dans ce laboratoire secret. Enfin, quand je dis « secret », hum…

Sans me démonter par son allusion, je lançai, en contemplant ostensiblement la fresque :

— Jolie décoration, en tout cas.

— Vous trouvez aussi ? sourit Leitner. J'ai eu l'idée de cette peinture pour animer un peu les lieux, les rendre moins sinistres. D'autant que je suis un grand fan de science-fiction. Être savant et un peu rêveur, ce n'est pas incompatible, vous savez ?

Mouvement de sourcils de Félix, le gauche écrasé vers ses pieds, le droit tendu vers le plafond, avec coup d'œil parlant dans ma direction.

Il commençait à m'énerver, celui-là, à faire bouger ses poils de front dans tous les sens à chaque fois qu'il croyait avoir raison. S'il n'arrêtait pas, j'allais me jeter sur lui et les lui tondre.

— Bref, nous sommes convaincus que certaines facultés incroyables existent chez l'être humain, et parfois même chez l'animal, à l'état latent, et nous nous efforçons de le démontrer de la façon la plus rigoureusement scientifique possible. Par exemple, concernant les coups reçus et donnés sans souffrance que vous avez mentionnés, saviez-vous qu'il existe des cas d'individus atteints d'asymbolie ? C'est-à-dire que, malgré l'absence d'altération de leur système nerveux, ils n'éprouvent jamais aucune douleur.

Félix lui répondit :

— J'en ai entendu parler. Mais généralement, ces symptômes sont consécutifs à une lésion cérébrale, non ?

– Précisément, dit Leitner. Et c'est le cas d'autres manifestations extraordinaires, proches du surnaturel, que certains médecins ont pu observer tout au long des siècles. Mais je suis convaincu, moi, que sous l'effet de certains stimuli, un cerveau normal est capable de *simuler* ces défaillances, et de fonctionner autrement. L'hypnose est déjà couramment utilisée en médecine traditionnelle pour lutter contre la douleur, il n'y a donc là rien de magique. Quant au fait que vous ayez, si j'ai bien compris, retenu la chorégraphie d'un combat vu la veille, et parlé une langue que vous ne connaissiez pas, il s'agit ni plus ni moins de manifestation de mémoire eidétique.

– Pardon ? demandai-je.

– C'est une mémoire absolue, qui permet de se souvenir de façon quasi photographique d'images ou de sons comme si on se repassait un film dans la tête, en pouvant faire des pauses aux moments opportuns. Certains autistes dits de haut niveau en sont dotés. Les plus doués peuvent réaliser mentalement des calculs complexes sur des nombres ayant une dizaine de chiffres, retenir par cœur des livres entiers après une seule lecture et s'en rappeler, toujours par cœur, des années plus tard, dessiner le plan d'une ville de millions d'habitants sans se tromper au bâtiment près, après l'observation d'une carte durant quelques secondes. Il a existé de tout temps des génies qui possédaient ce type de mémoire. Par exemple, Mozart, capable de retranscrire sans aucune fausse note la partition complète d'une œuvre musicale après juste une seule écoute, ou bien

Nikola Tesla, un grand ingénieur du début du siècle, qui possédait le don de visualiser ses inventions mentalement avec une telle précision, de les assembler, de les corriger et de les améliorer dans sa tête – y compris pendant son sommeil –, que lorsqu'il les recopiait ensuite sur le papier, les plans étaient parfaitement au point.

Je protestai en plaisantant, oubliant un instant où j'étais et ce que j'étais venue y faire :

– C'est nul ! Et pourquoi moi je peux seulement parler japonais, du coup ? Remboursez !

– Dites, tenta Félix, un peu gêné. Vous pensez que vous pourriez, par hypnose, obtenir le même résultat avec moi ?

Leitner croisa les bras :

– Tout dépend, il faudrait d'abord que vous soyez suffisamment réceptif, ce qui n'est pas du tout évident au départ. Un résultat comme celui de Mme Béhar est tout de même assez exceptionnel. Pourquoi, quelle capacité souhaiteriez-vous développer ?

Je répondis à sa place :

– L'apprentissage de la guitare.

Félix se tourna vers moi :

– Comment tu le sais ?

– Hum… grâce à mes superpouvoirs.

– Vos ondes cérébrales, continua le professeur en s'adressant à moi, étaient éloquentes, sur le graphique, pendant nos séances, avec des pics d'ondes alpha et thêta, caractéristiques des états de détente profonde et de transe.

Je rougis et tournai le dos à Félix, pour ne pas le voir agiter ses petits buissons d'arcade sourcilière comme un malade. Ça risquerait trop de me rendre comme lui.

– Il y a un nombre de potentialités infinies à explorer dans l'esprit humain, affirma Leitner. Les travaux des experts cherchent à dévoiler ces capacités qui sont en sommeil, mais moi j'ai décidé de brûler les étapes en passant par l'hypnose qui, en supprimant les inhibitions, les libère. Quand on sait tout ce qu'est capable de produire, d'imaginer, d'inventer, de découvrir, de penser notre cerveau, et que l'on voit comment la quasi-totalité de l'humanité l'utilise dans sa vie quotidienne… c'est un tel gâchis…

Leitner se mit à marcher en faisant des moulinets avec ses bras :

– L'homme moderne, apathique, regarde sa télévision dans laquelle il voit évoluer le reste du monde comme on contemple un aquarium, il consacre des heures précieuses du temps de son existence à séjourner dans la « réalité virtuelle » de jeux vidéo qui le font passer à côté des siens, il gobe des drogues pour atteindre un paradis artificiel – où il sait pourtant qu'il ne trouvera qu'un enfer authentique – parce qu'il est trop faible pour planter un vrai jardin d'Éden autour de lui. (Son ton monta d'un cran et ses joues s'empourprèrent.) L'homme n'évalue pas les risques, brûle son trésor, dilapide sa fortune, la seule pourtant que jamais personne ne pourra lui voler : celle qui est dans sa tête ! Et je ne parle que des dégâts qui le concernent de manière intrinsèque, je n'évoque même pas ceux qu'il inflige à ses semblables, ou à sa planète, car cela m'amènerait à être encore ici la semaine prochaine, en train de disserter sur le sujet... raaah, mieux vaut me calmer !

Evan, poings serrés, tenta de se reprendre mais il était visible que l'effort lui coûtait.

– D'autant que nous voulons tous aller nous coucher, souffla Félix en réprimant un bâillement.

Le professeur se tourna vers l'acupuncteur et le considéra avec un tel mépris que je crus un instant qu'il allait le gifler. Me mêlant comme d'habitude de ce qui ne me regardait pas, j'intervins :

– Félix a raison... et heu vous aussi, professeur, bien sûr, mais je voudrais bien comprendre comment vous expliquez la télépathie, les facultés de divination et la télékinésie.

Leitner alla lentement s'asseoir sur son banc, et commença à faire craquer ses doigts, méticuleusement, les uns après les autres. Quand il eut fini, il recommença : pouce, index, majeur... main gauche, puis main droite... encore et encore, jusqu'à ce qu'il fût calmé.

Ensuite, il balaya ces considérations d'un revers de la main.

– Ce que vous appelez télépathie, ce n'est ni plus ni moins qu'un décodage de langage corporel, mélangé à de l'intuition et à de la psychologie. À moins d'être solidement entraînée, en temps normal vous n'en percevez qu'un faible pourcentage. Mais dans votre subconscient, tout est limpide et aussi clair qu'un langage parlé, car tout ce qui accompagne, précède ou suit le discours de votre interlocuteur est révélateur : depuis le mouvement de ses globes oculaires jusqu'au souffle de sa respiration, en passant par des centaines de micro-attitudes, de gestuelle inconsciente… Dans votre cas, cela s'est traduit par des mots qui ont pris forme dans votre esprit.

— Je vous crois tout à fait, dit Félix.

Très à l'aise, il s'amusait avec une fiole contenant un produit rouge, qu'il secouait doucement en l'examinant à la lumière du néon, sans remarquer l'hostilité du scientifique à son égard.

— Moi par exemple, continua-t-il, je sais parfaitement déchiffrer le langage corporel d'une femme quand elle…

— Arrête, c'est trop passionnant. Continuez, professeur.

— Concernant vos accès de clairvoyance, il serait à la fois long et compliqué de vous détailler ce qui se passe exactement au sein de vos lobes temporaux. Si on considère que l'esprit humain est capable de calculer en temps réel un nombre inouï de probabilités, mixées aux données qu'il possède sur l'individu qu'il « devine » au départ, les résultats peuvent être spectaculaires. Chez les gens aux potentialités hors du commun, l'équilibre entre l'hémisphère droit, intuitif, et l'hémisphère gauche, rationnel, est souvent déréglé. Ainsi, lorsque les deux hémisphères cérébraux travaillent ensemble en même temps, cela donne des résultats stupéfiants. Ce sont des choses qui arrivent parfois dans la vie quotidienne, mais on prend ça pour de l'intuition et cela n'inquiète personne. (Il réfléchit.) Le temps est un élément très complexe, vous n'avez pas idée… aussi n'évoquerai-je pas les distorsions temporelles, car il est trop tôt. (Il soupire.) Dites-vous juste que si on se souvient du passé, qui n'existe plus, pourquoi ne pas imaginer que l'on puisse se souvenir de l'avenir, qui n'existe pas encore ? Pour l'heure, considérez que l'effet placebo, par exemple, est la face émergée de l'iceberg des pouvoirs de notre esprit.

Il s'arrêta un instant, et nous regarda pour voir si nous saisissions toute la portée de ce qu'il nous expliquait :

– Vous savez, chaque époque a eu des certitudes qu'elle est parvenue à démontrer scientifiquement, et l'époque suivante a prouvé que ces certitudes étaient erronées, parce que la science, la technologie et la connaissance avaient progressé. Ce qui semble impossible aujourd'hui sera banal demain. Plus personne ne s'étonne des greffes réalisables, des implantations d'embryons congelés, de pouvoir parler à un individu et de le voir à l'autre bout de la planète grâce à un téléphone portable qui tient dans une poche, ou des milliards d'informations codées sur de minuscules processeurs. Ce sont des choses ordinaires, dans notre quotidien. Et pourtant, quelques centaines d'années en arrière, on nous aurait pris pour des dieux.

Il ajouta, l'œil pétillant :

— Les certitudes de l'homme sont des nouilles qui ne résistent pas à la grande passoire de l'histoire ! Je suis par contre extrêmement impressionné par ce que vous m'avez dit de votre expérience de téléki-nésie…

Et moi donc. Si lui ne pouvait pas me l'expliquer, qui le pouvait ?

Retour en arrière.
Scène vécue par Samuel.

Faisant volte-face, je la toise de toute ma hau-teur. Toujours impressionner l'adversaire par une attitude détachée et impitoyable. Je ne comprends rien à ce qui se passe, mais je la ferai avouer ! Quitte à prêcher le faux pour savoir le vrai. D'autant que pour la faire sortir de ses gonds, rien de tel que de titiller sa jalousie. Méthode inratable, garantie sur facture. Comme elle n'a aucune résis-tance, elle perd très vite ses moyens. C'est vrai, et puis quoi encore ? Aujourd'hui elle prend des cours de piano sans me le dire, et demain ? Je découvre qu'elle a changé de métier ou qu'elle a vendu la maison ? Tssss…

Je m'en vais signer sur sa peau, à la pointe de mon épée, un S qui veut dire sagace :

— Je m'en fous. Tu es prévenue Yohanna, si c'est comme ça, sache que moi aussi je pourrais ne pas avoir de scrupules et mener une petite vie paral-lèle…

Yes ! La voilà qui se décompose. En plein dans le mille !

Oh, comment elle se contient pour ne pas s'énerver, huhuhu... Je suis trop, trop fort.

Eh, mais non, où tu vas ? Ne pars pas déjà petite fille, on n'a pas fini ! Allez, j'en rajoute une couche, rien qu'une minuscule, histoire de parfaire ton glaçage...

– D'autant que je suis plutôt sollicité, en ce moment, si tu veux tout savoir...

Bingo, la voilà qui se fige et qui reste.

Voyons-voyons, va-t-elle crier ou bien va-t-elle hurler ? Je crois qu'il serait mal venu de mentionner la caissière du Monoprix qui m'a fait des avances, tout à l'heure quand j'ai fait les courses. Non mais parce qu'elle, par contre, c'était vrai.

Tiens, il n'est pas placé sur l'autre meuble, ce petit vase, d'habitude ? (Il se retourne, pour faire face au buffet.) Sûrement la femme de ménage qui a tout mélangé... (Il trébuche, donne un léger coup au meuble derrière lui, le vase posé dessus vacille, mais Samuel est de dos et, en tentant de le rattraper, il le tape et l'explose contre le mur.)

Meeerde, pas ça, pas le vase en cristal de sa tante Chantal qu'on a reçu en cadeau de mariage !! Là, pour le coup, elle va me tuer.

D'ailleurs, tiens, la voilà, toute tremblante, qui plaque sa main contre sa bouche et bafouille une série de « oh non oh non » épouvantés. Pile, elle m'insulte, face, elle pleure. À la une, à la deux... préparons-nous à l'éruption du Stromboli...

Ah ? Tiens ? Elle ne dit rien ? L'aurais-je échappé belle ?

Maintenant elle sort de la pièce en reculant... Hou là, le regard qu'elle me lance... Très étonnant de sa part, ce mutisme. Ah ouais, c'est bon, j'ai compris : elle est partie pour me faire dix jours de gueule, minimum...

Leitner reprit :

– Entendons-nous bien : en dehors des simulateurs, des charlatans et des affabulateurs, tout phénomène possède une explication scientifique. Cependant, pouvoir donner une explication ne signifie pas donner la bonne, car quand plusieurs semblent légitimes, laquelle choisir ? (Il s'interrompt, pensif, avant de reprendre.) Peut-être qu'un jour, pour évoluer, l'ensemble de la communauté scientifique acceptera de remettre en cause les lois fondamentales de la physique et de la biologie… mais il se fait tard, je vous ai tout dit, nous devrions tous rentrer à présent.

Las, il fit un geste pour nous indiquer la sortie.

J'étais soulagée qu'il ne parle pas d'appeler la police, et que nous puissions partir comme de simples invités un peu trop collants. Félix par contre, toujours aussi à l'aise, lui demanda nonchalamment :

– Dites, et les cerveaux dans le formol ? C'était quoi ?

Le professeur lui lança un long regard indéchiffrable, teinté d'un soupçon d'agacement.

– Décidément… plutôt qu'un digicode, j'aurais

mieux fait d'apposer une pancarte à ma porte :
« Entrez, fouillez et demandez. »

— Simple curiosité, rigola le jeune homme.

— Il s'agit de cerveaux d'animaux présentant de
leur vivant des aptitudes particulières. Nous les dis-
séquons pour étudier leur structure anatomique. Si
vous le permettez, je ne vous détaillerai pas ces travaux qui sont confidentiels. Mais entre nous, vous
auriez pu vous en douter, il y a des têtes les représentant illustrés sur les bocaux…

Félix acquiesça, et, en me rejoignant près de la
sortie, marmonna : « Ouais, ben apprends à dessiner,
alors… »

Nous passâmes dans son bureau, tandis que
Leitner fit claquer sa lourde porte derrière nous.

Gênée, je regardai le chariot à ménage que nous
avions laissé près de son siège. Il le remarqua, sourit,
et demanda :

— Eh bien, toute cette expédition pour si peu de
chose, alors qu'il aurait été si simple de me
demander… vous ne vous sentez pas ridicules ?

— Si, répondis-je, au comble de l'embarras.

— Et encore, vous ne savez pas tout : elle croyait
aussi que votre télescope servait à observer vos
petits copains dans leurs soucoupes, warf, warf,
warf…

Il me fallut faire preuve d'un courage surhumain
pour ne pas étrangler mon coéquipier.

Surtout quand le professeur se joignit de bon cœur
à ses ricanements de chacal.

— Ça ? fit-il en montrant l'objet du doigt. Il n'est

pas braqué vers le ciel, mais vers un immeuble au loin dans lequel officie un confrère. Entre deux patients, on s'envoie des messages en morse avec une torche. Eh oui, à nos âges, on s'amuse comme on peut…

Retirant mon tablier, sans me retourner, je grinçai :

— Otsuka, bouge un seul muscle de tes sourcils, et tu es un homme mort.

Nous nous confondîmes en excuses tout en le remerciant de ne pas nous avoir tenu rigueur pour cette intrusion dictée par la panique, et je tins à rédiger un chèque pour la réparation de sa porte. Avant de nous quitter, Leitner s'approcha de moi, plongea ses yeux dans les miens, et me demanda de les fermer. J'obtempérai.

— Je vais compter jusqu'à trois, et lorsque j'aurai fini, les effets de l'hypnose cesseront. Un… deux… trois.

Tout doucement, je rouvris les yeux, mais ne sentis rien de particulier, à part la certitude diffuse qu'il avait réussi.

Il décida de rester travailler cette nuit-là au cabinet, alors nous le quittâmes.

18

Dring

L'angoisse n'est pas supportable sans l'humour. C'est le mélange qui fait le plaisir.

Alfred Hitchcock.

Le professeur Evan Leitner, resté seul, alla s'asseoir derrière son bureau.

Il se passa lentement la main sur le front, contempla sa paume, essuya la sueur qui l'imprégnait sur son pantalon, et se rejeta contre le dossier de son fauteuil. Il resta ainsi quelques instants.

Puis il se leva, alla jusqu'à la porte de son cabinet, l'ouvrit, regarda à droite et à gauche, sortit sur le palier, observa attentivement les environs, et retourna dans son bureau.

Après avoir placé une chaise contre la porte d'entrée pour bloquer la serrure, puis un meuble contre celle de son bureau, il pianota sur le clavier du digicode de son laboratoire, et y entra. Il alluma les néons, et alla s'effondrer sur un banc qui crissa sous son poids.

Sur son téléphone portable, il composa un numéro qui n'était pas contenu dans son répertoire.

La ligne sonna, puis une voix féminine décrocha.

Il prononça le code :

– Allô Houston ? On a un problème.

– *Allô ? Evan ? C'est grave ?*

– Plutôt oui ! J'ai failli me faire griller par ta copine. Cette nuit, elle est venue explorer en douce le labo, tu te rends compte ?

– *Mais c'est terrible ! Elle a découvert… ?*

– Non, rien, heureusement. Tout était planqué, à part les encéphales de mouches préhistoriques reconstitués que tu as, comme d'habitude, oublié de ranger !

– *Pardon, pardon… tu crois qu'elle se doute de quelque chose ?*

– Non, je ne pense pas. Je suis parvenu à l'embobiner avec des salades sur les prétendus pouvoirs de l'esprit humain, blablabla… Bon, tu en es à combien d'émetteurs posés, pour l'instant ?

– *Environ trois mille, planqués bien profondément dans les dents à pivot et les molaires de mes patients.*

– Ça suffira, Iris. Je propose qu'on bouge et qu'on aille s'installer ailleurs quelque temps, histoire de nous faire oublier dans le secteur.

– *Oh non ! Je viens juste de commencer une de ces charmantes… comment dit-on ici ? « relation sexuelle » avec un des types du coin.*

– On ne change pas de planète, gourdasse, juste de ville. Arrête un peu de ne penser qu'à ton système reproducteur. Tu sais bien qu'il n'est compatible avec aucun des organismes vivant dans ce bled. À part peut-être les poulpes, et encore.

– *Ça ne coûte rien d'essayer ! Et puis ce sont des expériences dont je compte me servir quand on sera rentrés, pour écrire un livre.*

– Ahahaha, quoi un livre d'horreur ? Je vois ça d'ici : Iris Iiiiiiioumpffschlaasshhiiii raconte : « La planète des Seins, ou comment j'ai montré les miens. » Beurk. On frôle la zoophilie !

– *Pff... tu ne comprends rien à la littérature, mon pauvre ami...*

– Bon, allez, passe-moi notre chef au lieu de dire des bêtises.

(Bruit de téléphone qui change de mains.)

– *Allô ?*

– Bonsoir chef. Pour des raisons indépendantes de ma volonté, nous allons devoir quitter la ville. Nous avons failli être repérés. Mais il n'y a plus aucune inquiétude à avoir, tout est rentré dans l'ordre maintenant. Simple mesure de sécurité.

– *(Voix qui s'éloigne du micro.) C'est encore à cause de ta copine, cette sale fouineuse qui passe son temps dans ton cabinet à « t'attendre » ! Tu aurais dû me laisser m'occuper d'elle !... maaaaaaow ! ksss ! ksss !... (À nouveau contre le micro.) Dites, Evan, suis-je vraiment obligé d'habiter la peau de ce con de chat ? Ne pourrait-on pas, par exemple, échanger avec la vôtre, juste pour quelques jours ?*

– Désolé mon commandant, c'est contraire aux règles établies, vous le savez bien. Le tirage au sort en a décidé ainsi, nous ne pouvons plus revenir en arrière pour cette mission.

– *(Voix d'Iris au loin.) Et moi alors, qu'est-ce que je devrais dire ? Je suis dans la peau d'une femme humaine, c'est d'un compliqué à entretenir ! (Voix du chat.) Bien, Leitner. Vous avez suffisamment de matériel ?*

– Oui chef, des bandes entières de milliers de souvenirs humains, enregistrés grâce à nos électrodes-magnéto. Du bon matériel d'étude pour nos scientifiques.

– *Vous avez déconnecté la fouineuse ?*

– Positif mon commandant. Elle n'est plus sous influence.

– *Bien, chargez-vous d'organiser le déménagement. Maaaooowww. À plus tard.*

– À plus tard, mon commandant.

Evan Leitner raccrocha.

Il soupira de plaisir en glissant un doigt sur la lentille de son œil qu'il fit pivoter loin en arrière, atteignant ainsi un point précis derrière son globe oculaire.

L'enveloppe humaine, composée d'un hologramme tactile qui recouvrait à la molécule près l'intégralité de son corps (voilà une technologie que les locaux n'ont pas encore découverte… et s'ils ne l'ont pas découverte, c'est forcément qu'elle

n'existe pas, n'est-ce pas ?), se désintégra, lui faisant le même effet qu'une poitrine libérée du gai-
nage compressif de son soutien-gorge. Alors, il
déploya quatre de ses tentacules qu'il plaça derrière
son crâne de céphalopode, et croisa les quatre autres
en prenant ses aises.

Contemplant une navette en particulier dans la
fresque qui lui faisait face, il fixa un hublot derrière
lequel on devinait une silhouette, et murmura :

— Tu me manques tant, ma chérie… vivement que
je rentre te retrouver… ils sont tous schtarbés, par
ici.

Extrait du nouveau roman d'Agnès Abécassis

CHOUETTE, UNE RIDE !

Aux Éditions Calmann-Lévy

Après avoir tapé le code, je pousse la grille de ma résidence.

Perchés sur les grands arbres qui bordent la cour, des oiseaux s'égosillent de chants qui m'apaisent.

J'adore le contact avec la nature.

Enfin, avec ce qu'on peut trouver comme nature à Paris, c'est-à-dire des pigeons gris poussière couleur locale, des platanes aux feuilles saturées de gaz carbonique, et une population d'animaux domestiques amorphes. Et aussi ma voisine de l'immeuble à côté, Mme Agazinsky, une éleveuse de chats un peu baba cool, adepte de bio, mais qui ne cultive pas grand-chose à part ses propres poils sous les aisselles.

Tiens, j'aperçois la fille du gardien, une jeune adolescente en train de discuter avec un groupe d'amis de son âge. Ça tombe bien, j'attends un colis et je cherche son père pour savoir s'il l'a reçu.

– Hello, les gars ! je lance, joyeuse et me sentant parfaitement dans le coup.

Adossé contre le mur de l'immeuble se tient un grand échalas aux cheveux en épis décolorés, qui porte un treillis si large qu'il laisse apparaître l'élastique d'un caleçon à carreaux bleus. Me voyant avancer, il attrape le casque audio surdimensionné qu'il portait autour du cou et le place sur ses oreilles. Puis il active un minuscule boîtier placé dans sa poche, inondant ses tympans d'une musique rythmée. À ses côtés, une fille avec une tête de bébé et un anneau planté dans l'arcade sourcilière évite mon regard, dégaine son portable et se plonge dans la rédaction d'un texto. Une dernière gamine, toute petite blonde avec une mèche bandeau qui lui barre le front, moulée dans un jean ultra serré et portant des escarpins noirs à bouts pointus et à talons aiguilles, se perd dans la contemplation de ses nombreux bracelets pavés de strass.

Mélanie, la fille du gardien, d'habitude aimable et enjouée, répond d'un grommellement inaudible à mon salut.

C'est dingue comme elle a grandi, cette gosse. Je me souviens que, hier encore, sa mère et moi nous engueulions quand elle garait la poussette de sa fille au rez-de-chaussée, bloquant le passage dans l'entrée. À ce souvenir, une bouffée de nostalgie m'étreint le cœur.

– Ça va Mélanie ? Dis-moi, je suis en train de réaliser, là, qu'est-ce que tu as grandi quand même, tu es devenue une vraie jeune fille.

La vraie jeune fille en question se décompose, mais je suis lancée et je ne m'en aperçois pas.

– Ça te fait quel âge, maintenant ? Non mais mine de rien, tu te rends compte que je t'ai connue toute petite ? Tu étais tellement mignonne, avec tes couettes dorées et…

La blonde à la mèche bandeau pouffe en la montrant du doigt.

– Wouah, zyva, la tehon…

La tehon ? Ah oui, « la honte ». Le verlan, parler à l'envers, pff, tout ça je connais, les ados d'aujourd'hui n'ont pas inventé l'eau chaude, de mon temps on… Pardon, désolée, je ne sais pas ce qui m'a pris, j'ai failli penser comme une retraitée. Je voulais dire « à mon époque ». Ou plutôt, « quand j'étais jeune ». Raah, non ! Je suis toujours jeune. Bah, et puis tout cela n'a aucune importance, que ce soit à l'époque de ses quinze ans ou des miens, le verlan ça pue toujours autant des pieds. Voilà. Toc. Rebelle attitude. Comme quand j'étais… RAAAH merdoum.

Je regarde la petite toute gênée, avec ses copains. Et puis je réalise qu'à chaque fois qu'on se voit, mon oncle Max, alias le frère jumeau de ma mère, se fend d'un fort peu distingué (mais tout aussi nostalgique) « Et dire que je t'ai torchée… », qui a le don de me mettre hors de moi.

Selon ma mère, il n'a changé qu'une seule fois mes couches, mais visiblement ça l'a marqué.

Je crois que j'ai gaffé avec les couettes (non, les « te-coué ») de Mélanie.

Histoire de faire diversion, j'avise alors son copain qui dodeline de la tête au son d'une musique dont je ne perçois que les basses. Munie de mon attitude la plus cool, j'engage la conversation :

– Ça a l'air bonnard, cette musique !

Il se tourne vers moi, l'œil atone.

– Hum ? lâche-t-il en soulevant une partie de son casque, afin de permettre à son oreille d'entendre ce que je vais devoir répéter.

– Laisse-moi deviner. Tu écoutes Madonna ? Kylie Minogue ?

Il jette un regard à ses copines, l'air de se demander d'où je sors.

– Ah oui, non, c'est vrai, excuse-moi. Tu dois écouter un son qui groove plus comme… heu… Justin Timberlake. En passant, je kiffe grave son dernier clip, yo ! dis-je en me demandant si je glousse, ou si je ne traduis pas directement mon hilarité en langage SMS, par un « lol » bien amené.

En appui sur une jambe, je glisse une main dans la poche de mon jeans (moulant lui aussi, mais plus par la force des choses que par sa coupe initiale), toute fière de ma grande culture en musique de j… contemporaine.

Puis je réalise que ça fait un moment que je n'ai pas entendu la Chochouille. Et celle-là, quand elle est calme et silencieuse, c'est qu'elle est en train de ruiner quelque chose.

Bingo, je l'aperçois allongée dans l'herbe, mâchouillant consciencieusement un truc indéterminé à tendance immonde.

– Chanmé ta zinevoi Mel, truc de ouf ! Téma comment elle m'a trop pris pour un bouffon, elle croit que j'écoute cette baltringue de TimberCake, portnawak. Sérieux, ça m'a gavé, j'm'arrache. Tchao les bitchs.

Tandis que le garçon s'éloigne, d'un pas nonchalant et vaguement chaloupé (il boite d'une jambe, manifestement pour se donner un style. Heu… un style infirme ?), je me penche vers Mélanie, et lui demande d'un ton complice :

– Dis, j'ai pas tout suivi… il a dit quoi, après chanmé-qui-veut-dire-méchant ?

Les trois filles me font à présent face, littéralement consternées.

Mélanie semble furieuse du départ de son porc-épic décoloré, mais elle prend sur elle pour rester courtoise. (Sinon, elle sait bien que je vais le dire à son père.)

– Vous vouliez quoi, en fait, madame Davidson ?

– Oh ! Tu peux m'appeler Anouchka, mon canard. Je te rappelle que je te connais depuis que tu es toute pet… heu…

– Oui, donc madame Davidson, vous vouliez quoi ?

– Juste savoir où est ton père, je le cherche pour…

– Il est pas là, sa loge est fermée. C'est l'heure de sa pause déjeuner.

Elle ajoute, lentement, à la façon dont elle s'adresserait à une demeurée :

– Comme tous les jours, à l'heure du déjeuner.

– Oh oui, suis-je bête, où avais-je la tête, ah-ah !

J'entends une de ses copines murmurer à l'oreille de l'autre un truc à propos d'Alzheimer, mais elles détournent le regard lorsque je fronce les sourcils.

Bon, eh bien il est temps pour moi de rentrer, maintenant.

Je m'éloigne en les saluant d'un signe de la main, auquel elles ne répondent pas.

Sales gosses, va. Moi, quand j'avais leur âge... raaah, mais tais-toi, cerveau !

Arrivée devant mon immeuble, je glisse ma clé magnétique dans la serrure, pousse la lourde porte, avant de faire une halte devant ma boîte aux lettres pour récupérer le courrier.

Entre deux factures et trois prospectus, apparaît une jolie enveloppe blanche, large, ornée d'une écriture manuscrite tout en arabesques.

Je la décachette, curieuse. Eh, super, enfin une correspondance qui ne m'a pas été envoyée pour solliciter mon porte-monnaie !

Quoique. Il s'agit d'une invitation au mariage de ma cousine Charlotte.

Ah ben elle va finir par l'épouser, finalement, son grand amour d'ingénieur.

Quel couple, ces deux-là, n'empêche. Si fusionnel, si enflammé. Quatre ans déjà qu'ils incarnent aux yeux de toute la famille la passion à l'état brut. Et puis c'est comme si le destin avait poussé le raffinement jusqu'à accorder leurs deux prénoms. Ainsi, Charlotte épouse un Charles. Ça aurait pu être ridicule, mais en réalité, je trouve cela follement romantique.

Enfin, à condition qu'ils n'appellent pas leurs gosses Charly ou Charlène.

Parce que sinon, bonjour la famille de Charlots.

Manque de pot, je vais certainement devoir décliner : ils n'organisent pas leurs épousailles à Paris mais à des centaines de kilomètres d'ici, bien trop loin pour y aller en train. Et comme Aaron a une peur panique de l'avion, je ne vais pas pouvoir m'y rendre. Si j'y vais seule, toute la famille va me saouler de questions paranos à propos de mon couple…

Aaah, c'est dommage, vraiment.

Un coup de clé dans la serrure, à peine ai-je fait un pas dans mon appartement que bing ! Retour à l'état normal, tout le monde se met à l'aise.

Je retire la laisse de ma chienne d'une main, tout en dégrafant mon soutien-gorge de l'autre.

Mes trois bestioles, désormais libérées de leurs entraves, s'en vont baguenauder joyeusement autour de moi.

L'une d'elles se dirige vers le lino de la cuisine, s'accroupit, et, sous mes yeux ébahis, fait un petit pipi tout en affichant un air d'innocence adorable. Ses grandes billes noires ourlées de longs cils bruns semblent se justifier : « Ben quoi, c'est la nature ? »

Précisément, Capitaine Cradoc, la nature, tu y étais il y a cinq minutes, en bas de l'immeuble.

En même temps, peut-on reprocher à un animal, dont le comportement est dicté par l'instinct, de ne pas reconnaître la « vie sauvage » parmi trois brins d'herbe recouverts de fientes d'oiseaux perdus au milieu de kilomètres de trottoirs incrustés de voitures ?

Moi-même, ça fait rudement longtemps que je ne l'ai pas vue, la nature. Enfermée que je suis entre quatre murs, enchaînée à mon clavier toute la journée, à imaginer toutes sortes d'histoires tordues dont vous vous délecterez, mollement allongés sur une plage, bercés par le bruit des vagues, enivrés du parfum subtil de l'air imprégné d'iode.

Très différent de l'air que je respire actuellement, penchée au-dessus d'une flaque jaune que j'éponge avec du Sopalin, avant de l'achever d'un coup de lingette gorgée d'eau de javel.

À la base, il me semble pourtant que j'avais adopté un animal de compagnie, pas une Calamity Chienne.

Enfin, quand je dis « j'avais adopté », je devrais préciser « sous la contrainte, les supplications de mes grumeaux, et leurs promesses de rangement de chambre à tout jamais et de façon nickel », qui ont duré très exactement… juste le temps que je cède.

Un coup d'œil sur leur territoire suffit à m'en convaincre.

Comment décrire ce que j'ai sous les yeux ?

Mieux vaut y renoncer, surtout qu'il me suffit de tourner la tête pour contempler autour de moi l'ampleur des tâches ménagères qui m'attendent : vaisselle sale empilée dans l'évier, machines à laver en retard, montagne de repassage qui menace de s'effondrer, poussière qui nargue l'aspirateur…

Bien sûr, inutile de compter sur l'aide du mari. Car comme il aime à le souligner, c'est déjà magnanime de sa part de supporter tout ce désordre dans son lieu de vie.

Un bordel qu'il contemple l'air désolé et absolument pas concerné. Cet homme a bien saisi le concept de ne pas se mêler des affaires des autres. Il l'a juste étendu aux siennes aussi.

Mariez-vous, r'mariez-vous, qu'ils disaient.

Mon dos s'affaisse, et je pousse un soupir.

C'est fatigant, à la longue, toutes ces corvées sur mes épaules.

À quoi ont servi finalement les cours de danse classique que mes parents m'ont donnés quand j'étais petite fille ? À me faire croire que la vie ne serait plus tard qu'un long ballet ?

Qu'un long balai, oui !

Ils m'y auraient mieux préparée en me payant plutôt des stages d'haltérophilie.

Ou de jonglage.

C'est dingue, cette histoire, quand même.

En un clin d'œil, je suis passée du statut de princesse virevoltante dans les bras d'un souverain, à citrouille tout juste bonne à lui faire la soupe.

Et il n'est même pas minuit !

Il n'est même pas minuit, hein ? Ben non, mon horloge biologique est formelle, elle indique bien qu'il est à peine trente-six ans, donc je suis supposée être encore jeune, belle et insouciante.

Et pourtant, il semblerait que je sois soudain devenue, depuis quelques mois, aussi tendance qu'une botte de radis. Une botte pleine de terre, hein, pas un joli soulier de vair.

Mouais. Je crois qu'en y réfléchissant, tout cela coïncide avec l'entrée de Chloé au collège.

Mon premier bébé, qui prend le chemin de l'adolescence. Alors qu'avant, pendant longtemps, l'ado, c'était moi.

Une teenager avec des lardons, certes, mais une teenager quand même, qu'on prenait parfois pour leur baby-sitter, qui portait des Converse, des queues de cheval, qui plaquait son job sur un coup de tête parce qu'il constituait juste un entraînement avant de trouver le bon, qui se disait qu'elle apprendrait à cuisiner plus tard, quand ses nourrissons auraient des dents, qui faisait du sport sans être trop essoufflée, qui avait des copines célibataires et toujours dispos pour sortir, pour qui la quarantaine n'était qu'un vague concept abstrait (comme la retraite), bref, une jeune demoiselle qui avait trouvé son mec mortel, mais qui était encore une jeune demoiselle…

À quel moment exactement me suis-je arrêtée de grandir, et ai-je commencé à vieillir ?

L'autre jour, dans le bus, j'entendais, assises derrière moi, deux filles se raconter la nostalgie de leur enfance dans les années 90.

J'ai haussé un sourcil.

Mais elles étaient quoi, des fœtus, dans les années 90 ? Ces années-là, c'était il y a à peine… six ou sept ans, non ?

Non. C'était il y a quasiment vingt ans.

Putaing, vingt ans déjà !

Ça veut dire que ma jeunesse à moi dans les années 80, c'était il y a presque trente ans ?!

Vite, appelez les Ghostbusters ! Je suis tombée dans une faille spatio-temporelle, on m'a piqué plein d'années et je ne m'en suis même pas rendu compte !

OK, j'avais bien noté quelques changements dans mon quotidien, comme la disparition du téléphone fixe à cadran (avec une vraie sonnerie qui fait « driiing ! », obligeant à attendre l'appel en restant à côté, et à décrocher sans savoir à l'avance qui est au bout du fil), du ticket de métro jaune à bande marron (t'avais le ticket chic ? j'avais le ticket choc !), des 45 tours en vinyle, des polycopiés qui sentaient délicieusement l'alcool, du Minitel avec son clavier marron et son unique touche verte (qui émettait ce petit bruit suraigu détestable quand il se connectait), de la télé en noir et blanc, de la machine à écrire à ruban encreur (j'ai longtemps utilisé celle que m'avait offerte mon grand-père, avec les touches qui frappaient le papier en claquant, et le petit levier situé au bout du rouleau qu'on devait actionner chaque fois pour revenir à la ligne), des larges disquettes noires et souples 5'' 1/4 à glisser dans l'ordinateur, possédant une ébouriffante capacité de stockage de 360 Ko (pour donner une idée, il aurait fallu une quinzaine de ces disquettes pour contenir le volume d'une seule chanson !), des francs (là, c'est surtout mon porte-monnaie qui pleure d'amertume), et des cheveux sur la tête d'un certain nombre de célébrités, remplacés depuis par du synthétique.

Ça va, hein, je ne suis pas Hibernatus non plus.

C'est juste que tout cela s'est passé si... vite !

Et me voilà aujourd'hui, après toutes ces années à m'interroger sur quelle vie exaltante serait la mienne, en train de consacrer l'intégralité de mes facultés intellectuelles à trancher entre : attaquer le repassage tout de suite, ou lancer d'abord une lessive.

Et comme je suis vraiment douée, je n'ai pas pu garder la femme de ménage que j'avais employée il y a quelque temps de cela. Je culpabilisais trop de la savoir travailler à quelques mètres de moi.

Constamment, je quittais mon bureau et allais lui demander : « Ça va ? Vous ne manquez de rien ? Un petit verre d'eau, peut-être ? » Du coup, non seulement mon boulot n'avançait pas, mais elle de son côté se croyait surveillée.

J'ai fini par ne plus la rappeler, irrémédiablement contaminée par les siècles d'asservissement domestique inscrits dans mes gènes, ne supportant plus de côtoyer la preuve vivante de mon incapacité à tenir ma maison. Quand bien même c'était par faute de temps, ladite maison étant également mon lieu de travail.

My name is Gourde. Grosse Gourde.

Je crois qu'il faut se rendre à l'évidence, et parer d'abord au plus pressé.

À ce stade, la meilleure façon d'oublier mon horrible bordel est encore de me plonger dans l'écriture d'une histoire horrible.

Eh bien vous savez quoi ?

J'y vais de ce pas.

© Calmann-Lévy, 2009.

Du même auteur :

LES TRIBULATIONS D'UNE JEUNE DIVORCÉE,
Fleuve Noir, 2005.

AU SECOURS, IL VEUT M'ÉPOUSER !,
Calmann-Lévy, 2007.

CHOUETTE, UNE RIDE !,
Calmann-Lévy, 2009.

Composition réalisée par FACOMPO (Lisieux)

Achevé d'imprimer en août 2009 en Espagne par
LITOGRAFIA ROSÉS
08850 Gava
Dépôt légal 1ʳᵉ publication : janvier 2009
Édition 04– août 2009
LIBRAIRIE GÉNÉRALE FRANÇAISE – 31, rue de Fleurus – 75278 Paris Cedex 06

31/2637/2